Küss mich lieber nicht

Charlotte Cole

Sandra Krimshandl-Tauscher
Lannesstraße 55/165, 1220 Wien – Österreich
www.charlottecolewrites.com
charlottecolewrites@gmail.com

Lektorat
Textehexe.com / Susanne Pavlovic, Andrea Weil

Korrektorat
Nicole

Cover
L1graphics / 99designs.com

Coverfotos
Shutterstock/sivilla
Tony Peters

Buchsatz
Wortdienstleister.de / Stefan Stern

Für Nicole,
die coolste Mischung aus Sprach-Nerd
und literarischer Fairy Godmother
mit Hang zum Düsteren,
die ich (eigentlich nicht wirklich) kenne.

Und für alle Nerds dieser Welt.
Rock on!

Prolog

– 6 Jahre zuvor –

Als Michael das Restaurant betrat, fing sich der Atem in Caras Kehle. Er sah unverschämt gut aus: In seine blauen Augen stand feiner Humor geschrieben, die dunklen Haare waren an den Schläfen grau meliert. Dass die jahrelange Arbeit bei Ausgrabungen Fältchen um seine Augen gezeichnet hatte, verlieh ihm eine Aura von Erfahrenheit.

Mehr als eine Frau drehte sich nach ihm um, als er mit energischen Schritten durchs Lokal auf Cara zukam. Und nicht nur Frauen – auch die Blicke der Männer folgten ihm.

So war Michael: Er betrat einen Raum nicht, er nahm ihn in Besitz.

Als er ihr zulächelte, konnte Cara gar nicht anders, als zurückzulächeln. Vor dem Tisch blieb er stehen. Er griff nach ihrer Hand, zog sie hoch und küsste Cara ein wenig zu innig, um in diesem feinen Restaurant noch als anständig zu gelten.

»Ich habe dich vermisst. Du hast keine Ahnung, wie lang die letzten Stunden ohne dich waren«, murmelte er in ihr Ohr. Seine Zunge glitt für eine Sekunde über ihre Haut, während der Duft seines Aftershaves sich wie eine Umarmung um sie legte. Ihr Körper stand in Flammen, lichterloh und bedingungslos.

Als er sich langsam von ihr trennte, folgte seine Hand dem Schwung ihrer Taille, wie die Hand eines Bildhauers bewundernd den Kurven einer Statue folgt.

Die grauhaarige Dame am Nebentisch starrte Michael träumerisch an und seufzte dann hörbar. Cara musste ein Lächeln unterdrücken. Sie konnte die Dame verstehen: Michael war einfach zu gut, um wahr zu sein.

An manchen Tagen musste Cara sich kneifen, um sicherzugehen, dass sie nicht träumte. Dass da wirklich, unvermutet und wie ein Geschenk, diese zweite Chance in ihr Leben gefallen war: Michael war zurückgekehrt, nach all den Jahren.

Sie nahm wieder Platz, während er ihr den Stuhl zurechtschob.

»Du bist wunderschön«, murmelte er in ihr Ohr. Dann ließ er sich auf den Platz gegenüber sinken und griff nach ihrer Hand. Die Wärme seiner Haut, die Intensität seines Blickes ... Es war immer noch genauso wie damals: Sie konnten die Finger nicht voneinander lassen. Die Luft zwischen ihnen war mit puderfeinem Sprengstoff durchsetzt, und ein kleiner Funke reichte aus, um die Welt in einem Feuerball verglühen zu lassen.

Auch wenn sie während der vergangenen Jahre gedacht hatte, ihn zu hassen – jetzt wusste sie, dass sie sich trotz all dem, was passiert war, nach ihm gesehnt hatte. Wie sehr sie sich gewünscht hatte, alles zu vergessen und eine zweite Chance zu haben. Wie hungrig sie gewesen war – nach ihm, nach einer richtigen Familie.

Denn diesmal war es anders. Diesmal war es für immer. Er war zu ihr zurückgekehrt.

Bei dem Gedanken daran, dass sie den Rest ihres Lebens neben ihm aufwachen würde, flog ein Lächeln über ihr Gesicht.

»Worüber lachst du?«, fragte er und beugte sich ein wenig näher. »Etwa über mich?«

Cara schüttelte den Kopf. »Ich bin einfach nur glücklich.«

Er grinste, als wäre er höchst zufrieden mit sich und der Welt, und spitzbübische Grübchen erschienen um seine Mundwinkel.

Cara hatte lange überlegt, wann sie es ihm sagen sollte. Vor dem Essen? Nach dem Essen? Später, draußen unter dem Sternenhimmel?

Ach was, dachte sie. *Jetzt oder nie.*

Denn obwohl sie sicher war, dass er sich freuen würde, war da diese leise Stimme in ihr. Diese Stimme, die überzeugt davon war, dass sie Michael wieder verlieren würde. Wie damals.

Doch sie schob diese Gedanken entschieden beiseite. Ja, sie hatte sich einmal die Finger an Michael verbrannt. Aber Menschen änderten sich, nicht wahr? Jeder hatte eine zweite Chance verdient.

Cara setzte gerade an, die großen Neuigkeiten zu verkünden, als der Kellner neben ihnen auftauchte. »Haben die Herrschaften schon gewählt?«

»Ich möchte ein Perrier, danke schön«, sagte Cara.

»Ach, komm!« Michael drehte sich zum Kellner. »Wir nehmen eine Flasche von dem 2012er Zinfandel, den wir auch letztes Mal getrunken haben. Danke sehr.«

»Eine gute Wahl, der Herr. Ausgezeichnet.« Der Kellner deutete eine Verneigung an und verschwand dann zwischen den Tischen.

Michael seufzte. »Heute war es richtig schwer, von zu Hause wegzukommen. Sie hat ständig neue Gründe gefunden, warum ich nicht gehen kann – irgendetwas mit der Heizung, dann ein Problem mit dem Laptop. Ich denke, sie ahnt, dass etwas nicht stimmt.«

»Habt ihr schon über den Scheidungstermin gesprochen?«, fragte Cara vorsichtig.

Er wiegte den Kopf. »Ich wollte es letzte Woche tun, aber dann wurde sie krank ... Ich dachte, es würde sie zu sehr aufregen.« Er brach ab, und Kummer schlich sich in seine Augen wie ein Dieb. »Du weißt, wie instabil sie ist. Unsere Ehe ist eine Farce … und doch fällt es mir so verflucht schwer, mit ihr zu sprechen. Ich mache mir einfach Sorgen, wie sie das Leben allein meistern wird, wenn ich gegangen bin.«

Cara fuhr mit ihrem Daumen über seinen Handrücken. »Du hast dich verändert«, sagte sie. »Du kümmerst dich um andere Menschen. Auch deshalb liebe ich dich.«

Er lächelte sie an, aber die Schwermut in seinem Blick brachte Caras Herz dazu, sich zusammenzuziehen.

»Ich will es«, sagte er eindringlich. »Aber du musst mir Zeit geben.« Sein Blick hielt ihren gefangen und für einen Moment verlor sie sich in seinen Augen. Sie las Verlangen darin. Die stumme Bitte, ihn zu verstehen.

Wie hätte sie böse auf ihn sein können? Ja, Michael hatte damals einen Fehler gemacht. Er hatte die falsche Frau geheiratet, aus den falschen Gründen. Sich gegen die Liebe entschieden. Gegen Cara.

Sie hatten beide dafür bezahlt.

Der Kellner erschien mit dem Tablett neben ihrem Tisch und goss einen kleinen Schluck des tiefroten Weines in Michaels Glas. Der schwenkte es sachkundig, hielt es gegen das Licht und nahm einen Schluck. Er schloss die Augen, als er dem Aroma des Weines nachspürte.

Cara konnte den Blick nicht von ihm lösen. Sie kannte diesen Gesichtsausdruck nur zu gut – diese Hingabe an den Augenblick, diese Fähigkeit, im Genuss völlig aufzugehen.

Tief in ihr regte sich prickelndes Verlagen, als andere Bilder den Moment überlagerten: Michael mit halb geschlossenen Augen im riesigen Bett der Hotelsuite, seine gebräunte Haut dunkel auf den zerwühlten Laken. Michael, wie er sie mit brennendem Blick gegen die Regale des

Museumsarchivs drückte, ihre Beine um ihn geschlungen, ihre Hände in seinem Haar. Michael, wie er sie in jenem Wäldchen küsste, seine Brustmuskeln glänzend vor Schweiß, ihr Stöhnen übertönt von dem Zirpen der Grillen.

»Danke«, sagte Michael zum Kellner. »Ganz wunderbar.«

Sein Blick lag auf Cara, und sie wusste, dass er ihre Gedanken gelesen hatte.

»Könnten Sie uns den Tisch frei halten? Ich denke, wir haben etwas im Wagen vergessen.«

Sie sah, wie ein wissendes Lächeln über das Gesicht des Kellners glitt. »Michael«, flüsterte sie und schüttelte den Kopf.

Der Kellner zog sich taktvoll zurück. Michaels Hand fand unter dem Tisch den Weg auf ihr Knie. Während seine Finger zarte Kreise zeichneten, lehnte er sich ein wenig näher.

»Komm«, sagte er. »Lass uns das Essen auf später verschieben.« Seine Fingerkuppen fuhren spielerisch am Saum ihres Kleides entlang, schickten winzige Schockwellen durch ihren Körper.

Sie räusperte sich, bemüht, ihre Gedanken zu ordnen. »Michael, wir müssen reden.«

Seine Finger waren mit einem Mal verschwunden und ließen nichts als kühle Luft zurück.

»Gut«, sagte er neutral. »Worüber?«

Cara meinte, für eine Sekunde nervöses Flackern in seinen Augen zu sehen. Doch vielleicht hatte sie sich geirrt, denn seine Hand war ruhig, als er Wein in die Gläser goss.

»Für mich nicht. Ich möchte nichts«, sagte sie.

»Cara, was ist denn los mit dir?«, fragte er, eine Spur Anspannung in der Stimme. »Ich dachte, wir wollten heute Abend Spaß haben. Den Alltag vergessen. Nur du und ich.« Er nahm einen Schluck Wein und tupfte sich den Mund mit der Serviette ab. Seine Lippen hinterließen rote Spuren auf dem weißen Stoff.

»Wir haben Grund zu feiern«, sagte Cara. »Deswegen wollte ich ja mit dir sprechen. Es ist ein wenig … ungeplant. Aber vielleicht ist es genau das, was wir jetzt brauchen.«

Er runzelte die Stirn, sagte aber nichts.

»Ein echter Neuanfang.« Cara lächelte. »Ein Neuanfang der besten Art. Wir werden eine richtige Familie.«

Er sah sie stirnrunzelnd an.

»Ich bin schwanger«, fügte sie leise hinzu.

Er warf die Stoffserviette auf den Tisch und lehnte sich zurück, seine Miene plötzlich hart. Einige Momente schwieg er, nur die Muskeln in seinen Wangen bewegten sich.

»Immer die gleiche Masche, oder, Cara?«, fragte er leise und nahm einen großen Schluck Wein.

Cara hatte das Gefühl zu fallen. »Was?«, flüsterte sie.

Sein Gesicht verzerrte sich zur Grimasse.

»Dachtest du, diesmal kriegst du mich damit? Hab ich nicht klar und deutlich gesagt, dass ich verheiratet bin?«, zischte er.

Sie schüttelte benommen den Kopf. Was sagte er da? Diesmal war es doch anders! Er hatte sich geändert. Er hatte es ihr immer wieder gesagt, so oft, bis sie es endlich geglaubt hatte – er wollte sein gesamtes Leben mit ihr verbringen.

Irgendetwas kroch brennend aus ihrem Magen hoch. »Du wolltest dich doch scheiden lassen. Um bei mir zu sein. Du hast so oft darüber gesprochen, Michael. War das alles nur gelogen?«

»Mach dich nicht lächerlich«, schnaubte er. »Ich kann mich nicht einfach so scheiden lassen. Und selbst wenn – ich wäre nicht bereit, mich wieder zu binden. Ich bin kein Familienmensch und ich kann Kinder nicht leiden. Das wusstest du, Cara. Das haben wir schon beim letzten Mal besprochen, als du diese Nummer abgezogen hast.«

Er lachte trocken auf, seine Augen voll kalter Wut. »Zwei Mal hast du mich reingelegt, das muss ich dir lassen. Du bist ein durchtriebenes kleines Luder, Cara. Meine Hochachtung. Aber du wirst mich damit nicht zu einer Heirat zwingen. Das hier war doch immer nur eine kleine Affäre, du blöde Schlampe. Jeder außer dir versteht das. Nur du träumst immer gleich von der große Liebe.«

»Aber ich dachte …« Cara brach ab.

»Mir ist egal, was du gedacht hast«, fuhr er sie leise an. »Ich werde dich niemals heiraten. Willst du das Balg trotzdem bekommen?«

Cara starrte ihn an und konnte doch nicht fassen, was sie sah. Das war Michael. Aber nicht der aufmerksame, liebevolle Michael, der sie in den letzten Wochen auf Händen getragen hatte. Der sie glauben ließ, er hätte sich wirklich geändert.

Nein. Das war derselbe Mann, der sie schon einmal verlassen hatte. Er war immer da gewesen, hinter der charmanten Maske. Und sie war zu blind gewesen, um es zu sehen.

Ich wusste es, wisperte die kleine Stimme in ihrem Inneren. *Menschen ändern sich nicht. Er hat dir nur erzählt, was du hören wolltest. Und du dumme Kuh warst so armselig und bist drauf reingefallen. Wie schon einmal. Weil du diese zweite Chance so sehr wolltest, dass du ihm alles geglaubt hast.*

Er zuckte mit den Schultern. »Immer noch hinter meinem Geld her, nicht wahr? Mein Anwalt wird sich mit dir wegen der Unterhaltszahlungen in Verbindung setzen.

Unsere kleine Liaison ist hiermit zu Ende. Wenn du jemals etwas davon erzählst, dann sorge ich dafür, dass du nicht nur deinen Job verlierst, sondern auch in keinem anderen Museum dieses Landes mehr Arbeit findest, ist das klar? Dann kannst du dir deine Karriere an den Hut stecken. Und ich würde es bevorzugen, wenn wir ab sofort keinen privaten Kontakt mehr haben.«

»Aber das Baby ...«

»Wie beim letzten Mal«, sagte Michael. »Dein Kind, dein Problem. Du willst es, du bekommst es, du belästigst mich nicht damit. Ich überweise monatlich.«

Damit stand er auf, schloss den Knopf an seinem Sakko und verließ das Restaurant.

Cara saß einfach nur da und sah ihm nach, wie er durch die Tür trat und aus ihrem Blick verschwand, während die ältere Dame am Nebentisch neugierig zu ihr herüberstarrte.

Blut stieg heiß in ihre Wangen. Sie war so dumm gewesen. Der gleiche Fehler. Sie hatte nichts dazugelernt.

Eine Träne rann über ihr Gesicht und Cara wischte sie hastig mit ihrem Handrücken weg.

So ist das also, dachte sie bitter. *Menschen ändern sich nicht.*

Sie konnte sich nur auf sich selbst verlassen.

Sie war ganz allein.

Kapitel 1

Sam blickte auf die dunkelhaarige Schönheit, die sich neben ihm in den Laken räkelte. Er suchte nach diesem zufriedenen, satten Gefühl in sich, das die Nacht mit Olivia hätte mit sich bringen sollen … aber da war nichts als ziellose Unruhe.

Gereizt drückte er sich hoch und ging zum Fenster hinüber. Draußen sandte die Sonne ihre ersten Strahlen über den Horizont, die Nachbarschaft lag noch ganz ruhig da.

Es würde ein heißer Frühlingstag werden. Er konnte ihn an seinem perfekten Pool verbringen oder in seinem perfekten Haus. Oder er fuhr zum Meer und unternahm eine Ausfahrt mit seiner perfekten Jacht. Am Arsch.

Sam schlüpfte in Boxershorts, holte sich eine Tasse Espresso und schnappte sich sein Tablet. Bis Olivia wach wurde, konnte er ebenso gut Zeitung lesen.

Im Wohnzimmer schob er die große Glastür zu Seite und trat hinaus auf die Terrasse. Das Tablet warf er achtlos auf die wuchtigen Loungemöbel, dann lehnte er sich mit dem Espresso in der Hand an die Edelstahlsäule, die das Sonnensegel stützte.

Vor ihm glitzerte türkisfarben der Pool. Der Garten war gepflegt, der Rasen breitete sich wie ein grüner Teppich aus – was aber mehr dem Gärtner als ihm selbst zuzuschreiben war. Sam musste sich nicht umdrehen, um zu wissen, dass sich dieselbe Perfektion auch hinter ihm fortsetzte: Das Wohnzimmer war minimalistisch und teuer eingerichtet, und dank seiner Haushälterin trübte kein Stäubchen die Ordnung.

Als er es gebaut hatte, war dieses Haus sein ganzer Stolz gewesen. Elegant und hightech, von der Einrichtung bis hin zum Hauscomputer, der jedes Detail wie Temperatur und Alarmanlage kontrollierte.

Und nun? Seit Wochen quälte ihn diese diffuse Unzufriedenheit. Er vermisste etwas, aber er wusste nicht, was es war.

Frustriert fuhr Sam sich mit der Hand durchs Haar. Was war nur geschehen? Er hatte alles erreicht, was er wollte. Gegen alle Widerstände, über jedes Hindernis hinweg. Sein Leben war genauso, wie er es sich immer erträumt hatte. Eigentlich sollte er glücklich sein.

»Guten Morgen«, sagte Olivia hinter ihm und küsste seine Schulter. Als sie ihn umarmte, drückte sich ihr nackter Körper fordernd an ihn. »Du wirkst ein wenig unentspannt«, murmelte sie, während sie eine kleine Spur von Küssen über seine Haut zog. »Aber ich hab da so eine Idee …«

Eine halbe Stunde später fühlte Sam sich besser. Nicht gut, aber besser. Olivia verschwand in der Dusche, nachdem sie sich Pancakes, Kaffee und Orangensaft zum Frühstück gewünscht hatte.

Brummend tapste Sam in die Küche und zog die Tür des Kühlschranks auf. Kalte Luft schlug ihm entgegen. Orangensaft und Milch konnte er finden, aber der Karton mit den Eiern war leer. Er dachte kurz darüber nach, schnell zum Supermarkt zu fahren, doch dann verwarf er den Gedanken wieder. Er wusste genau, wer ihm helfen konnte.

***

»Warum musst du schon wieder weg?«, fragte Max und schob die Unterlippe vor. Er stand neben Caras Bett und starrte den Koffer an, der darauf lag, als sei er die Ursache allen Übels.

»Es ist doch nur für zwei Tage, mein Schatz.« Cara fuhr durch sein wuscheliges, braunes Haar. »Ich fliege hin, treffe mich mit dem Sponsor und fliege noch am selben Tag wieder zurück. Du wirst gar nicht merken, dass ich nicht da bin.«

Der Ausdruck in seinen blauen Augen verriet ihr, dass er kein Wort glaubte. Sie seufzte. »Ich hab dich lieb, das weißt du«, sagte sie und legte den eleganten Hosenanzug vorsichtig in den Koffer. Max stand mit schimmernden Augen daneben, und Cara unterdrückte den Impuls, den blöden Trolley vom Bett zu werfen und ihrem Kotzbrocken von einem Chef zu sagen, wohin er sich seine Dienstreisen stecken konnte.

Aber die Sache war kompliziert. Viel komplizierter, als Sachen mit einem Chef jemals sein sollten. Vor allem, wenn er ein Kotzbrocken war.

»Ich bin ganz bald wieder da.« Cara sank aufs Bett und zog Max in ihre Arme. Für einen Moment brauchte sie seine Nähe ebenso wie er die ihre.

Da erklangen polternde Schritte auf der Treppe und einen Moment später stürmte Leira herein. Ihre Augen blitzen und schienen gleichzeitig jedes Detail von Caras Gesichtsausdruck in sich aufzusaugen.

Cara starrte sie nur an. »Deine Haare«, sagte sie schließlich schwach.

Bis gestern hätte man Mutter und Tochter noch verwechseln können, so ähnlich sahen sie sich: zierliche Figur, gerade mal einssechzig, hüftlanges, schwarzes Haar. Doch das war vorbei.

»Gefällt es dir?«, fragte Leira und fuhr sich mit den Fingern durch ihre raspelkurze Frisur.

Cara konnte nichts sagen.

»Du siehst aus wie ein Junge«, meldete sich Max zu Wort. Er rutschte von Caras Schoß.

»Was weißt du schon, Kleiner! Halt doch die Klappe«, fauchte Leira.

»Hört auf, ihr zwei«, sagte Cara automatisch. Sie trat einen Schritt näher und fuhr vorsichtig mit ihren Fingerspitzen über Leiras Haar. Die neue Frisur betonte die feinen Gesichtszüge ihrer Tochter. Ihre graugrünen Augen wirkten noch größer. Fremd sah sie aus. Und fast ein wenig zu erwachsen.

»Ich finde, es steht dir. Aber ich denke, ich muss mich erst daran gewöhnen. Warum hast du das getan?«

Leira zuckte mit den Schultern. »Ich wollte eine Veränderung. Und ich will nicht mehr so aussehen wie du.«

Cara zuckte zurück und unterdrückte die gekränkte Bemerkung, die ihr auf der Zunge lag.

»Komm schon, Mum. Du weißt, wie ich das meine. Alle behandeln mich, als wäre ich ein Abziehbild von dir. Aber ich will lieber ich sein. Mein Leben wird ganz anders als deins, weil ich ganz anders bin. Und jetzt sehe ich auch anders aus.«

»Ich verstehe«, sagte Cara. Und sie verstand es tatsächlich, auch wenn es sich anfühlte wie eine Ohrfeige. Leira war sechzehn. Sie war dabei, sich selbst zu finden. Dass Caras Leben nicht als Vorbild taugte, war mehr als offensichtlich.

»Ach, übrigens, die Agentur hat angerufen.« Leira ließ das Handy ihrer Mutter auf die Bettdecke fallen, dann zog sie Max hinter sich aus dem Schlafzimmer. »Komm schon«, sagte sie. »Mum muss packen und du störst sie dabei. Ich mach dir Frühstück.«

»Machst du mir ein Amulett?«, fragte Max hoffnungsvoll.

Leira lachte. »Du meinst ein Omelette, Zwerg. Mal sehen. Wenn du brav bist«, setzte sie gönnerhaft hinzu.

Cara warf einen Blick auf die Uhr. Sie musste sich beeilen oder sie würde ihren Flug verpassen. Aber wo war die Nanny? Sie hätte längst hier sein sollen.

Sie tippte auf »Rückruf«, klemmte sich das Handy zwischen Ohr und Schulter und zog an der Schublade der Kommode. Wie immer bewegte sie sich keinen Millimeter, und Cara dachte daran, dass sie endlich Schmieröl besorgen musste. Sie stemmte ihren Fuß gegen die Kommode und zog. Quietschend gab die Schublade nach.

»*First-Class Nannys International*, wie kann ich Ihnen heute helfen?«, drang eine angenehme Frauenstimme an ihr Ohr, als Cara gerade einen schwarzen BH herauszog.

»Hi, hier spricht Cara Steinman. Ich habe schon einmal angerufen, weil die gebuchte Nanny noch nicht hier ist. Sie wollten mich zurückrufen ...«

»Ja, natürlich. Es tut mir leid, Ms. Steinman, doch es hat hier eine kleine Komplikation gegeben. Leider ist Rachel erkrankt. Aber wir konnten bereits Ersatz organisieren. Die Nanny müsste in Kürze bei Ihnen eintreffen.«

Cara warf sich mit aller Kraft gegen die Schublade, die sich mit einem Krachen schloss. »Das ist aber schade. Meine Kinder mochten Rachel so gern. Deshalb habe ich sie wieder gebucht.« Sie zog eine Strumpfhose aus der nächsten Schublade und über ihren Arm. Laufmasche. Mist. »Wer ist denn die Vertretung?«

Die Dame mit der kultivierten Stimme antwortete nicht gleich, sondern räusperte sich.

»Ja?«, fragte Cara. Auch die nächste Strumpfhose hatte eine Laufmasche. Es war zum Aus-der-Haut-Fahren.

»Ich habe in Ihrer Akte vermerkt, dass Sie Mandy nicht mehr buchen möchten, Ms. Steinman ...«

»Genau. Die Kinder mögen sie nicht, und das, obwohl Max bei ihr den ganzen Tag fernsehen darf und Kekse zum Frühstück bekommt. Das spricht nicht gerade für Mandy. Eigentlich müsste er sie lieben«, sagte Cara trocken. Aha! Am Boden der Schublade fand sich eine originalverpackte Strumpfhose.

»Nun ... Es scheint leider so, als sei sie die Einzige, die kurzfristig einspringen kann.«

»Was?« Cara sank auf das Bett. Ein übles Gefühl sickerte in ihren Magen. »Aber ... das geht nicht. Wir haben Rachel gebucht«, sagte sie hilflos.

»Es tut mir sehr leid, Ms. Steinman. Doch angesichts der Dringlichkeit Ihrer Lage ...«

Cara legt die Hand an die Stirn. »Nicht Mandy«, sagte sie. »Haben Sie keine Notfall-Nannys? Jemanden, der einspringen kann?«

Die Dame schwieg. Cara schloss die Augen und schickte ein Stoßgebet gen Himmel. Vielleicht hatte die Agentur etwas übersehen?

»Ich fürchte, nein.«

Cara presste die Lippen zusammen. Was sollte sie nun tun? Sie wusste genau, wie Mr. Kotzbrocken reagieren würde, wenn sie die Reise stornierte. Dem potenziellen Hauptsponsor der geplanten Ausstellung kurzfristig abzusagen war in seinen Augen garantiert keine gute Idee. Cara seufzte. Okay, es klang auch für sie nicht wirklich nach einer guten Idee. Überhaupt einen Sponsor aufzutreiben war schon schwierig genug gewesen. Jetzt musste Cara ihn dazu bringen, den Vertrag zu unterschreiben.

Es waren ja auch nur zwei Tage, richtig? Hinfliegen, Meeting, zurückfliegen. Zwei Tage. Achtundvierzig Stunden. Außerdem war Leira hier. Sie war vernünftig, auf sie konnte man sich verlassen.

Wenn man mal von den Haaren absah.

Cara schloss die Augen und fühlte sich, als müsse sie vom Zehnmeterbrett springen. »Okay. Danke.«

Jetzt musste sie sich nur noch überlegen, wie sie das den Kindern beibringen sollte.

Als es in der Leitung klickte, fühlte sich Cara matt. Sie blickte gedankenverloren auf ihren Trolley, der wahrlich schon bessere Tage gesehen hatte. Irgendwann im letzten Jahrhundert. Der Gedanke daran, schon wieder zu verreisen, lag wie ein Eisklotz in ihrem Magen.

Aber was blieb ihr anderes übrig? Stellen für Archäologen waren nicht gerade dick gesät und Cara konnte es sich nicht leisten, diesen Job hier zu verlieren – oder sie würden umziehen müssen, und das wollte sie den Kindern nicht zumuten.

Denn die Kids waren glücklich hier, und Cara mochte den Gedanken, dass ihre Kinder in Finley Meadows aufwuchsen. In diesem kleinen Ort schienen die Uhren ein wenig langsamer zu laufen als anderswo. Dass sich in der Nachbarstadt Arrows Point eines der wichtigsten Museen für Amerikanische Frühgeschichte befand, war der Grund, warum sie damals hierhergezogen war.

Du hast keine Zeit dafür, im Selbstmitleid zu baden. Du musst einen Flug erwischen und vorher noch mit den Kindern reden. Komm in die Gänge!

Mühsam stand Cara auf. Sie zog ihren Pyjama aus dem Regal und legte ihn in den Koffer. Im Badezimmer griff sie nach Zahnbürste, Zahnpasta, Shampoo und Kosmetiktäschchen. Als ihr Blick in den Spiegel fiel, hielt sie inne: Sie sah grauenhaft aus. Ihr Zopf war verrutscht und Haarsträhnen hatten sich gelöst. Unter ihren Augen lagen dunkle Schatten. Das einzig Blühende an ihr war der riesige Pickel mitten auf der Stirn. *Na großartig. Das letzte Einhorn.*

Sie tupfte ein wenig Abdeckcreme darüber, dann zog sie prüfend an der Haut in ihren Augenwinkeln. Einmal anziehen – Falten verschwunden. Locker lassen – Falten wieder da.

»Das letzte Einhorn und der Grand Canyon«, murmelte sie. Sie sollte sich lieber nicht auf ihr Aussehen verlassen, wenn sie die Sponsoren davon überzeugen wollte, die nächste Ausstellung des Museums zu finanzieren.

Aber sechsunddreißig war eben nicht sechsundzwanzig. Und schon gar nicht sechzehn.

Sie zuckte die Schultern, fuhr mit der Bürste durch ihr Haar und band es wieder zu einem strengen Zopf am Hinterkopf fest. Im Vorbeigehen warf sie Bürste und Necessaire in den Koffer. Als sie aus dem Schlafzimmer trat, drangen die Stimmen der Kinder zu ihr herauf.

»Darf ich bei dir schlafen, wenn Mummy nicht da ist?«, fragte Max gerade seine große Schwester. Für Max waren Caras häufige Reisen besonders hart: Er fürchtete sich vor der Dunkelheit und schlief deshalb öfter mal bei ihr. Sie brachte es einfach nicht übers Herz, ihn zurück in sein Zimmer zu schicken, wenn er mit angsterfüllten Augen vor ihrem Bett stand. Cara war nicht sicher, ob das nach neuesten Erziehungserkenntnissen richtig war, aber Max schlief besser.

Und es ist ja nicht so, dass er irgendjemanden bei irgendetwas stören könnte, dachte sie düster.

»Immer noch die Schatten? Du weißt, dass du davor keine Angst haben musst. Die tun dir nichts«, erklang Leiras Stimme aus der Küche, als Cara das Wohnzimmer durchquerte. Aus Gewohnheit warf sie einen prüfenden Blick um sich. Die Möbel waren alt, trotzdem wirkte das Wohnzimmer gemütlich, so wie der Rest des Hauses. Auch wenn Cara wenig Zeit und noch weniger Geld hatte, versuchte sie, ihren Kindern ein schönes Zuhause zu geben.

»Aber die Schatten gibt's in echt.« Die Stimme ihres Sohnes klang so weinerlich, dass Caras Herz sich zusammenzog.

Leira seufzte vernehmlich. »Ausnahmsweise, Kleiner.«

Cara drückte die Küchentür auf und ihrer Tochter einen Kuss auf die Wange. »Danke, mein Schatz.« Sie wusste, dass es viel von Leira verlangt war, sich so häufig um ihren kleinen Bruder zu kümmern. Als Teenie sollte sie eigentlich ihr Leben genießen, mit ihrer besten Freundin Lou über Jungs kichern und sich Hals über Kopf verlieben.

Cara hoffte sehr, dass die kommenden zwei Tage reibungslos verlaufen würden. Sie wandte sich an Max. »Während ich nicht hier bin, hat Leira das Kommando, klar?«

»Und Rachel«, sagte Max. »Die auch.«

Cara schwieg einen Moment. Aber es konnte jede Minute klingeln und Mandy würde in der Tür stehen. Es hatte keinen Zweck, das Unvermeidliche hinauszuzögern.

»Ich habe gerade mit der Agentur telefoniert«, begann sie. »Rachel ist wohl krank geworden ... Aber es gibt Ersatz. Die Nanny wird gleich hier sein.«

»Wer ist es?«, fragte Leira, während sie Eier für das Omelette verquirlte.

»Mandy.«

Die Köpfe der beiden Kinder fuhren mit einem Ruck zu ihr herum.

»Ich mag Mandy nicht«, quengelte Max.

Leira stützte die Arme in die Hüften. »Das kann nicht dein Ernst sein. Du hast versprochen, die blöde Zicke nie wieder zu buchen.«

Cara zuckte hilflos mit den Schultern. »Ich weiß. Es tut mir leid. Ich habe versucht, mit der Agentur zu reden, aber –«

Schrilles Klingeln durchschnitt die Luft. Max kaute auf seiner Unterlippe, während Leira ihre Mutter feindselig anstarrte. Keiner der beiden setzte sich in Bewegung, um die Tür zu öffnen, also marschierte Cara los.

Die Agentur checkt alle Nannys gründlich durch, sprach sie sich selbst Mut zu. *Deshalb buchst du über diese Agentur, nicht wahr? An den günstigen Preisen liegt es nämlich nicht.*

Cara pflasterte ein mühsames Lächeln auf ihr Gesicht. Doch als sie die Tür aufzog, starrte sie nicht in Mandys dauerschmollendes Gesicht, sondern auf einen breiten Brustkorb. Cara legte den Kopf in den Nacken. Ein paar blitzblaue Augen, ein umwerfendes Lächeln und braunes, strubbeliges Haar: Mr. Perfekt, ihr Nachbar. Der hatte ihr gerade noch gefehlt.

Ihr Magen vollführte einen absolut unnötigen kleinen Purzelbaum – wie immer, wenn sie ihn sah. Das letzte Anzeichen, dass sie in dieser Hinsicht noch nicht ganz tot war. Schon allein dafür ging er ihr auf die Nerven, denn diese Erinnerung war nichts, auf das sie gesteigerten Wert legte.

»Hi«, sagte er und sein Lächeln kribbelte noch ein wenig tiefer in ihr.

»Hi«, brummte sie.

»Ich wollte gerade Frühstück machen, und da hab ich festgestellt, dass ich keine Eier habe …«

Cara hätte beinahe aufgelacht. Sam von nebenan hatte keine Eier. Na dann. Das wurde ja möglicherweise doch noch interessant. Sie überlegte, was sie jetzt sagen sollte – aber alles schien ihr mit einem Mal so anzüglich.

Max rettete sie. Kreischend lief er hinter ihr durch den Flur. Als er Sam sah, bremste er. Es war nämlich so, dass ihr Nachbar das Herz des Jungen erobert hatte, ohne es zu wissen. Max schwärmte für ihn, weil er einen Sportwagen hatte. Ein Tablet. Und einen Pool.

Noch ein Punkt mehr, warum Sam Cara nervte. Seine offensichtliche Fähigkeit, die Zuneigung der Menschen quasi im Vorübergehen zu gewinnen, fand sie höchst irritierend.

Max hingegen starrte Sam ehrfurchtsvoll an.

Dieser zwinkerte ihm zu und wandte sich wieder an Cara. »Wegen der Eier ... Ich habe sozusagen einen Notfall.«

Caras Blick wanderte an ihm vorbei zu seinem Haus. In der Einfahrt parkte ein fremdes Mercedes Cabrio.

Aha. Vermutlich war der Notfall blond, teuer in der Erhaltung und nach den akrobatischen Einlagen der letzten Nacht völlig ausgehungert. Eine Sekunde lang blitzten Bilder in Caras Kopf auf, wie es wohl wäre ...

Ergeben tat sie einen Schritt zurück. »Ich bin mir sicher, dass *ich* Eier habe«, murmelte sie missmutig. »Irgendjemand muss ja Eier haben, nicht wahr?«

Er zog die Augenbrauen hoch, aber sie drehte sich einfach um. Wie eine Karawane setzten sich auch die anderen in Bewegung: Sam folgte ihr, hinter ihm trottete Max mit hündischer Ergebenheit.

Cara hätte Sam am liebsten in die Magengrube geboxt. Manchen Menschen fiel einfach alles zu: nicht nur, dass er scheinbar niemals zu arbeiten schien. Er war es auch noch gewohnt, mit seinem Aussehen alles zu erreichen. Vermutlich war er von Beruf Sohn und mit einem goldenen Löffel im Mund geboren worden. Die Welt war so unfair!

Sie öffnete die Tür des Kühlschranks und hielt ihm schweigend den Eierkarton hin.

»Bio«, sagte er. »Sehr gut.«

Aus irgendeinem Grund stachelte das ihre Wut an. Was dachte er sich dabei, so herablassend mit ihr zu reden? Sie brauchte seine Anerkennung ungefähr so dringend wie einen Kropf.

Beruhig dich. Er hat dir nichts getan, erinnerst du dich? Er hat einfach nur keine Eier.

Cara spürte, wie ein Lächeln an ihren Mundwinkeln zupfte. *Okaaay ... Ich muss ihn loswerden. Ich stehe kurz vor einem Nervenzusammenbruch, diese ständigen Stimmungswechsel sind nicht mehr normal.*

Sie hatte zu viel gearbeitet, war zu viel gereist, hatte sich in letzter Zeit zu viele Sorgen gemacht, zu wenig geschlafen. Aber all das hatte nichts mit Mr. Perfekt von nebenan zu tun.

Sie wusste, dass Sam eigentlich nett war. Er hatte Max schon zum Schwimmen eingeladen, er warf sämtliche Bälle wieder zurück, die in seinem Garten landeten, und er hatte sich noch nie über den Lärm beschwert, den die Kinder machten.

Trotzdem.

»Kann ich dir irgendwie helfen?«, fragte er. »Du wirkst gestresst.«

Sie schüttelte den Kopf. Wie sollte er ihr denn bitte helfen? Er war vermutlich noch nicht mal dreißig. Praktisch noch ein Kind, wenn es nach Cara ging. Und sie hatte schon zwei von der Sorte, vielen Dank.

***

Sam starrte in das Gesicht seiner hübschen Nachbarin und fragte sich, was mit ihr los war. Normalerweise war sie kühl, aber höflich – doch heute schien ihr eine Laus über die Leber gelaufen zu sein.

Er konnte sehen, wie etwas in ihr arbeitete, und war sicher, dass sie wütend war. Auf ihn. Aber warum?

Plötzlich machte sie auf dem Absatz kehrt und stürmte aus der Küche. Sam blieb nichts anders übrig, als ihr zu folgen.

»Danke.« Er hob den Karton hoch, als er durch die Tür ins Freie trat, und lächelte sie an.

Cara nickte. Ihre graugrünen Augen blitzten geradezu und eine schwarze Haarsträhne fiel ihr ins Gesicht. Die Wut stand ihr. Auch wenn Sam nicht wusste, womit er sie verdient hatte. Oder ob sie überhaupt ihm galt. Sicher war nur, dass er zu einem verflucht schlechten Zeitpunkt geklingelt hatte.

»Tschüss, Sam. Bis zum nächsten Mal.« Cara knallte ihm die Tür vor der Nase zu, ohne auf seine Antwort zu warten.

Für einen Moment stand er nur da und starrte auf die Tür. *Müsste mal wieder gestrichen werden.* So, wie überhaupt einiges am Haus zu reparieren wäre.

Nicht, dass ihn das etwas anging. Er setzte sich in Bewegung und schlenderte zu seinem Haus zurück. Denn egal, wie faszinierend die Augen seiner Nachbarin auch waren: Sich hier einzumischen, war ein Rezept für Desaster.

Plötzlich dachte er an seine Mutter. Wie sie versucht hatte, Brandon und ihm eine halbwegs normale Kindheit zu bieten. Was sie geopfert hatte, um sie zu beschützen. Und doch hatte sie schließlich nicht die Kraft gefunden, sich selbst zu retten.

Ein roter Wagen bog mit quietschenden Reifen in Caras Einfahrt ein und riss Sam aus seinen Gedanken. Das Mädchen auf dem Beifahrersitz neigt sich zu dem Fahrer, und die beiden küssten sich, als gäbe es kein Morgen. Dann sprang sie aus dem Auto. Als sie an Sam vorbei zum Haus lief, zwinkerte sie ihm zu.

Vermutlich die Nanny. Sicher musste Cara heute wieder einmal verreisen und er hatte sie bei der Verabschiedung von den Kids gestört. Kein Wunder, dass sie gereizt war.

Zufrieden mit dieser Erklärung machte Sam sich auf den Weg zurück zu seinem Haus. Er mochte es, wenn die

Dinge Sinn ergaben. Ihren Platz fanden. Wenn sich ein System in dem Chaos zeigte, das ihn umgab.

Vielleicht hatte er deshalb damals die Firma gegründet. Er zuckte mit den Schultern und schob den Gedanken beiseite. Die Firma gehörte ihm nicht mehr und er mochte das Gefühl nicht, das in ihm aufstieg, wann immer er an die Vergangenheit dachte. Es hatte sich wieder einmal gezeigt, dass er lieber keine Verantwortung für andere Menschen übernehmen sollte – denn dafür war er einfach nicht geeignet.

Sam tippte den Sicherheitscode in das Tastenfeld neben der Eingangstür und die Bolzen im Inneren der Tür sprangen mit einem hörbaren Klicken auf. Bevor er sie hinter sich zuzog, sah er den roten Wagen immer noch in Caras Einfahrt stehen. Die Windschutzscheibe glänzte in der Sonne, aber Sam hätte schwören können, dass der Typ dahinter ihn beobachtete.

Sollte er zurückgehen und ihn fragen, ob er irgendwie helfen konnte? Doch dann rollte der Wagen langsam rückwärts aus der Einfahrt. Mit einem Rumpeln fuhr er über den Bordstein. Der Fahrer gab Gas und verschwand in einer bläulichen Rauchwolke.

»Hier wohnen Kinder, du Idiot«, murmelte Sam. Sein Bruder Brandon würde es genießen, so einen Halbstarken aus dem Verkehr zu ziehen und ihm einen Strafzettel zu verpassen.

Nach der Hitze draußen war es angenehm im Haus, der polierte Steinfußboden kühl unter seinen Füßen. Olivia war nirgendwo zu sehen. Vermutlich war sie noch im Badezimmer. Sam hätte gern gewusst, was Frauen dort eigentlich so lange taten. Er selbst brauchte höchstens fünfzehn Minuten, Duschen eingeschlossen.

Er mixte den Teig und zog dann eine Pfanne aus dem Regal. Während der erste Pfannkuchen briet, erschien

Olivia, fertig angezogen und geschminkt. Sie ließ sich auf einen der Barhocker neben der Kochinsel sinken.

»Riecht toll.« Sie schnupperte. »Was hast du heute noch vor?«

Er zuckte mit den Schultern. »Ich weiß nicht. Vielleicht gehe ich eine Runde laufen.«

Sie schien etwas sagen zu wollen, schwieg aber.

»Und morgen Abend treffe ich mich mit Freunden.«

Olivia nickte langsam, nahm einen Schluck Kaffee aus der Tasse, die Sam ihr hingeschoben hatte. Sie klopfte mit ihrem oval gefeilten Fingernagel auf die Edelstahlarbeitsfläche.

Dann vibrierte ihr Handy. Sie zog es aus der Handtasche und warf einen Blick darauf. »Es tut mir leid. Ich muss los. Ein Problem mit unserer Fabrik in Indien.«

Sam ließ einen Pfannkuchen auf ihren Teller gleiten. »Hast du noch Zeit, den hier zu essen?«

Olivia schüttelte den Kopf. »Tut mir leid. Ich würde wirklich gern bleiben, aber ...«

Sie küsste ihn auf die Wange, griff nach ihrer Handtasche und war schon auf dem Weg zur Tür. Dort drehte sie sich noch einmal um. »Du solltest es auch mal versuchen.«

»Was?«, fragte Sam, während er Teig in die Pfanne goss.

»Die Sache mit der Arbeit. Hausmänner finde ich auf Dauer irgendwie unsexy.«

Er schnaubte. »Nur gut, dass das zwischen uns nichts Ernstes ist.«

»Ja«, sagte sie grinsend und schob sich ihre Sonnenbrille auf die Nase. »Nur gut.«

Kapitel 2

»Wann kommst du wieder nach Hause, Mummy?«

Cara presste das Handy ein weniger fester an ihr Ohr und schluckte, weil die Traurigkeit in der Stimme ihres Sohnes für einen Moment drohte, ihr die Kehle zuzuschnüren.

Sie wollte bei Max sein. Wollte mit ihm zu Abend essen und über die Shampoo-Frisuren lachen, die er sich in der Badewanne machte. Wollte ihm eine Gutenachtgeschichte vorlesen und dann mit ihm kuscheln, bis sein Atem ruhig und regelmäßig geworden war und sie auf Zehenspitzen aus dem Zimmer schleichen konnte.

Stattdessen saß sie hier auf diesem Flughafen und wartete auf ein Flugzeug, das heute vielleicht nicht mehr starten würde. Und wie zum Hohn war die Reise komplett umsonst gewesen – der Sponsor hatte sein Angebot zurückgezogen. Ohne seine finanzielle Unterstützung stand die geplante Sonderschau vor dem Aus.

Sie ahnte, was Mr. Kotzbrocken ihr an den Kopf werden würde, wenn sie mit diesen Nachrichten zurückkam. Er war selbst an den besten Tagen kein Mitglied des Cara-Fanclubs.

Die Sehnsucht nach ihren Kindern wusch über sie hinweg, so stark, dass sie Cara für einen Moment die Luft nahm. Sie wollte nach Hause und sich die Bettdecke über den Kopf ziehen.

»Mummy?«, klang die Stimme aus dem Hörer. »Bist du noch da, Mummy?«

»Klar, mein Schatz«, sagte sie gezwungen heiter. »Ich bin schon bald wieder bei euch. Es dauert nicht mehr lange.«

Cara lehnte sich mit dem Rücken gegen den verwaisten Schalter. Ein rascher Blick über die Schulter verriet ihr, dass die Mitarbeiterin der Fluglinie immer noch nicht aufgetaucht war.

»Keinmal mehr schlafen, oder?«, fragte Max, und die Routiniertheit seiner Frage fiel wie ein Stein in ihren Magen. Er war zu klein, um auf die Abwesenheit seiner Mutter so abgeklärt zu reagieren. Er sollte es nicht gewohnt sein, sie zu vermissen.

Aber sie konnte sich den Luxus nicht leisten, jetzt darüber nachzudenken. Es gab Dinge, um die sie sich kümmern musste.

»Gibst du mir Leira?«, wich Cara seiner Frage aus. »Ich muss mit ihr reden.«

»Sie ist nicht da«, sagte Max in wichtigem Tonfall. »Sie ist bei Lou. Sie lernt für den Biometrie-Test.«

»Biologie«, korrigierte Cara automatisch. »Okay, Liebling. Dann gib mir bitte Mandy.«

»Auch nicht da.« Seine Stimme senkte sich zu einem Flüstern. »Ich darf dir nicht sagen, dass sie auf dem Klo raucht. Sonst wirst du mysterisch, sagt Mandy.«

Cara schloss die Augen und stellte sich für einen kurzen, genussvollen Moment vor, wie sie das Kindermädchen nach ihrer Rückkehr auf die Straße setzen würde. Nachdem sie der Göre eine Packung ihrer Zigaretten an den Kopf geworfen hatte.

»Was heißt mysterisch, Mummy?«, fragte Max am anderen Ende der Leitung.

Cara holte tief Luft. »Das erkläre ich dir, wenn ich wieder zu Hause bin, okay? Sag bitte Mandy, dass sie mich anrufen soll, sobald du sie siehst. Machst du das, mein Schatz?«

»Okay, Mummy. Dann gehe ich jetzt wieder fernsehen.«

Cara presste die Lippen zusammen. Als sie gerade antworten wollte, erklang eine Stimme hinter ihr.

»Guten Tag. Wie kann ich Ihnen helfen?«

Cara drehte sich um und bedeutete der freundlich lächelnden Mitarbeiterin der Fluglinie, dass sie gleich fertig war.

»Viel Spaß, mein Schatz«, sagte sie zu Max. »Und vergiss nicht, dass Mandy mich anrufen soll, okay?«

»Okay«, erklang die Stimme ihres Sohnes leicht abwesend durchs Telefon. Die Titelmelodie der *Muppet Show* im Hintergrund verriet Cara, dass er den Fernseher bereits eingeschaltet hatte.

»Ma'am?«, fragte die Flughafenmitarbeiter hinter ihr erneut, diesmal mit einer Spur Ungeduld in ihrer Stimme.

Cara ließ das Handy sinken und drehte sich um.

»Ja. Entschuldigung. Mein Sohn ...« Sie verstummte, als sie den desinteressierten Gesichtsausdruck der Frau sah. »Gibt es etwas Neues bezüglich der Flüge?«

Die Mitarbeiterin nickte. »Es wurde gerade vorhin von den Verantwortlichen beschlossen, sämtliche Verbindungen aus Sicherheitsgründen zu canceln.« Sie zuckte bedauernd mit den Schultern. »Vorübergehend.«

»Können Sie schon sagen, wann –«

»Wenn der Sandsturm vorüber ist. Laut Wetterbericht werden mit großer Wahrscheinlichkeit morgen wieder Flugzeuge starten.«

»Morgen?« Cara starrte sie an, während die Angst wie ein hässliches Monster Krallen in ihren Magen schlug. Sie hatte die Nanny nur für zwei Tage gebucht. »Das geht nicht. Ich muss nach Hause zu meinen Kindern«, stammelte sie.

»Es tut mir sehr leid, ich kann Ihnen derzeit keine weiteren Auskünfte geben.« Während die Mitarbeiterin unverbindlich lächelte, wanderten ihre Augen unterhalb der perfekt gezupften Brauen bereits über Caras Schultern zu dem Mann, der dort wartete.

Cara räusperte sich. »Dann brauche ich bitte ein Hotelzimmer. Ich bin sicher, Ihre Fluglinie wird dafür aufkommen?« Sie versuchte so zu klingen, als wäre das überhaupt keine Frage.

Ein bedauerndes Lächeln glitt über das Gesicht der Mitarbeiterin. »Ich fürchte, alle Hotels in der Stadt sind ausgebucht«, sagte sie und schüttelte leicht den Kopf. »Der jährliche Kongress der Falkenzücher läuft noch bis übermorgen. Sie finden Feldbetten und Decken am Infopoint des Flughafens. Außerdem lädt unsere Airline Sie gerne auf Erfrischungen und Snacks in die Lounge ein.«

Cara schloss für einen Moment die Augen und unterdrückte den Wunsch, die Mitarbeiterin zu schütteln, bis ihr das Lachen aus dem Gesicht rutschte.

»Okay«, sagte sie stattdessen. »Wo finde ich den Infopoint?«

Mit der Wegbeschreibung im Ohr und ihrem Trolley im Schlepptau machte sie sich auf den Weg durch den Flughafen. Überall waren lange Schlangen vor den Schaltern der Fluglinien, telefonierten Menschen mit ihren Angehörigen, um ihnen mitzuteilen, dass sie hier gestrandet waren. Wegen diesem Sandsturm, der im Inneren der fensterlosen Abflughalle so merkwürdig unwirklich schien. Denn hier hatte es konstant dreiundzwanzig Grad und das Heulen des Windes war kaum wahrzunehmen.

Cara durchquerte die Halle, vorbei an den kleinen Geschäften, die sie zu beiden Seiten säumten. An den Drehständern vor den Shops hingen Sonnenbrillen und Strandkleidung, daneben stapelten sich Sonnencreme und Reiseführer. Alles war bereit für die Touristen, die jeden Sommer wie eine große Welle über den Flughafen hinwegrollten.

Cara dachte einen sehnsüchtigen Moment daran, mit ihren Kindern Urlaub zu machen: Strände, Palmen und langsame, faule Tage. Max würde Muscheln suchen und Sandburgen bauen, während Leira und sie selbst sich durch die Stapel an Büchern lasen, die sie mitgebracht hatten.

Dann schüttelte sie den Kopf. Träumereien halfen ihr nicht weiter. Und ihr Kontostand machte jeden Gedanken an Urlaub zu genau dem: einem Traum.

Cara fischte ihr Handy aus der Jeanstasche. Zuerst schrieb sie eine SMS an Leira, dass sie einen Tag später als geplant zurückkommen würde. Dann tippte sie auf Mandys Namen auf dem Display und hielt sich das Handy ans Ohr. Niemand hob ab.

Sie versuchte es noch einmal.

Komm schon. Heb ab. Heb ab. Heb ab.

Nach dem fünften Läuten erklang tatsächlich die gelangweilte Stimme des Kindermädchens durch den Lautsprecher. »Hallo?«

»Hi, Mandy. Hier spricht Cara.«

»Oh, hi.«

»Wie geht es euch, Mandy? Ist Leira schon wieder da?«

»Nein, sie ist immer noch bei ihrer Freundin. Angeblich zum Lernen.« Die Stimme der Nanny verriet nur zu deutlich, was sie davon hielt.

»Hör mal, Mandy ... Es gibt leider ein Problem. Durch einen Sandsturm wurden sämtliche Flüge gecancelt. Hier herrscht Chaos, Hunderte Leute sitzen fest. Ich fürchte, ich werde erst morgen heimfliegen können. Aber ich werde versuchen, einen Platz in der ersten Maschine zu ergattern.«

Am anderen Ende der Leitung blieb es ruhig.

»Mandy?«

»Aber es war ausgemacht, dass ich heute Abend freihabe.«

»Es tut mir so unglaublich leid, Mandy«, sagte Cara. »Ich komme frühestens morgen, da ist nichts zu machen.«

Das Kindermädchen schwieg.

»Ich werde dir für heute und morgen das Doppelte bezahlen, okay? Als Dankeschön für deine Hilfe«, schlug Cara vor. In Gedanken überschlug sie bereits fieberhaft, wie sie diese Extraausgabe wieder finanzieren würde. Vielleicht konnte sie die Reparatur des Autos noch einen weiteren Monat hinausschieben?

»Na gut«, murrte die Nanny ohne große Begeisterung.

»Danke, Mandy«, sagte Cara erleichtert. »Ich bin dir was schuldig.«

Doch die Verbindung war bereits tot. Während Cara aufs Handy starrte und überlegte, ob sie noch einmal anrufen sollte, blinkte eine Nachricht auf:

Hi Cara, Leira ist bei uns. Sie ist leider krank geworden. Ich denke, sie hat die Grippe, ihr Fieber ist innerhalb von zwei Stunden stark gestiegen. Ich habe sie ins Bett gepackt, sie schläft jetzt. Sie sollte hierbleiben, bis es ihr ein wenig besser geht. Ist dir das recht? Mach dir keine Sorgen, ich werde den Arzt bitten, vorbeizukommen und nach Leira zu sehen. Liebe Grüße, Reenie

Cara runzelte die Stirn. Reenie war die Mutter von Leiras bester Freundin Lou. Obwohl Cara sie nett fand, waren sie kaum mehr als flüchtige Bekannte. Und nun musste sie sich um ihre kranke Tochter kümmern, weil Cara hier auf diesem Flughafen, Tausende Kilometer von daheim, festsaß?

Zum hundertsten Mal an diesem Tag verwünschte sie Mr. Kotzbrocken, dem sie diesen ganzen Schlamassel zu verdanken hatte. Warum zwang er sie zur Betreuung der Sponsoren? Sie hasste diese Arbeit. Sie war Archäologin, dafür hatte sie studiert. Vor die Wahl gestellt, hätte sie jederzeit eine staubige Fundstelle einem klimatisierten Büro vorgezogen. Jahrtausendealte Knochen lagen ihr deutlich mehr als Small Talk mit lebenden Menschen. Sie war eine Fehlbesetzung für diesen Job, und das war im Museum kein Geheimnis.

Aber sie wusste leider nur zu gut, warum ihr Chef sie mit dieser Arbeit bestrafte. Warum sie die einzige langjährige Mitarbeiterin war, die ihn mit »Mr. Devenhurst« anreden musste, während die anderen ihn beim Vornamen nannten. Warum er sie ständig zu Geschäftsreisen zwang.

Und daran würde sich nichts ändern.

Es schmerzte nach all der Zeit immer noch zu sehr, darüber nachzudenken. Wie immer, wenn die Erinnerungen ihren Kopf fluteten, breitete sich ätzende Scham in ihrem Magen aus.

Aber sie würde jetzt nicht länger darüber nachdenken.

Cara schob mühsam die Gedanken beiseite und tippte stattdessen eine SMS an Reenie:

Vielen, vielen Dank für deine Hilfe, Reenie! Hat sie nur Fieber oder auch noch andere Symptome? Sie ist allergisch gegen Antibiotika. Ich komme so schnell wie möglich, wenn dieser blöde Sandsturm hier vorbei ist. Danke noch mal. Du bist ein Schatz! Und sag Leira, dass ich sie lieb hab, wenn sie munter wird. Cara

Sie drückte auf Senden und fühlte sich wie die schlechteste Mutter der Welt.

***

Mandy starrte wütend auf den Kühlschrank voller Kinderzeichnungen. Oh, wie sie diesen Job hasste!

Als sie sich bei *First-Class Nannys International* beworben hatte, waren ihr ganz andere Bilder vorgeschwebt: Sie würde eine reiche Familie auf Reisen begleiten, ein stattliches Gehalt bekommen und sich die Arbeit vielleicht sogar mit einer zweiten Nanny teilen. Sie hatte sich selbst bereits auf einer Jacht in der Sonne liegen sehen oder an einem Südseestrand einen Cocktail schlürfen.

Mandy stampfte mit dem Fuß auf. Falsch gedacht! Statt auf einer Jacht saß sie hier in dieser Bruchbude, gerade mal achtzig Meilen von zu Hause. Und dafür der ganze Aufwand.

Rob und sie hatten immerhin einen ganzen Nachmittag lang gebraucht, um sich einen passenden Lebenslauf aus den Fingern zu saugen. Für so eine noble Agentur musste der natürlich was hermachen ... Als Mandy daran dachte, wie die Mitarbeiterin der Agentur bei den verschiedenen Referenzen angerufen hatte, musste sie grinsen. Natürlich war sie jedes Mal nur auf einem neuen Prepaid-Handy gelandet und Rob oder sie selbst hatten mit nasaler Stimme in den höchsten Tönen von Mandys eigentlich nicht vorhandenen Qualifikationen geschwärmt.

War es nicht lächerlich, dass man fürs Babysitten heutzutage tatsächlich eine Ausbildung brauchte? Und Referenzen? Immerhin war das nicht so schwer.

Und Max war ja eigentlich ganz süß. Selbst wenn er keine fünf Minuten Ruhe geben konnte. Aber dafür hatte man schließlich den Fernseher erfunden, nicht wahr? So war Max beschäftigt und Mandy konnte auch mal Pause machen.

Seine Schwester Leira war leider nicht so einfach ruhigzustellen. Sie war eine echte Klugscheißerin und wies Mandy ständig auf alle möglichen Fehler hin. Sicher dachte sie, dass sie hier Befehle geben konnte, während ihre Mutter weg war.

Aber da hatte sie sich getäuscht, das hatte Mandy beim letzten Mal klargestellt. Sie war die Erwachsene hier, ihr Wort war Gesetz.

Vermutlich würde Leira sich bei ihrer Mutter beschweren, wenn die blöde Zicke wieder nach Hause kam. Falls sie überhaupt nach Hause kam. Denn die Arbeitszeiten dieser Frau waren einfach verrückt. Nicht nur, dass Cara jeden Tag mit diesem merkwürdigen Gerümpel im Museum verbrachte – nein, sie arbeitete auch noch abends daheim, wenn die Kinder schliefen. Im Arbeitszimmer stapelten sich Bücher und Papierberge und an den Wänden hingen alte Landkarten und gruselige Fratzen. Alte aztekische Masken, hatte Cara ihr einmal erklärt und ein paar Scherben gezeigt, die sie ebenfalls aus einer Grabkammer geborgen hatte.

Mandy mochte das Arbeitszimmer nicht. Die Masken an den Wänden schienen sie mit ihren Blicken zu verfolgen. Was war das überhaupt für ein Beruf? Wer grub schon freiwillig Skelette aus? Bestimmt war das alte Gerümpel auch noch verflucht. Und was sollte daran überhaupt so interessant sein?

Mandy schüttelte den Kopf und zog die Kühlschranktür auf. Nur das übliche Zeug: Karotten, Weintrauben, Putenschinken und Hüttenkäse. *Brr.* Mandy schlug die Tür wieder zu. Konnte doch wohl keiner im Ernst erwarten, dass sie das hier aß.

Im Tiefkühlfach fand sie schließlich unter Brokkoli und Mischgemüse eine gefrorene Pizza.

»Max«, brüllte sie über den Lärm des Fernsehers ins Wohnzimmer. »Hast du Lust auf Pizza?«

Der Junge antwortete nicht, sondern hing wie hypnotisiert vor dem Bildschirm. Mandy schüttelte den Kopf. Sie würde ihm später einbläuen müssen, seiner Mum nur ja nichts von der Tiefkühlpizza zu erzählen. Und dem Fernsehen. Und dem Besuch beim Burger-Inn.

Denn Cara war total verrückt, was ihre Kinder anging, und es gab einen Haufen Regeln für jede Kleinigkeit: Wie viele Süßigkeiten erlaubt waren, wann Max ins Bett musste, wie lange er fernsehen durfte. Cara hatte sogar verlangt, dass Mandy mit Max jeden Nachmittag in den Park gehen sollte, zum Spielplatz. Als ob der Kleine nicht ebenso daheim spielen konnte. Ziemlich übertrieben, alles in allem. Mandys Mum hatte nie so einen Aufstand gemacht und Mandy war auch groß geworden.

Aber Mandys Wort war nun Gesetz, richtig? Ihre Verantwortung, ihre Regeln. Würde Cara weniger arbeiten und sich mehr um ihre Kinder kümmern, dann bräuchte sie auch keine Nanny. Selbst schuld.

Mandy öffnete die Verpackung, schob die Pizza in die Mikrowelle und drückte auf die Start-Taste.

Während sich die Pizza unter dem Summen der Mikrowelle zu drehen begann, beäugte Mandy den Berg Geschirr in der Spüle. Sie überlegte, ob sie vielleicht den Geschirrspüler einräumen sollte. Aber dann zuckte sie nur mit den Schultern. Sie wurde ja schließlich nicht fürs Putzen bezahlt, richtig? Und nachdem sie nun schon einen Tag länger arbeiten musste ... Bei dem Gedanken verzog sie das Gesicht.

Rob würde wütend sein. Echt stinkwütend.

Immerhin hatte er ihr die Karten für das Konzert heute Abend geschenkt.

Mandy wollte sich lieber nicht vorstellen, wie er auf diese Neuigkeit reagieren würde.

***

Cara schob sich durch die Grüppchen von Menschen, die überall herumstanden. Die Nachricht, dass keine Hotelzimmer mehr frei waren, hatte die allgemeine Laune nicht gerade gehoben. Eine Frau neben ihr keifte auf einen Mitarbeiter des Flughafens ein. Der Mann versuchte zu antworten, aber sie ließ sich nicht beruhigen. Immer lauter und hektischer wurde sie, bis sie schließlich mit ihrem Flugticket auf den Mitarbeiter einschlug.

Cara schloss für einen Moment die Augen. Eigentlich sollte sie schon lange im Flugzeug sitzen, den glitzernden Atlantik unter sich. Auf dem Weg zu ihren Kindern.

Mit einem Mal war ihr einfach alles zu viel: die aufgeregten Stimmen der anderen Passagiere, das Zischen der Kaffeemaschine im Café hinter ihr, das Heulen des übermüdeten Babys im Kinderwagen dort drüben, die Durchsagen aus den Lautsprechern. All das schwoll in ihrem Kopf zu einer gewaltigen Kakofonie, machte ihr jedes Denken unmöglich.

Sie griff nach ihrem Koffer und floh. Quer durch die Abflughalle, hinüber zu den Rolltreppen, die in das teure Aussichtsrestaurant führten. Sie sollte kein Geld ausgeben, und das hier lag definitiv außerhalb ihrer Preisklasse. Aber sie brauchte dringend Ruhe. Und Kaffee.

Mit leisem Zischen glitten die automatischen Türen zur Seite. Cara kam es vor, als träte sie in eine Oase der Ruhe ein. Klaviermusik perlte aus den Lautsprechern, Teppichboden federte unter ihren Schritten. Gemurmel hing in der Luft. Im Vergleich zu dem Tohuwabohu der Abflughalle fühlte sich das hier an wie der Himmel. Cara atmete tief ein, als könnte sie die Ruhe in sich hineinsaugen.

»Madam?«, fragte ein Kellner in der traditionellen bodenlangen Kleidung der Beduinen, der gerade neben ihr aufgetaucht war.

»Einen Tisch für eine Person, bitte«, murmelte Cara.

Sie folgte ihm durch eine weitere Tür in den angrenzenden Raum – und blieb wie angewurzelt stehen. Vor ihr erstreckte sich über die gesamte Breite eine Glaswand. Normalerweise bot sie wahrscheinlich einen Blick auf die startenden Flugzeuge, doch heute lag auf der anderen Seite eine verlassene Welt. Keine Menschenseele war draußen zu sehen, nur der Sturm peitschte dichte, orangefarbene Sandwirbel vor sich her.

Als wäre ich auf dem Mars, dachte Cara und fröstelte unwillkürlich.

Sie setzte sich wieder in Bewegung, ohne den Blick vom Fenster lösen zu können. An einem winzigen Tisch nahm sie Platz und bestellte Espresso. Nachdem sie die Preise in der Speisekarte gesehen hatte, verzichtete sie auf etwas zu essen.

Caras Blick wanderte zurück zu der Szenerie: Palmen bogen sich im rötlichen Wind. Die Flügel einer Cessna schwankten, als versuche der kleine Flieger, aus eigener Kraft abzuheben.

Weiter hinten zog eine Bewegung zwischen zwei Gebäuden Caras Aufmerksamkeit auf sich – eine vermummte Gestalt, deren Gesicht sie hinter der Atemschutzmaske nicht erkennen konnte, stemmte sich gegen den Sturm.

Der Mann wirkte so einsam, wie er sich da durch das orangfarbene Zwielicht des Sturmes kämpfte, dass Caras Herz sich zusammenzog.

Ganz allein, dachte sie. *Er ist ganz allein da draußen. Niemand, der ihm hilft.*

Erschöpfung, Hunger und Anspannung vermischten sich zu einem Gefühl tiefer Hoffnungslosigkeit. Und während sie den einsamen Flughafenmitarbeiter dabei beobachtete, wie er eine Plane festzurrte, dachte Cara an ihre Kinder. Und ihr Leben.

Ein Schluchzen stieg in ihrer Kehle auf und sie drückte ihre Fingernägel in den Handballen. *Reiß dich zusammen! Nicht hier. Und hast du keine Arbeit zu erledigen?*

Natürlich.

Sie wischte sich mit dem Handrücken über ihre Augen. Warum saß sie hier rum und heulte? Damit war niemandem geholfen, am wenigsten ihr selbst.

Sie zog den Laptop aus ihrer Reisetasche und klappte ihn auf. Als der Kellner mit dem Kaffee erschien, war sie schon tief in ihren Bericht über das Treffen mit dem Sponsor vertieft.

Mr. Kotzbrocken würde nach ihrer Rückkehr eine gute Erklärung dafür erwarten, warum sich der Geldgeber aus dem Projekt zurückgezogen hatte. Er würde seinen Bericht bekommen, und es würde ein guter Bericht sein – der klarmachte, dass es am Projekt selbst lag. Cara war entschlossen, ihm keinen Grund zu liefern, sie zu feuern.

Denn sie wusste, dass er nichts lieber wollte als das.

***

»Du bleibst im Bett. Ich bin gleich wieder da«, fauchte Mandy und deutete mit ihrem Zeigefinger auf Max, der mit großen Augen zu ihr aufblickte.

»Aber wenn die Schatten kommen?«, flüsterte er. »Ich hab Angst, Mandy.«

Die Türklingel schrillte abermals durchs Haus. War Rob etwa schon hier?

»Es ist noch zu früh für Schatten, es ist doch noch hell«, sagte sie und schüttelte den Kopf. »Und jetzt gib Ruhe.« Sie ging zur Tür. »Und wehe, du bist nicht im Bett, wenn ich wieder heraufkomme. Dann gibt's heute Nacht kein Licht im Flur!«

Als Max sie erschrocken ansah, drehte sich Mandy zufrieden um und lief den Flur entlang. Ein drittes Klingeln durchschnitt die Luft. Gut, dass sie den Kleinen heute extra früh ins Bett gesteckt hatte. Einem romantischen Abend stand damit nichts im Weg.

Lächelnd riss sie die Tür auf. Wenn sie schon nicht aufs Konzert gehen konnte, dann wollte sie wenigstens hier ihren Spaß haben, war das zu viel verlangt?

Sie wollte sich gerade in Robs Arme werfen, als sie mitten in der Bewegung innehielt.

Das war nicht Rob. Da stand eine fremde Frau. Locken fielen ihr ins Gesicht und ihre braunen Augen blickten freundlich drein.

»Hallo«, sagte sie. »Ich bin Reenie, die Mutter von Leiras Freundin. Ich wollte nur vorbeischauen, um Bescheid zu sagen, dass sie krank geworden ist. Sie bleibt bei uns, bis es ihr etwas besser geht. Und ich wollte fragen, ob ihr vielleicht Hilfe braucht? Ich habe gehört, dass ihr einen Tag länger als geplant allein seid?«

Mandy sah die Frau mit zusammengekniffenen Augen an. »Wir brauchen keine Hilfe. Danke.« *Hat Cara sie hierhergeschickt? Als Spitzel?* Mandy dachte an die Berge schmutzigen Geschirrs, den Zustand des Wohnzimmers, und trat einen Schritt hinaus auf die Veranda. Dann zog sie die Tür hinter sich zu.

»Ich möchte Max nicht wecken«, sagte sie und lächelte. Fehlte ihr gerade noch, dass Frau Spitzel auf blöde Ideen kam.

Die Frau sah auf ihre Uhr. »Ist er etwa schon im Bett? Es ist doch erst halb sechs!«

Mandy zuckte mit den Schultern. »Er war müde. Sie wissen ja, wie Kinder sind.«

Reenie sah sie mit gerunzelter Stirn an, und Mandy hatte plötzlich das dumpfe Gefühl, dass die Frau ihr nicht glaubte. Als sie sprach, klang ihre Stimme aber so freundlich wie vorher. »Ach, nun hätte ich Schussel beinahe darauf vergessen: Ich wollte auch noch einen frischen Pyjama für Leira mitnehmen.«

Mandy durchschaute den Plan sofort. Die Schnepfe

wollte im Haus rumschnüffeln. Und sich wichtigmachen. Aber da hatte sie sich geschnitten.

»Oh, das ist aber lieb von Ihnen«, zwitscherte Mandy. »Ich schleiche mal schnell auf Zehenspitzen ins Haus und hole einen Pyjama. Bin gleich wieder da!«

Damit drückte sie die Tür auf, trat ins Haus und zog sie hinter sich wieder ins Schloss, bevor die Frau etwas erwidern konnte.

Als das Auto ein paar Minuten später wieder aus der Einfahrt rollte, atmete Mandy auf. Sie winkte der Schnüfflerin und blickte ihr nach, um sicherzugehen, dass sie auch wirklich weg war.

***

»Wir schließen nun«, riss die Stimme des Kellners sie aus der Arbeit. »Darf ich Ihnen die Rechnung bringen?«

Cara blickte verwirrt auf. Die Anzeige der Uhrzeit auf ihrem Laptop verriet ihr, dass es bereits spät war.

»Natürlich«, sagte sie, und ihre Stimme klang rau, weil sie in den letzten Stunden nicht gesprochen hatte. Nach dem Bericht für ihren Chef hatte sie sich in die aktuellen Forschungsergebnisse aus der archäologischen Community vertieft und die Zeit glatt vergessen.

Die Arbeit war Caras Zuflucht: Wenn sie Beschreibungen antiker Fundstücke, Berichte über Ausgrabungen oder neue Theorien über längst versunkene Kulturen las, dann verblasste alles um sie herum: Das schlechte Gewissen ihren Kindern gegenüber, weil sie so viel arbeitete. Die viel zu hohe Hypothek auf ihrem Haus. Die Sehnsucht danach, als Archäologin im Feld zu arbeiten und diesen unsäglichen Bürojob hinter sich zu lassen. Die Sache mit Mr. Kotzbrocken.

Das Gefühl, niemals auch nur annähernd mit ihren Aufgaben fertig zu werden. Die Angst davor, das alles irgendwann nicht mehr zu schaffen. Ihre Arbeit zu verlieren. Krank zu werden. Als Mutter zu versagen.

Cara bezahlte, klappte den Laptop zu und stopfte die Unterlagen in ihre Ledermappe.

Draußen vor dem Fenster war es mittlerweile dunkel geworden, und der Effekt war gespenstisch, als wäre sie in den Tiefen eines orangefarbenen Meeres versunken, in dem kein Leben existierte.

Nach einem letzten Blick hinaus nickte Cara dem Kellner zu und machte sich mit ihrem Trolley auf den Weg nach draußen. Sie wäre gern noch hiergeblieben in dieser Blase aus leiser Musik und Kaffeeduft.

Aber schon schlossen sich die Türen hinter ihr und die Geräusche des Flughafens umfingen sie wie ein Schwarm Moskitos. Stechende Schmerzen machten sich abrupt in Caras Kopf breit. Sie rieb sich mit den Fingern über die Schläfen, während sie mit der Rolltreppe langsam zurück in die Abflughalle glitt.

Sie sollte etwas essen. Und dann schlafen. Am nächsten Morgen wollte sie so früh wie möglich am Schalter sein. Sie musste einfach die erste Maschine erwischen, die diesen Flughafen in Richtung Washington verließ ... und sie war vermutlich nicht die Einzige, die diesen Gedanken hatte.

Falls die Maschinen wieder Starterlaubnis bekamen.

Cara verbot sich selbst, in diese Richtung zu denken, und reihte sich in die Warteschlange der Notfallversorgung ein. Sie kramte eine Packung Kopfschmerztabletten aus ihrer Handtasche hervor und schluckte eine ohne Flüssigkeit hinunter. Wegen des bitteren Nachgeschmacks schnitt sie eine Grimasse.

Vor ihr hing ein kleiner Junge wie ein Äffchen am Arm seines Vaters und sah ihr mit schweren Augenlidern zu. Cara lächelte ihn an und stellte sich auf die Zehenspitzen, um nach vorn in Richtung Schalter zu sehen. Nur einssechzig zu sein, brachte in Menschenmengen deutliche Nachteile mit sich. Vor allem, wenn die Warteschlange hauptsächlich aus groß gewachsenen Männern bestand.

Der Junge sah ihr bei ihren kläglichen Versuchen zu, dann streckte er ihr die Zunge heraus und presste das Gesicht schnell in das Hemd seines Papas. Cara musste grinsen, während der Vater des Kleinen sie peinlich berührt ansah.

»Hat er Ihnen die Zunge gezeigt?« fragte er. »Tut mir leid. Jacob ist sehr müde. Wir sitzen hier schon seit Stunden fest.«

»Nö, hat er nicht«, sagte Cara und zwinkerte Jacob zu, der ihr gerade wieder vorsichtig das Gesicht zudrehte. »Und selbst wenn er das getan hätte, könnte ich ihn gut verstehen. Ich bin ganz seiner Meinung.«

Der Vater lachte auf. »Das sind wir alle, denke ich.« Er strich Jacob übers Haar.

»Wo fliegst du hin, wenn der blöde Sturm weg ist?«, fragte Jacob.

»Nach Hause. Meine Kinder warten schon auf mich, weißt du? Mein Sohn Max ist ungefähr so alt wie du.«

»Fünfeinhalb?«, fragte Jacob.

Cara nickte.

»Und wo bist du zu Hause?«

»In Finley Meadows. Das ist eine kleine Stadt in Amerika. Das Flugzeug bringt mich bis nach Washington, dann muss ich noch ein Stückchen mit dem Auto fahren.«

»Aber erst wenn der blöde Sturm weg ist«, antwortete Jacob. »Und wie lange fliegst du bis dorthin?«

Cara überlegte. »Ungefähr dreizehn Stunden«, sagte sie. Und seufzte. Der Gedanke an den endlosen Flug war wenig verlockend.

»Ganz schön lange.« Jacob blickte konzentriert auf seine Finger, als könnte er mit ihrer Hilfe herausfinden, wie viel dreizehn Stunden nun genau waren.

»Das ist ein Tag«, half ihm sein Vater weiter. »Vom Aufstehen bis zum Schlafengehen.«

»Wow.« Jacob sah beeindruckt drein. »Papa, müssen wir auch so lange fliegen?«

Der schüttelte den Kopf. »Wir fliegen ungefähr sieben Stunden.«

»London?«, riet Cara.

Jacob nickte heftig. »Da wohnen wir.« Sein Blick wurde abwesend. »Ich will nach Hause. Puffels ist doch ganz allein. Er denkt sicher, wir haben ihn nicht mehr lieb«, sagte er dann, und plötzlich füllten sich seine Augen mit Tränen. Sein Vater strich ihm wieder übers Haar.

»Deine Kinder sind sicher schon ganz traurig, weil du nicht da bist«, sagte Jacob unvermittelt. »Ich vermisse meinen Papa immer ganz viel, wenn er nicht da ist.« Er gähnte und legte den Kopf auf die Schulter seines Vaters.

Cara spürte, wie ihre Kehle eng wurde, aber sie lächelte. Und während Jacobs Lider immer schwerer und schwerer wurden, bis er schließlich einschlief, wartete sie. Nach zwei endlosen Stunden war sie endlich an der Reihe. Jacobs Vater griff nach der Decke und dem Feldbett, die ihm der Flughafenmitarbeiter über den Schalter zuschob.

»Man sieht sich.« Er lächelte Cara an. Dann ging er langsam los, Jacob immer noch auf seinem Arm – ohne Zweifel auf der Suche nach einer ruhigen Ecke.

Als Cara sich zu dem grauhaarigen Mitarbeiter wandte, konnte sie an seinem Gesichtsausdruck ablesen, dass er schlechte Nachrichten für sie hatte.

»Sorry, keine Feldbetten mehr. Und auch keine Decken. Wir haben alles verteilt«, sagte er, ohne ihr dabei in die Augen zu sehen.

Cara nickte mechanisch, während sich ihr Gehirn weigerte, diese Nachricht zu verarbeiten. Der Mitarbeiter griff nach dem Mikrofon, das neben ihm stand, und rief die schlechten Neuigkeiten über die Köpfe der wartenden Menschen hinweg.

Ein Sturm an wütenden Stimmen erhob sich, doch Cara ging einfach davon, als hätten ihre Beine das Kommando übernommen. Was sollte sie nun tun? Ihr Gehirn war wie eine Wand, an der die Gedanken einfach abrutschten.

Planlos ging sie durch den Flughafen, vorbei an den dunklen Schaufenstern der Shops und Restaurants. Schließlich ließ sie sich auf eine Bank sinken, die vor einem Reisebüro stand. Der Bildschirm in der Auslage bohrte sein Licht in ihre müden Augen. Cara legte ihren Kopf auf dem Arm ab und sah teilnahmslos zu. Werbung für die Airline, bei der sie gebucht hatte: Flugbegleiterinnen lächelten strahlend weiß, Flugzeuge überquerten den blitzblauen Himmel, kultivierte Geschäftsleute tranken Kaffee in der Flughafen-Lounge.

Als sie die Geschäftsleute betrachtete, stieg ein Bild in ihr auf, diffus und unangreifbar. Cara brauchte eine ganze Weile, bis ihr die Unterhaltung mit der Mitarbeiterin der Fluglinie wieder einfiel.

Außerdem lädt unsere Airline Sie gerne auf Erfrischungen und Snacks in die Lounge ein, hatte die Frau gesagt.

Caras Magen erwachte knurrend zum Leben. Es waren Stunden vergangen, seit sie das letzte Mal gegessen hatte. *Kaffee,* dachte sie mit dem Mut der Verzweiflung. *Vielleicht einen Toast? Oder Brötchen?*

Ein paar Minuten irrte sie durch die Halle, die ein immer chaotischeres Bild bot: Überall lungerten Menschen auf Bänken oder auch auf dem Fußboden, Jacken unter ihre Köpfe geschoben. Koffer und Taschen standen herum, dazwischen leere Chipstüten, Getränkedosen und zerfledderte Zeitungen. Schließlich hatte Cara die Schilder gefunden, die ihr den Weg zur Lounge wiesen.

Gleich hast du es geschafft. Nur noch ein paar Schritte.

Als sich die Tür schließlich vor ihr öffnete, bot sich ihr ein ähnliches Bild wie in der Halle: Auf jeder verfügbaren freien Fläche lagen Menschen in Decken und Schlafsäcken.

Cara stellte ihren Koffer neben der Tür ab und schlich auf Zehenspitzen zwischen den schlafenden Passagieren hindurch hinüber zum Büfett. Eine Frau, die gerade ein Baby wiegte, warf ihr einen erschöpften Blick zu.

Cara erreichte den Tisch und belud ihren Teller mit den kläglichen Resten: ein Brötchen, dessen Schinken sich an den Rändern einrollte. Ein Blätterteigteilchen, das durch den Obstbelag matschig geworden war. Eine Tasse mit schwarzem Kaffee, denn die Milch roch merkwürdig, und der Zucker war aus.

Cara war es egal. Müde lehnte sie sich gegen die Wand und schlang das Brötchen hinunter, ohne viel zu schmecken. Das Blätterteigteilchen folgte kurz darauf. Ihr Magen rebellierte gegen die klebrige Süße. Mit grimmiger Entschlossenheit trank sie den Kaffee hinterher. Wie zu erwarten, schmeckte er nach gefiltertem Komposthaufen, aber er wärmte ihren Magen, und die Übelkeit verschwand. Blieben nur noch diese stechenden Kopfschmerzen.

Ich muss einfach nur schlafen, dachte sie. *Dann geht's mir wieder gut.*

Kapitel 3

»Ich weiß nicht«, sagte Mandy gedehnt und blickte zu Rob, der im Rahmen der Eingangstür lehnte.

»Komm schon, Baby«, drängte er.

»Aber was ist, wenn er wach wird?«

»Warum sollte er das? Du sagst doch selbst, dass er schläft wie ein Stein.«

Mandy nickte, aber sie war nicht überzeugt. Sie wollte gerade etwas erwidern, als sie das Zucken um seine Augenwinkel bemerkte.

Er war wütend.

»Es tut mir leid«, murmelte sie. »Sei nicht böse.«

»Was soll ich denn deiner Meinung nach sein? Hm?«

»Ich kann echt nichts dafür. Ich hab mir das nicht ausgesucht, das kannst du mir glauben.«

»Aber du kannst etwas dagegen tun. Ich hab mir den Arsch aufgerissen für diese Karten. Und dir ist das scheißegal.« Er sah sie düster an. »Wenn du mich lieben würdest, gäbe es gar kein Problem. Du würdest mit mir kommen.«

Mandy legte die Hände auf seine Oberarme. »Das stimmt nicht«, sagte sie rasch. »Du weißt, dass das nicht stimmt.«

»Dann beweis es mir.« Er zog sie zu sich und küsste sie, bis Mandys Knie ganz weich waren und ihr Kopf seltsam wattig. »Geh mit mir hin. Wir sind wieder hier, bevor der Kleine wach wird.«

Er knabberte an ihrem Hals, und Mandy fragte sich, warum sie eigentlich gegen seinen Plan war. Er hatte recht, oder? Max schlief immer durch, er hatte sie noch nie geweckt.

Es war wirklich idiotensicher.

»Okay«, hauchte sie und schlang ihre Arme um Robs Hals.

Sein Lächeln blitzte im Halbdunkel auf und brachte irgendetwas in ihrem Magen zum Kribbeln. Als er sie wieder küsste, schmolzen ihre letzten Zweifel wie Schnee in der Sonne.

***

Sam lenkte seinen Wagen durch die dunklen Straßen. Es war weit nach Mitternacht. Seit er das Lokal verlassen hatte, war er ziellos umhergefahren, denn an Schlaf war nicht zu denken – dafür war er viel zu aufgewühlt. Diese nagende Unruhe saß tief.

Plötzlich dachte er an die Menschen, die ihre Arbeit verloren hatten. Menschen, die ihm vertraut hatten. Die so viele Jahre ihr Bestes gegeben hatten.

Die er verraten hatte.

War er zu selbstsüchtig gewesen? Hatte er nur an sich gedacht? Hätte er besser verhandeln sollen? Aber es war zu spät. Es gab nichts, das er noch tun konnte.

Der Gedanke an seine Hilflosigkeit fachte die Wut an. Wut auf alle, die ihn verraten hatten. Wut auf sich selbst und seine Unfähigkeit, Verantwortung zu tragen.

Aber was er getan hatte, war geschehen und ließ sich nicht mehr rückgängig machen – wie sehr er sich das auch wünschte.

Oder zumindest teilweise wünschte.

Verflucht! Warum waren die Dinge eigentlich immer so kompliziert? Sein Leben sollte perfekt sein, denn alles war genau so, wie er es sich immer ausgemalt hatte. Er war jung, sah nicht allzu schlecht aus, außerdem war er Single. Er konnte tun und lassen, was er wollte. Und: Er war reich. Stinkreich, um genau zu sein.

Aber genau das macht es doch so schlimm, oder?, wisperte eine Stimme in seinem Kopf. *Du lebst auf ihre Kosten. Du hast für diesen Traum deine Freunde verkauft.*

Sam setzte den Blinker. Er wartete, bis die Ampel auf Grün sprang, bog ab und fuhr die Straße entlang, die zu seinem Haus führte.

Der Lichtkegel seines Wagens streifte die Fassaden der Häuser. Alles wirkte friedlich, als wäre die Welt in Ordnung: Blumen hingen über Gartenzäunen, automatische Rasensprenger ließen glitzernde Wassertropfen auf sattgrüne Rasenflächen regnen. Kinderfahrräder und Skateboards warteten in den Einfahrten auf ihre kleinen Besitzer, die hinter den dunklen Fenstern von neuen Abenteuern träumten.

Sam dachte an seine eigene Kindheit und seine Stimmung wurde noch ein wenig schlechter. Für ihn hatte es kein gemütliches Zuhause gegeben, kein Fahrrad und oft nicht einmal ein warmes Mittagessen, wenn sein alter Herr den Lohn wieder mal mit seinen Kumpels verzockt hatte.

Doch das führte zu nichts. Sam zwang seine Gedanken zurück auf die Straße. Irgendetwas blinkte da vorn am Rand auf. Er kniff die Augen zusammen, als er einen Schatten über die Straße laufen sah. War da ein Hund ausgebüxt und irrte durch die Nacht?

Sam stieg auf die Bremse und rollte langsam weiter, um das Tier nicht zu erschrecken. Immer wieder blitzten die Lichtreflexe auf, nur um dann wieder hinter parkenden Autos zu verschwinden. Näher und immer näher kam Sam, bis ihn schließlich nur noch wenige Autolängen von der Stelle trennten.

Aber wo war der Hund hin?

Sam strengte seine Augen an und blickte in eine Einfahrt zu seiner Linken, aber sie war leer.

Plötzlich war da diese kleine Gestalt vor ihm. Sam brauchte einen Moment, um zu begreifen, was er da sah: Ein Dreikäsehoch im Superman-Pyjama marschierte die Straße entlang, mutterseelenallein, und das um zwei Uhr morgens. Unter einem Arm hatte der Junge einen Teddybären, mit der anderen Hand hielt er einen Baseballschläger umklammert. Auf dem Kopf trug er einen Fahrradhelm, dessen Streifen wohl reflektiert hatten. Das kleine Gesicht darunter war grimmig entschlossen, aber die Augen weit vor Angst, als er herübersah.

Max, dachte Sam erstaunt, als er seinen Wagen behutsam zum Stehen brachte. *Aber was zur Hölle tut er hier auf der Straße?*

***

»Sie fliegen wieder«, wisperte eine Kinderstimme in Caras wirren Traum hinein.

»Max?«, murmelte sie. »Hast du schlecht geschlafen?«

Mühsam klappte sie die Augen auf und sah eine schemenhafte Figur, die sich über sie beugte.

»Der blöde Sturm ist weg«, sagte der Junge zufrieden, und Cara blinzelte. Die bleischweren Lider kratzen über ihre Augen, als wären sie mit Sand überzogen.

»Ich muss jetzt los. Mein Dad wartet. Ich wollte dich nur wecken, damit du nicht zu spät zu deinen Kindern kommst.«

Cara nickte benommen. »Danke«, erwiderte sie heiser.

Der Junge drehte sich um und lief zu dem Mann, der weiter vorn auf ihn wartete.

Langsam tauchten die Erinnerungen wieder auf, wie verschüttete Artefakte aus einer Sanddüne. Cara winkte Jacob zu und lächelte, dann waren sein Vater und er auch schon hinter der nächsten Ecke verschwunden.

Die Flugzeuge fliegen wieder. Hoffnung flackerte in ihr auf und sie drückte sich hoch. Für einen Moment war der Schwindel so intensiv, dass sie die Luft anhielt. Nach ein paar Sekunden hatte sich ihr Kreislauf an die aufrechte Position gewöhnt und Cara blickte sich um. Die große Digitalanzeige an der Wand verriet ihr, dass sie nicht einmal vier Stunden gedöst hatte. Sie konnte nicht sagen, ob es draußen hell war und ob der Sturm tatsächlich aufgehört hatte, denn in diesem fensterlosen Raum hier spielte die Außenwelt keine Rolle.

Und doch hatte die Natur sie nachdrücklich daran erinnert, wie mächtig sie war. Wie schnell alle Technik und das moderne Leben außer Kraft gesetzt werden konnten.

Caras Blick schweifte umher, während sie das Band aus ihren Haaren zog und sie neu am Hinterkopf zu ihrem üblichen Pferdeschwanz band. Bisher lag der Flughafen noch ganz ruhig da. Bänke, Stühle und selbst der Fußboden war mit schlafenden Menschen bedeckt; die Luft roch schal.

Wenn die Neuigkeiten erst einmal bekannt wurden, würde sich das schnell ändern. Cara streckte sich und kramte in ihrer Handtasche nach Kaugummi. Ein paar Minuten später stand sie vor dem Schalter der Fluglinie.

»Guten Morgen«, grüßte die sichtlich ausgeschlafene Mitarbeiterin. Cara beschloss, ihr das nicht übel zu nehmen, auch wenn sie für eine heiße Dusche und ein Bett beinahe einen Mord begangen hätte.

»Guten Morgen. Mein Flug nach Washington wurde gestern Morgen gestrichen, und nun wollte ich fragen, ob –«

»Sie haben Glück!«, unterbrach die Mitarbeiterin sie. »Ihr Flieger gehört zu den ersten, die heute starten werden. Lassen Sie mich nur schnell Ihren Sitzplatz reservieren.«

Cara beobachtete ein wenig benommen, wie die Finger der Frau über die Tatstatur flogen. Halb erwartete sie, dass die Mitarbeiterin ihren Kopf heben und ein weiteres Hindernis auftauchen würde – aber nichts geschah. Nach kurzer Zeit überreichte die Frau ihr eine Bordkarte.

Ich fliege jetzt nach Hause, dachte Cara erleichtert und starrte auf das kleine Stück Papier in ihrer Hand.

***

Sam stieg aus dem Auto aus und lehnte sich an den Wagen. Er wusste, dass er mit seinen einsneunundachtzig selbst auf viele Erwachsene einschüchternd wirkte, und wollte dem Jungen auf keinen Fall Angst machen.

»Hi«, sagte er.

Der Junge sah ihn mit geweiteten Augen an. Dann nickte er zögernd. Die beiden schwiegen einen Moment, während Sam überlegte, was er als Nächstes tun sollte. Irgendetwas musste geschehen sein, sonst wäre Max nicht hier allein auf der Straße. Aber was? Und wie würde Max reagieren, wenn er ihn danach fragte?

»Ich war heute mit Freunden Pizza essen. Meine war riesig. Größer als der Teller. Ich konnte sie nicht mal aufessen. Kannst du dir das vorstellen?«, fragte er nach einer Weile, weil ihm nichts anderes einfiel.

Das Thema schien gut gewählt zu sein, denn Max sah ihn interessiert, aber auch ein wenig zweifelnd an.

»Ehrenwort«, sagte Sam. »Am Nebentisch war die Pizza sogar so groß wie die ganze Tischplatte.«

Ein zaghaftes Lächeln erschien auf dem Gesicht des Jungen.

»Und draußen parkte ein Lastwagen, die haben eine Pizza abgeholt, die war so groß wie die ganze Ladefläche.« Sam breitete die Arme aus, so weit er konnte.

Max kicherte. »Du schummelst«, sagte er. »So große Pizzas gibt's gar nicht.«

Sam seufzte und trat ein paar Schritte näher, dann ließ er sich neben Max am Gehsteigrand nieder.

»Aber das wäre doch super, oder? Wenn es so riesige Pizzen gäbe?«

Max nickte.

»Wolltest du dir auch eine Pizza holen? Oder wohin bist du unterwegs?«, fragte Sam und versuchte, so beiläufig wie möglich zu klingen.

Der Junge verschränkte die Arme und sein Gesicht verfinsterte sich. »Ich wollte zu Leira. Sie ist bei ihrer Freundin. Wegen der Biometrie.«

»Ah«, sagte Sam, obwohl er das mit der Biometrie nicht verstand. »Hast du deine Schwester vermisst und wolltest sie besuchen?«

Max zuckte die Schultern.

»Und warum hast du nicht einfach deine Mum gebeten, dich hinzufahren?«

»Sie ist weggeflogen«, murmelte Max.

Idiot. Er hatte ganz vergessen, dass Cara ja verreist war.

»Und was sagt dann eure Nanny dazu, dass du hier allein unterwegs bist?«

»Sie ist nicht da.« Mit einem Mal standen Tränen in den Augen des Jungen. »Ich bin aufgewacht und alles war dunkel. Da waren die Schatten in meinem Zimmer. Die mag ich nicht. Die sind böse.«

Sam dachte an seine Kindheit zurück. »Ich kenne die Schatten«, sagte er langsam. »Als ich so alt war wie du, habe ich mich auch davor gefürchtet, wenn es dunkel war. Alles sieht so komisch aus, oder?«

»Ja.« Max sah ihn erleichtert an. Vielleicht hatte er Angst gehabt, dass Sam ihn auslachen würde.

»Und dann bist du aufgestanden und hast nach der Nanny gesucht?«

Max nickte. »Zuerst war ich ganz still im Bett. Wegen den Schatten. Aber dann musste ich mal pinkeln.«

»Mhm«, brummte Sam.

»Also hab ich nach dem Schläger gegriffen. Der war neben meinem Bett. Ich hab ihn selber am Abend dort hingelegt.« Max klang ein bisschen stolz.

»Guter Plan.« Sam lächelte ihm anerkennend zu. »Und dann?«

»Dann hab ich überall das Licht angemacht. Und nach Mandy gesucht. Aber sie war nirgends.« Beim Gedanken daran begannen die Kinderaugen wieder zu glänzen. Max schniefte.

»Und da hast du beschlossen, zu deiner Schwester zu gehen?«

Max nickte.

»Du bist echt mutig. Wow. Ich hätte mich das nicht getraut, als ich so alt war wie du.«

Der Junge lächelte und seine Wangen färbten sich ein wenig rot. »Echt?«, fragte er eifrig.

Sam grinste. »Bestimmt nicht. Ich hätte vielleicht sogar ins Bett gemacht vor Angst.«

Max kicherte bei der Vorstellung.

»Was hältst du davon, wenn wir gemeinsam überlegen, was wir jetzt tun?«

»Okay«, sagte Max und ließ sich neben ihm auf den Randstein plumpsen. »Ich hab Hunger.«

»Im Auto ist noch Pizza. Magst du ein Stück?«

Die Augen des Jungen leuchteten auf. »Voll cool«, sagte er. »Ich hab noch nie Pizza gegessen, wenn ich eigentlich schlafen muss.«

Sam lachte auf. »Na dann müssen wir das ändern. Wartest du hier? Ich hole sie nur schnell.«

Er stand auf und ging die paar Schritte zum Wagen hinüber. Währenddessen fischte er sein Handy aus der Hosentasche. Irgendwann hatten Cara und er mal Telefonnummern ausgetauscht, für Notfälle. Das hier fiel ziemlich sicher in diese Kategorie. Er drückte auf ihren Namen am Display, landete aber sofort in der Mobilbox. Er probierte es sicherheitshalber noch ein weiteres Mal. Das gleiche Ergebnis.

Während er die Autotür aufzog, überlegte Sam, was er nun tun sollte. Sein Bruder fiel ihm ein. Er sank auf den Fahrersitz und griff mit einer Hand nach dem Pizzakarton. Mit der anderen drückte er auf eine andere Taste des Handys und hielt es sich vor den Mund.

»Brandon anrufen«, kommandierte er ins Mikro und klemmte das Gerät zwischen Schulter und Ohr. Während es läutete, trug er den Pizzakarton hinüber zu Max.

»Hier«, sagt er und stellte ihn neben den Jungen. »Hau rein. Ich muss nur schnell meinen Bruder anrufen.«

Max nickte und zog den Karton zu sich herüber. Als er ihn aufklappte, strahlte er. »Salami«, flüsterte er. »Die mag ich am liebsten.«

»Ich auch.« Sam grinste ihn an. »Iss, so viel du magst.«

»Was soll ich essen?«, brummte die Stimme seines Bruders in sein Ohr. »Und warum rufst du mich deshalb um halb drei in der Früh an?«

»Ich brauche deine Hilfe.« Sam ging ein paar Schritte weiter weg und lehnte sich an die Motorhaube.

»Ich höre.«

»Eine rein hypothetische Frage.«

»Hm.«

»Wenn du im Streifenwagen einen Notruf reinbekommen würdest, dass ein Kind mitten in der Nacht allein rumläuft, was würdest du dann tun?«

»Rein hypothetisch?«

»Klar.«

»Ich würde hinfahren, das Kind einsammeln und versuchen, seine Eltern anzurufen.«

»Und wenn die nicht erreichbar sind?«

»Ich würde das Kind mit auf die Polizeistation nehmen. Wir würden Anzeige gegen die Eltern erstatten und das Jugendamt informieren.«

»Und dann?«

»Das Jugendamt würde sich vorübergehend um das Kind kümmern. Soweit ich weiß, kommen diese Kinder zu Krisenpflegeeltern.«

»Okay«, murmelte Sam und sah zu Max hinüber, der gerade mit vollen Backen an einem riesigen Stück Pizza kaute. Er versuchte, sich vorzustellen, wie der Junge im Polizeiwagen saß und später von fremden Menschen mitgenommen wurde. Seine Kehle wurde eng.

»Und noch ein wenig hypothetischer«, fragte er rau. »Wenn jemand dieses Kind findet und es mit nach Hause nimmt, bis er die Eltern erreichen kann ... Vielleicht ist er ja der Nachbar ...«

»Dann würde ich diesem Jemand davon abraten«, sagte Brandon. »Denn damit macht er sich eventuell sogar strafbar.«

Sam schwieg, während sein Blick immer noch auf Max lag. Das verstrubbelte Haar, der mit Tomatensoße verschmierte Mund, der Teddy mit dem kleinen Umhang auf dem Boden neben ihm.

Er runzelte die Stirn. »Danke«, sagte er dann. »Schlaf gut, Brüderchen.«

»Bist du sicher, dass du keine Hilfe brauchst?«

»Nö, alles klar. Danke.«

»Ruf an, falls etwas Nicht-Hypothetisches passiert. Mit dem Nachbarskind, dass du gerade nicht auf der Straße aufgelesen hast.«

Sam lachte. »Mach ich. Und vergiss nicht, dass wir am Freitag zum Laufen verabredet sind.«

Sein Bruder murmelte etwas Unhöfliches, dann war die Leitung tot. Während Sam zu Max zurückging, lag das Smartphone bleischwer in seiner Hand. Er sollte die Polizei anrufen. Nicht gegen das Gesetz verstoßen. Sich nicht strafbar machen.

Aber dann sah er Caras Gesicht vor sich. Es war offensichtlich, wie sehr sie ihre Kinder liebte. Dass sie versuchte, das Beste zu geben. Er wusste, dass das hier nicht ihre Schuld war, sondern die Schuld der Nanny.

Er sollte wirklich das Richtige tun.

Aber was war das Richtige?

Mit einem üblen Gefühl im Magen schob Sam das Handy in die Hosentasche und streckte Max die Hand hin.

»Was hältst du davon, wenn wir mal nachsehen, ob euer Kindermädchen vielleicht schon wieder da ist?«, fragte er.

Max verzog das Gesicht. »Ich mag sie nicht. Sie lacht mich aus. Und sie schimpft über Mummy.«

»Das klingt wirklich nicht nett«, gab Sam zu. »Aber wir können auch nicht die ganze Nacht auf der Straße bleiben.«

Das schien Max einzuleuchten, denn er erhob sich umständlich. Er biss von dem Stück Pizza ab, dann schob er seine andere Hand in die von Sam. »Kannst du Bruce nehmen?«

Sam kratzte sich am Kopf. »Wer ist Bruce?«

»Mein Teddy.« Der Junge deutete auf das Stofftier, das am Straßenrand lag.

Sam verriegelte das Auto mit der Fernbedienung, klemmte sich den Pizzakarton unter den Arm und griff nach dem Baseballschläger und Bruce.

Dann gingen sie die Straße entlang, die kleine Hand des Jungen lag warm in seiner.

»Warum heißt er Bruce?«, fragte Sam.

»Na, wegen Batman. Superhelden sind echt cool. Wenn ich groß bin, werde ich auch mal einer.«

»Ja, die sind cool. Magst du Comics auch so gern wie ich?«, fragte Sam. Und während Max von seinen Heften erzählte, wusste Sam nicht, ob er sich wünschen sollte, dass die Nanny wieder aufgetaucht war, oder nicht … Wer kam schon auf die Idee, einen Fünfjährigen nachts allein zu lassen? Da konnte weiß Gott was passieren!

Er könnte zum Beispiel auf die Straße laufen. Bei dem Gedanken daran, wie anders das Abenteuer von Max hätte enden können, schloss er für einen Moment die Augen.

»Bist du müde?«, fragte Max. Dann gähnte er.

»Nein«, sagte Sam. Er grinste ihm zu. »Wir haben es gleich geschafft. Lass uns nur schnell zu eurem Haus rübergehen okay?«

Max nickte, seine Augenlider schwer.

Sam überlegte für einen Moment, ob er Max anbieten sollte, ihn zu tragen – aber dann ließ er es doch bleiben. Zukünftige Superhelden wollten bestimmt nicht getragen werden. Also griff er nur seine Hand ein bisschen fester, und sie überquerten die Straße.

***

Mandy lehnte sich kichernd an Rob, während sie aus dem Club traten. Aufgepeitscht von Musik und Tequila, flatterte ihr Herz, und die Welt schien sich schwindelerregend schnell um sie zu drehen. Sie stolperte auf ihren hohen Absätzen, und er fing sie auf.

»Aufpassen, Prinzessin«, brummte er. »Ich denke, du bist betrunken. Ein böser Junge könnte seinen Vorteil aus der Situation ziehen.«

»Und bist du ein böser Junge?«, zwitscherte sie und hoffte, er würde Ja sagen.

Statt einer Antwort zog er sie an sich. Wie auf Kommando wurden ihre Knie weich.

»Danke für den tollen Abend«, sagte sie.

Seine Augen erinnerten sie an ein Raubtier, als er sich zu ihr neigte, und irgendwo tief in ihr zitterte etwas vor Angst. Sie spielte mit dem Feuer, denn dieser Mann war gefährlich, das wusste Mandy. Aber sie war süchtig nach dem Kick. Und er liebte sie, nicht wahr? Er würde ihr bestimmt niemals wehtun. Zumindest nicht ernsthaft.

»Lass uns zu mir gehen«, drängte er zwischen zwei Küssen.

»Ich muss zu Max«, hauchte sie widerstrebend. »Wie spät ist es denn?«

Doch Rob antwortete nicht und mit jeder Berührung seiner Lippen wuchs das Verlangen in ihr und verdrängte jeden Gedanken an Max.

»Okay«, murmelte sie.

Sie liefen die Straßen entlang, bis sie endlich bei Robs Pick-up angelangt waren. Still lag die Seitenstraße da, nur in wenigen Fenstern war noch Licht zu sehen.

Sie streckte ihre Finger nach dem Türgriff, um ins Auto einzusteigen, aber er legte seine Hand auf ihre.

»Hier«, murmelte er und küsste sie. »Ich will es hier, Baby.«

Er drängte sich an sie, und sie spürte, wie sein heißer Atem über ihren Hals glitt. Es war zu spät, um ihn noch zu stoppen, das wusste sie. Aber was machte das schon? Er war wie Benzin – einmal in Brand gesetzt, konnte nichts mehr die Flammen ersticken.

Und so ließ sie sich von ihm weiter nach hinten drängen, bis ihre Hüften gegen die Ladefläche des Pick-ups stießen. Seine Hände waren überall, schienen jede Stelle ihres Körpers gleichzeitig zu berühren. Dann verließ jeder zusammenhängende Gedanken ihren Kopf, bis Rob schließlich aufstöhnend in ihr kam.

Ein Fenster über ihnen flog krachend auf und eine alte Frau keifte los.

»Halts Maul«, schrie Rob zurück und fuhr mit seinen Händen über Mandys Hüften. »Du warst großartig, Baby.«

Mandy Herz schmolz bei seinem lausbubenhaften Grinsen. Als hätte ihn jemand erwischt, wie er Kirschen aus Nachbars Garten stahl.

Ich liebe ihn, dachte sie. Was machte es schon, wenn er manchmal grob war oder launenhaft? Er liebte sie auch, da war sie sicher. Dass er den heutigen Abend unbedingt mit ihr hatte verbringen wollen, zeigte das doch. Sie würden für immer zusammen sein.

***

Sam drückte auf die Klinke, aber die Tür war ins Schloss gefallen. Überall im Haus brannte Licht – so, wie Max erzählt hatte. Sam sah zu dem Jungen, der sich auf der Bank neben der Eingangstür niedergelassen hatte. Seine Lider flatterten und sein Kinn war auf die Brust gesunken. Er gehörte eindeutig ins Bett.

»Wie heißt denn deine Nanny?«, fragte Sam.

»Mandy«, sagte Max. Dann gähnte er.

»Und ihr Nachname?«

Der Junge schüttelte den Kopf.

»Weißt du vielleicht, wie Leiras Freundin heißt? Wo sie heute übernachtet?«

»Lou. Und sie hat einen ganz komischen Nachnamen. Den kann ich mir nicht merken. Ich glaube, er ist frankisch.«

»Frankisch?«

»Na, aus diesem Land. Wo die Menschen anders sprechen als hier.«

Sam runzelt die Stirn. »Weißt du vielleicht, wie ihre Mum heißt?«

»Reenie«, sagte Max stolz. »Sie ist nett, sie macht Burger und Pommes. Manchmal nimmt Leira mich mit, aber meistens bringt sie das Essen her.«

»Wohin mitnehmen? Zu Lou?«

Max schüttelte den Kopf. »Reenie kocht in einem Diner.«

»Weißt du, wie das heißt?«

Max gähnte erneut herzhaft und schüttelte den Kopf. »Ich hab den Namen vergessen.«

»Okay«, sagte Sam. »Das macht nichts. Wir werden das schon hinkriegen. Komm mit.«

Er machte sich auf den Weg zu seinem Haus und wählte noch einmal Caras Handynummer. Wieder nur die Mailbox.

Max trottete hinter ihm her. Vor der Eingangstür blieb er stehen. »Ich darf nicht in andere Häuser mitgehen, wenn Mummy nicht dabei ist.«

»Da hat sie auch recht.« Sam sah Max nachdenklich an, dann steckte er seine Hände in die Hosentaschen. Er war sich nahezu sicher, dass Cara erlaubt hätte, dass Max in dieser Situation mitkam – aber er wollte den Jungen auch nicht dazu überreden, denn eigentlich verhielt er sich genau richtig.

Aber was sollte er tun? Er konnte Max schlecht draußen auf der Wiese schlafen lassen. Da hatte er eine Idee.

»Wäre ein Zelt okay?«, fragte er. »In eurem Garten?«

Max kniff die Augen zusammen.

»Wir haben kein Zelt«, sagte er schließlich.

»Aber ich.« Sam grinste. Er ging über den Rasen zu seiner Garage, dicht gefolgt von Max. Als er die Tür aufzog, wich das Kind zurück.

»Schatten«, flüsterte er und sah mit großen Augen in den dunklen Raum.

»Wir werden sie vertreiben«, sagte Sam und knipste das Licht an. Er zog das kleine Zelt aus dem Regal und griff nach den Schlafsäcken.

Zehn Minuten später hatte er das Zelt in Caras Garten aufgestellt und für Max darin ein gemütliches Lager hergerichtet. Der Junge krabbelte hinein, und seine Augen fielen zu, noch bevor Sam ihn zugedeckt hatte.

»Geh nicht weg«, murmelte der Junge im Halbschlaf.

»Ich schlafe draußen vor dem Eingang, okay? Hier drin ist zu wenig Platz für uns beide.«

Max murmelte irgendetwas im Halbschlaf, als Sam langsam hinauskroch. Am Eingang drehte sich Sam noch einmal um. Der kleine Junge schlief bereits, seine Augen fest geschlossen. Mit der Hand umklammerte er Bruce, der Baseballschläger lag griffbereit neben ihm. Aus irgendeinem Grund machte Sam dieser Anblick wütender als alles, was heute Abend schon geschehen war.

Er hätte der Nanny nur zu gern einmal klargemacht, was er von ihr hielt.

***

Die Scheibenwischer bewegten sich in einem hypnotischen Rhythmus hin und her, und die Schmerzen in ihrem Kopf pulsierten mit. Dunkel lag die Landschaft um den Highway und nur wenige Fahrzeuge waren unterwegs. Die roten Rücklichter der Autos vor ihr zerliefen wie Blut in den Wassertropfen auf der Fensterscheibe.

Cara stemmte sich gegen das Gefühl, dass etwas nicht stimmte, dass irgendetwas ganz und gar nicht in Ordnung war. Im Flugzeug war sie plötzlich mit wild pochendem Herzen aus einem unruhigen Schlaf hochgeschreckt.

Zuerst hatte sie gedacht, dass vielleicht ein Luftloch sie aus dem Schlaf gerissen hatte – aber die Flugzeugkabine war ganz still geblieben. Fast zu still. Die anderen Passagiere hatten weitergeschlafen, nur in Cara wirbelte ein Sturm an dunklen Gefühlen.

Was hatte sie geweckt? Was war geschehen? Aus irgendeinem Grund war sie sicher, dass es etwas mit den Kindern zu tun hatte.

Doch Max war zu Hause und schlief um diese Zeit tief und fest in seinem Bett. Auch wenn Mandy ihn vielleicht viel zu lange aufgelassen oder er wieder mal Junkfood zu Abend gegessen hatte, war er sicher nicht in Gefahr. Blieb nur Leira.

Cara wurde beinahe übel vor Angst. Reenie hatte ihr doch geschrieben, dass Leira hohes Fieber hatte. Vielleicht war die Temperatur noch weiter gestiegen? War sie vielleicht im Krankenhaus, hatte sich ihr Zustand verschlechtert?

Dieses Gefühl der Bedrohung lag wie Stahlklammern um ihr Herz und trieb ihr die Tränen in die Augen.

Cara blickte zum hundertsten Mal auf die Anzeige der Uhrzeit neben ihrem Tacho. Immer noch zu früh, um bei Mandy oder Reenie anzurufen. Und sie fuhr viel zu schnell. Aber das war ihr egal.

Während sich die Straße wie ein endloses graues Band unter ihren Reifen abspulte, fraß sich die Gewissheit durch ihr Inneres: Etwas war geschehen. Die Kinder waren in Gefahr.

Kapitel 4

Die Vögel zwitscherten laut, und irgendwo weit entfernt dröhnte ein Rasenmäher, als Sam aus dem Schlaf hochschreckte. Einen Moment lang wusste er nicht, wo er war. Warum schlief er hier auf dem Boden?

Die Frau vor ihm schien das Gleiche zu denken, denn sie sah ihn fragend an.

»Wer sind Sie? Und was machen Sie hier im Garten meiner Freundin?«, fragte sie, und er meinte, einen leichten französischen Akzent in ihrer Stimme zu hören.

Sam runzelte die Stirn, denn irgendwie kam sie ihm bekannt vor. Aber war sie wirklich eine Freundin von Cara? Er wusste es nicht.

Außerdem gab seine Anwesenheit in einem fremden Garten durchaus Grund für berechtigte Fragen.

»Mein Name ist Samuel Stark.« Er wollte sich gerade aufrichten, um ihr die Hand zu schütteln, als der neonfarbene Reißverschluss des Zeltes hinter ihm mit einem Ratsch aufgerissen wurde. Max streckte den Kopf heraus, die Augen groß.

»Du heißt Stark?«, flüsterte er.

Sam nickte, und der Gesichtsausdruck von Max wandelte sich zu ehrfurchtsvoll.

»Wie Iron Man«, murmelte er. »Der heißt in echt Tony Stark.«

Sam grinste. »Wie hast du geschlafen?« Er wuschelte durchs Haar des Jungen.

Max antwortete nicht, sondern starrte ihn weiterhin hingerissen an.

Sam stand ächzend auf, seine Muskeln steif nach der Nacht auf dem Rasen. Er drehte sich der Frau zu, die abwartend hinter ihm stand.

»Ich bin Caras Nachbar. Leider kein Superheld. Aber auch kein Einbrecher.«

Die Frau lachte auf. »Einbrecher übernachten für gewöhnlich auch nicht in fremden Gärten. Vor einem Zelt«, sagte sie. »Ich bin Reenie. Wir kennen uns flüchtig, oder? Du warst schon öfter mal bei mir im Diner essen.«

Sam betrachtete sie mit neuem Interesse. Tatsächlich.

»Klar«, sagte er. »Hi! Tut mir leid, ich hab dich gar nicht erkannt. Was vielleicht auch dran liegt, dass ich immer in einen Fressrausch verfalle, wenn ich zu euch ins Diner komme. Eure Burger sind verdammt lecker und von den Kuchen will ich gar nicht erst anfangen.«

Reenie grinste.

»Gibt's noch Pizza?«, fragte Max, den das Gespräch über Essen scheinbar hungrig gemacht hatte.

»Leider nein.« Sam schüttelte den Kopf. »Hast du vielleicht einen Schlüssel für Caras Haus?«, fragte er Reenie.

»Ich hab leider nicht daran gedacht, Leiras Schlüssel einzustecken. Ich dachte, Mandy ist hier. Wo ist sie eigentlich?«

Sam runzelte die Stirn. Das war eine wirklich ausgezeichnete Frage.

»Ich denke, ich brauche erst mal einen Kaffee«, brummte er. »Ich könnte bei mir Frühstück machen. Ich hab genug Essen im Haus. Auch wenn es sicher nicht halb so gut wird wie bei dir im Diner.«

Max ließ den Kopf hängen. »Aber ich will nicht allein hierbleiben, ich hab auch Hunger«, sagte er kläglich. »Und ich darf doch nicht in fremde Häuser.«

»Kaffee klingt wunderbar«, fiel Reenie in die Unterhaltung ein. »Und ich finde es toll, wie gut du dich daran erinnerst, was dir deine Mum beigebracht hat.« Sie lächelte Max zu. Ihr Blick wanderte über den niedrigen weißen Gartenzaun, und sie begann langsam zu lächeln.

»Was ist denn mit der Terrasse hinter deinem Haus?«, fragte sie Sam und deutete hinüber. »Könnten wir dort frühstücken? Max müsste nicht in ein fremdes Haus, und außerdem würden wir auch bemerken, wenn Cara heimkommt.«

Sam sah sie erstaunt an. Ja, natürlich. Wieso war er da nicht selbst draufgekommen?

Fünfzehn Minuten später saßen sie bei Toast, Speck, Eiern, Orangensaft und Kaffee beisammen. Während Max das Frühstück in sich hineinschaufelte, als hätte er seit einer Woche nichts mehr gegessen, brachte Sam Reenie auf den neuesten Stand.

Reenie hörte ihm schweigend zu. »Schon merkwürdig«, sagte sie dann. »Wo kann Mandy hin sein? Ich weiß selbst nicht so genau, warum, aber ich war gestern Abend kurz hier und wollte nach dem Rechten sehen. Jedenfalls war sie ... irgendwie merkwürdig. Ich hatte den Eindruck, dass sie mich auf keinen Fall ins Haus lassen wollte. Vielleicht hätte ich hartnäckiger sein müssen.« Sie seufzte. »Cara wird komplett ausflippen, wenn sie davon hört. Wenn ich mir vorstelle, dass mir das passiert wäre, und meine Kids ...« Sie schüttelte sich bei dem Gedanken.

Sam presste die Lippen aufeinander und sagte nichts. Die Erinnerung an Max, wie er so voller Angst und doch fest entschlossen die Straße entlangmarschiert war, ließ ihn nicht los. Wenn er nicht zufällig vorbeigekommen wäre ... erneut stieg Wut in Sam auf. Wut auf diese blöde Zicke von einem Kindermädchen. Und Wut darauf, dass auch der Vater der Kinder sich scheinbar einen Dreck um sie scherte. Manche Leute sollten einfach keine Kinder bekommen.

So wie du, höhnte eine Stimme in seinem Kopf. *Aber das weißt du, oder? Die Stark-Männer taugen nicht zum Vater. Verantwortung zu übernehmen liegt uns einfach nicht im Blut.*

***

Cara schleuderte das Handy auf den Beifahrersitz. Warum hob denn niemand ab? Sie hatte es zu Hause am Festnetz probiert und auch auf Mandys Mobiltelefon ... und das ungefähr zwanzigmal. Danach hatte sie bei Leira angerufen, aber auch hier hatte sie nur die Mobilbox erreicht. Selbst Reenie schien ihr Handy nicht zu hören, denn es läutete einfach vor sich hin.

Was war da los? War Finley Meadows plötzlich ausgestorben?

Die letzten fünfzig Meilen kamen ihr so vor, als würde sie durch klebrigen Teer fahren. Kopfschmerzen heulten trotz Tablette durch ihre trägen Gedanken, ihr Hals kratzte, und selbst ihre Haut schien merkwürdig wund. Ohne Sonnenbrille tränten ihre Augen so stark, dass sie die Straße kaum sehen konnte.

Was ist denn nur los mit mir?, dachte sie und fuhr sich mit ihrer Hand über die heiße Stirn. Sie konnte keinen klaren Gedanken fassen. Ihr war kalt, und ihr war heiß, während Schauer über ihre Haut liefen. Irgendetwas klapperte, und sie brauchte eine Weile, bis sie bemerkte, dass es ihre Zähne waren. Cara presste die Lippen aufeinander, aber es half nicht. Sie konnte nichts tun, als immer weiterzufahren.

Sie war so schrecklich müde. So matt. Jeder Teil ihres Körpers schmerzte, hatte sich gegen sie verschworen.

Als sie ihr Auto endlich in die Einfahrt lenkte, hätte sie beinahe aufgeschluchzt vor Erleichterung. Sie stieß die Tür auf und stolperte aus dem Wagen, und die ganze Welt begann sich zu drehen. Cara klammerte sich an die Tür, bis der Boden wieder halbwegs stabil war, dann wankte sie auf ihr Haus zu.

Wattig drangen die Geräusche zu ihr und sie selbst schien weit entfernt von all dem hier. Aber sie musste zuerst wissen, was hier los war, dann konnte sie sich ausruhen.

Sie kramte gerade mit zitternden Fingern nach dem Schlüssel in ihrer Handtasche, als jemand nach ihr rief.

Langsam drehte sie sich um, da kam Max auf sie zugeschossen. Er warf sich in ihre Arme.

»Mummy«, sprudelte er los. »Sam ist ein Superheld, ich weiß es genau. Und ich hab Pizza in der Nacht gegessen. Und im Zelt geschlafen.«

Seine Worte ergaben keinen Sinn, beim besten Willen nicht. Sie küsste ihren Sohn auf die Stirn und zog ihn in ihre Arme.

»Geht's dir gut?«, fragte sie. »Was ist mit Leira?«

Sie sah noch, wie Sam über den Rasen auf sie zukam. Was wollte er nur? Und warum war Reenie hier? Die Welt drehte sich durch ihre Gedanken hindurch, lief übereinander, floss um ihr Bewusstsein wie Nebel. Ihr schwindelte und sie griff sich an den Kopf. Ihre Stirn glühte unter den eisigen Fingerkuppen.

»Ich muss mich ein wenig setzen«, murmelte sie, als ihre Knie nachgaben.

Max sagte etwas, aber in ihrem Kopf hämmerte es viel zu laut. Gleich würde er explodieren und dann würde sich alles um sie herum auflösen. Aber wo war Leira?

Ich muss mich nur ein wenig ausruhen. Nur ein paar Minuten.

»Mummy?«, fragte Max. Vielleicht war es Nacht, und er fürchtete sich vor den Schatten, denn seine Stimme klang dünn.

»Mir geht's gut«, murmelte sie. Sie hätte ihn gern gestreichelt, aber ihre Arme gehorchten ihr nicht mehr. Und dann wurde alles schwarz.

***

»Scheiße. Mist, verdammter. Steig doch endlich aufs Gas, Rob. Du fährst ja wie ein Opa«, fauchte Mandy.

Sie blickte wieder auf die Uhr. Fast Mittag. Wieso war sie gestern nur eingeschlafen? Sie hätte nicht mehr mit zu Rob fahren sollen.

Mandy schob die Unterlippe vor, als er an einer roten Ampel hielt. Eigentlich war alles seine Schuld. Seine Idee. »Du hättest mich gestern Abend wieder zurückbringen sollen. Das war abgemacht«, quengelte sie.

Rob trommelte mit den Fingern auf das Lenkrad. Mandy konnte sehen, wie die Muskeln in seinen Wangen arbeiteten, aber er sagte nichts. Sie wusste, dass er wütend war. Und sie wusste, dass sie besser den Mund halten sollte. Ihn nicht noch mehr reizen.

Aber in ihr brodelte es. Mit einem Ruck drehte sie sich zu ihm und verkreuzte die Arme vor der Brust. »Du hast es versprochen. Nur das Konzert, dann bringst du mich nach Hause. Das hier ist allein deine Schuld.«

Er drehte den Kopf zu ihr und der Ausdruck in seinen Augen war voll kalter Wut. Sie wusste, dass nur ein weiteres Wort von ihr ausreichen würde und ...

Instinktiv schlug sie die Augen nieder, drehte den Kopf zur Seite und starrte aus dem Seitenfenster.

Rob bog in die Straße ein, in der Caras Haus stand. Vielleicht hatte ja auch noch niemand bemerkt, dass sie Max allein gelassen hatte. Vielleicht war er einfach aufgewacht und hatte sich vor den Fernseher gesetzt. Da lagen sicher auch noch Kekse rum, die er essen konnte. Außerdem verhungerte man nicht so schnell, hatte ihre Mum immer gesagt.

Und überhaupt – wer sollte schon hier gewesen sein? Je länger Mandy darüber nachdachte, desto unwahrscheinlicher kam es ihr vor, dass jemand ihr Fehlen bemerkt hatte. Leira war krank, die war wohl kaum daheim aufgetaucht. Und selbst wenn diese überbesorgte Mutter ihrer Freundin wieder vorbeigeschaut hätte ... Max wusste dank Caras dämlicher Regeln, dass er die Tür nicht öffnen durfte, wenn er allein zu Hause war.

Bestimmt war alles okay. Mandy nickte, wie um sich selbst zu bestätigen, aber dieses nagende Gefühl wollte nicht verschwinden.

Als sie das rote Dach zwischen den Bäumen am Straßenrand leuchten sah, krampfte sich ihr Magen zusammen. Sie kramte in ihrer Tasche nach dem Schlüssel.

»Da vorn«, sagte sie zu Rob, als wüsste er das nicht ohnehin. Sein Schweigen ging ihr langsam wirklich auf die Nerven. Mit steinerner Miene lenkte er den Wagen an den Straßenrand.

Sie wollte gerade die Tür öffnen, als er nach ihrem Arm griff und sie grob zurückriss.

»Au«, beschwerte sich Mandy. »Spinnst du? Was soll das?«

»Halts Maul.« Er starrte mit zusammengekniffenen Augen an ihr vorbei. Mandy folgte seinem Blick und sah einen kleinen Menschenauflauf vor Caras Haus.

Max war da und der sexy Nachbar und die Mutter von Leiras bester Freundin ... und da war auch Cara. Alle schienen aufgeregt durcheinanderzureden. Mandy lehnte sich nach vorn, um besser sehen zu können.

Warum lag Cara auf dem Boden? War sie etwa bewusstlos? Was war hier los? Mit einem ganz miesen Gefühl drehte sie sich zu Rob.

»Was soll ich jetzt machen?«, fragte sie ihn. »Rübergehen?«

Er sah sie nur verächtlich an. »Klar«, sagte er. »Wenn du gern ins Gefängnis möchtest.«

***

»Was ist mit Mummy?« Max zupfte an seinem Ärmel.

»Sicher ist sie müde von der Reise«, sagte Sam. »Sie muss nur ein bisschen schlafen.« Was hätte er sonst sagen können? Er schob seine Arme unter Cara, hob sie hoch und war erstaunt, wie leicht sie war.

Aus irgendeinem Grund tat er sich schwer, die Augen von ihr zu lösen. Normalerweise strahlte sie eine Art kämpferische Kompetenz aus. So als könnte sie nichts aus der Bahn werfen. Doch nun wirkte Cara zart, fast zerbrechlich. Ihr schwarzes Haar, das sie gewöhnlich streng nach hinten gebunden trug, hatte sich gelöst und fiel über ihre Schultern, ihr Gesicht war kindlich weich. Vorsichtig, ganz vorsichtig zog er sie fester an sich, als müsste er sie vor irgendetwas beschützen.

Als Reenie sich zu ihm beugte und ihre Hand auf Caras Stirn legte, zuckte er zusammen. Er hatte ganz vergessen, dass sie hier war.

»Ich denke, sie hat sich den gleichen Virus wie Leira eingefangen«, sagte sie. »Da war es auch so: plötzlich hohes Fieber, dann ein totaler Zusammenbruch. Sie wird für ein paar Tage außer Gefecht sein.«

»Wird Mummy wieder gesund?«, piepste Max.

»Klar«, sagte Sam. »Du hattest bestimmt auch schon mal Fieber, oder?«

Max nickte.

»Deine Mum muss sich nur ein paar Tage ausruhen, dann kann sie wieder mit dir spielen.«

»Kannst du sie reintragen?«, fragte Reenie.

Er nickte. Auf dem Boden neben einem Topf mit Blumen, die schon länger niemand mehr gegossen hatte, lag Caras Handtasche. Reenie zog sie zu sich und fischte den Schlüsselbund heraus.

Als sie die Eingangstür aufdrücken, schlug ihnen schale Luft entgegen. Tageslicht fiel auf die Szenerie vor ihnen: Schuhe, Kleidungsstücke und Spielsachen lagen wild durcheinander im Flur.

Stumm durchquerten sie den Raum. Cara murmelte irgendetwas in Sams Armen. Für einen Moment öffnete sie die Augen, dann schlossen sich ihre Lider wieder.

Auch im Wohnzimmer bot sich ihnen ein Bild der Verwüstung: Süßigkeitenverpackungen, zerknitterte Magazine, Zigarettenschachteln und eine leere Weinflasche lagen auf dem Esstisch. Spielsachen leuchteten grell aus dem Chaos.

Sprachlos schob Reenie mit ihrem Fuß einen Haufen Bausteine zur Seite und drückte die Tür zur Küche auf. Über dem Stapel an schmutzigem Geschirr drehte brummend eine schwarze Fliege ihre Kreise.

Als Sam in die Küche trat, waren seine Füße plötzlich nass.

»Wieso ist hier überall Wasser auf dem Boden?«, fragte Reenie neben ihm. Sam zuckte mit den Schultern. Sein Blick wanderte zu dem Wasserhahn, aber der war geschlossen. Hinter ihm kramte Reenie irgendwo herum und Sam drehte sich zu ihr. Sie steckte gerade den Kopf in den Tiefkühler.

»Der hier war einen Spalt breit offen und hat scheinbar abgetaut. Daher die Pfützen.« Sie seufzte. »Jemand muss hier dringend Ordnung schaffen, die Lebensmittel entsorgen und das Wasser aufwischen.«

»Lässt sich organisieren«, brummte Sam.

»Aber für den Moment können die zwei hier nicht bleiben«, sagte Reenie. »Wenn Cara das Haus sieht, dann ... und Max ...« Sie brach ab.

Der Junge steckte hinter ihnen seinen Kopf durch die Tür. In einer Hand hielt er einen Spielzeughelikopter, an dem er mit Klebeband Spiderman befestigt hatte. Während die Erwachsenen ratlos dreinsahen, sprang er über einen Müllsack und landete mit einem Platsch in einer der Pfützen auf dem Fußboden. Dann fischte der Junge einen Keks aus der angebrochenen Packung auf der Arbeitsfläche.

»Ich will lieber zu Sam«, sagte Max kauend, so als wäre das schon beschlossene Sache. »Und kann Mummy auch mit?«

Wenn Sam später an diesen Moment zurückdachte, konnte er nicht sagen, was genau in ihm vorgegangen war.

Vielleicht lag es an Max und dem Ausdruck in seinen Augen. Oder am Chaos, das dieses verfluchte Kindermädchen hinterlassen hatte. Oder am Schlafmangel. Möglicherweise auch daran, wie Cara in seinen Armen lag.

Was auch immer es war: Plötzlich hörte er jemanden sprechen, der verdächtig nach ihm selbst klang.

»Na klar«, sagte dieser Jemand.

***

Draußen prasselte roter Sand gegen die Hülle des Flugzeugs wie ein Schwarm Insekten. Die Maschine ächzte, und Cara wusste, dass das Metall nicht mehr lange standhalten würde.

Sie drückte auf den Knopf über sich, um die Flugbegleiterin zu rufen. Viel zu laut schrillte die Glocke durch das leere Flugzeug. Wo waren die anderen Passagiere? Wieso war sie allein?

Die Flugbegleiterin tauchte neben ihr auf. »Haben Sie zufällig Werkzeug? Sie müssen dringend etwas reparieren«, rief die Frau atemlos.

Cara blickte an sich herunter. Sie trug alte Khakihosen, ein fleckiges Shirt und die Weste, die sie bei Ausgrabungen immer getragen hatte. Nach ein paar Versuchen fand sie einen kleinen Meißel und einen weichen Pinsel in ihren Taschen.

»Nur das hier. Aber damit kann man kein Flugzeug reparieren«, sagte Cara und wollte ihr die Werkzeuge reichen, doch die Stewardess war schon verschwunden.

Cara blickte wieder aus dem Fenster des Flugzeugs. Die Welt war versunken – da war nur noch orangefarbenes Zwielicht, nur noch das Knistern, als sich der Sand zu ihr durchfraß.

Sie mussten landen oder es würde etwas Furchtbares geschehen. Ein dumpfer Schlag schüttelte das Flugzeug und Cara wurde wild hin und her geschleudert. Die Lampen im Innenraum flackerten, dann fielen sie aus.

Cara drückte sich hoch und stolperte im Zwielicht den Gang entlang. Warum war sie hier? Was war geschehen?

Grauen kroch ihren Rücken hoch wie ein glitschiges Tier und sie hastete weiter. Die Vibrationen der gewaltigen Motoren wummerten durch die Luft, schoben sich unter ihre Kopfhaut und frästen sich in ihr Gehirn. Cara hob die Finger an die Schläfen und drückte dagegen, aber es half nichts.

Irgendwo splitterte etwas, und plötzlich war da Wind, und der Wind brachte Sand mit sich. Orangefarben peitschte er durch die Luft. Sie hetzte weiter, die endlosen Sesselreihen entlang. Da lagen Koffer und Bücher, Kopfhörer, Stofftiere und zusammengeknüllte Plastikbecher als stumme Zeugnisse der Menschen, die eigentlich hier sein sollten.

Doch wo war Leira? Wo war Max?

Cara versuchte sich zu erinnern, ob die Kinder überhaupt hier in diesem Flugzeug gewesen waren. Aber so sehr sie sich auch anstrengte, sie wusste es nicht. Verzweifelt fuhr sie sich mit der Hand über die Stirn, als könnte sie die Erinnerung herbeizwingen. Aber nichts geschah. Sie schluchzte auf, Tränen rannen über ihre Wangen. Was war sie nur für eine Mutter? Wie konnte sie vergessen, ob ihre Kinder hier gewesen waren?

Mit ohrenbetäubendem Kreischen brach weiter hinten ein Teil der Flugzeughülle weg. Roter Sand wirbelte dicht um sie herum. Er legte sich auf ihre Haut, ihre Wimpern, ihre Lippen, drängte in ihre Nase, ihren Mund. Cara schnappte nach Luft, aber immer mehr Sand drang in ihre Lunge.

Sie riss ihr T-Shirt hoch und drückte es vor ihr Gesicht, dann stolperte sie weiter. Da vorn war das Cockpit. Sie musste mit dem Piloten sprechen, musste ihn fragen, wo ihre Kinder waren.

Ein gewaltiger Schlag erschütterte das Flugzeug, dann kippte es plötzlich zur Seite. Dicker, schwarzer Rauch quoll in die Kabine. Cara wusste mit plötzlicher Klarheit, dass eine der Turbinen brannte.

Ein Servierwagen raste polternd auf sie zu. Cara warf sich in letzter Sekunde zur Seite. Schwer atmend krallte sie die Fingernägel in den Sitz neben sich und schob sich die letzten Meter zum Cockpit. Als sie den Griff berührte, schlug die Tür von allein auf, und plötzlich saß Cara auf dem Sitz des Piloten.

Der Sand war noch nicht bis hierher vorgedrungen, doch es war nur eine Frage der Zeit. Sie musste landen, aber wie? Vor ihr blinkten Unmengen kleiner Lampen, zitterten Zeiger in Anzeigen, warteten Schalthebel darauf, gedrückt zu werden.

»Ich kann gar nicht fliegen«, sagte sie zu dem Piloten neben sich, den sie erst jetzt bemerkte. »Das hier ist ein Missverständnis.«

Der Pilot drückte wild auf die blinkenden Knöpfe, aber die Ärmel seiner Uniform waren zu lang und schwangen bei jeder Bewegung durch die Luft, verhedderten sich um den Steuerknüppel. Er schob sich die viel zu große Pilotenkappe aus der Stirn. Als er sich umdrehte, erkannte Cara Jacob, den Jungen vom Flughafen. Er sah sie nachdenklich an.

»Deine Kinder werden dich vermissen«, sagte er. Dann schüttelte er traurig den Kopf.

Die Nase des Flugzeugs neigte sich gefährlich nach unten. Cara konnte nichts sehen, denn die Luft vor den Fenstern war orange. Sie würden jeden Moment aufschlagen, das wusste sie. Funken sprühten aus den Kontrollinstrumenten und die Cockpittür hinter ihnen schlug krachend auf. Der Sand war plötzlich auch hier und erfüllte die Luft.

Cara schrie und trommelte mit ihren Fäusten auf die Kontrollinstrumente. Nichts geschah, das Flugzeug setzte seinen Sturzflug fort. Sie zog am Steuerknüppel und schluchzte hysterisch, doch das Dröhnen der Turbinen erstickte jeden anderen Laut. Sie wollte raus. Raus hier. Raus!

»Es ist alles okay«, sagte Jacob, und seine Stimme klang plötzlich wie die eines erwachsenen Mannes, tief und beruhigend. »Schsch. Den Kindern geht es gut. Schlaf weiter, Cara. Es ist alles okay.«

Seine Stimme klang so vertraut. Und aus irgendeinem Grund glaubte sie ihm.

***

Sam ließ Caras Hand sinken. Ihr dunkles Haar lag wirr auf dem Kissen, die Wangen glühten und ihre Lippen waren rissig. Der Albtraum schien vorbei zu sein, denn sie schlief wieder ganz ruhig.

Der Arzt hatte Reenies Verdacht bestätigt: Cara hatte sich, ebenso wie Leira, mit der Grippe angesteckt – wohl ganz kurz, bevor sie abgeflogen war. Sie würde noch ein paar Tage fiebern, hatte der Arzt gemeint.

Sam erhob sich, doch dann blieb er unschlüssig neben dem Bett stehen und sah Cara an. Konnte er sie jetzt allein lassen?

Er hatte von Krankenpflege wirklich keine Ahnung. Vielleicht sollte er mal lüften? Er ging hinüber zum Fenster und zog es auf. Während die warme Nachmittagsluft an ihm vorüberstrich, hing er seinen Gedanken nach.

Auch wenn er fast damit gerechnet hatte – bisher waren die Katastrophen ausgeblieben. Max war unproblematisch und Cara schlief die meiste Zeit. Außerdem hatte Reenie offenbar bemerkt, dass er von seiner eigenen Zusage überrollt worden war, denn sie hatte die Krankmeldung bei Caras Arbeitgeber übernommen und kam jeden Tag vorbei, brachte Suppe für Cara und griff ihm bei der Krankenpflege unter die Arme.

Sam schloss Fensterflügel und Jalousie.

Da Caras Eltern ihren Ruhestand in Südamerika verbrachten, hatte es nicht allzu viele Möglichkeiten gegeben, oder? Reenie hatte bereits Leira bei sich zu Hause ... Außerdem hatte Sam bemerkt, dass sich unter ihrem Shirt ganz deutlich ein kugelrunder Bauch abzeichnete. Es war ihr wohl kaum zuzumuten, dass sie auch noch Max und Cara bei sich aufnahm.

Selbst wenn Sam das unbestimmte Gefühl hatte, dass Cara nicht glücklich darüber sein würde, hier aufzuwachen. Was ihn wieder mal zu der Frage brachte, wo eigentlich der Vater der Kinder war. Sam hatte ihn noch nie hier gesehen. Und warum hatte Cara eigentlich keinen Freund? So wie sie aussah, gab es bestimmt keinen Mangel an Freiwilligen.

Nachdenklich nahm er das Glas Orangensaft vom Nachttisch. Eine Fliege war gerade dabei, darin Selbstmord zu begehen.

Sam schlich zur Tür und zog sie leise hinter sich zu, aber dann dachte er an die Fieberträume. Also öffnete er die Tür wieder ein Stück, damit er Cara hören konnte. Es schien sie zu beruhigen, wenn er ihre Hand hielt und mit ihr sprach.

In der Küche kippte er den Saft in die Spüle. Die Fliege hatte Glück: Sie wurde nicht mitgerissen, sondern saß klatschnass neben dem Abfluss. Sam beobachtete für einen Moment, wie das Insekt seine Flügel trocknete und dann mühsam die glatten Wände der Spüle hochkrabbelte.

Aus dem Nebenzimmer drang Kindergelächter herüber und Sam schmunzelte. Anscheinend war diese Folge *Tom & Jerry* wirklich lustig. Vielleicht sollte er ein paar Brote schmieren und mit Max gemeinsam vor dem Fernseher essen?

Aber dann fiel ihm ein, was er schon seit gestern tun wollte. Er warf einen Blick ins Wohnzimmer. Max schien zufrieden, wie er da auf der Couch lag. In einer Hand hielt er Bruce, mit der anderen die Fernbedienung, auf seinem Bauch balancierte er eine Tüte Gummibärchen. Er schien komplett vergessen zu haben, wo er war, seine ganze Aufmerksamkeit galt der Verfolgungsjagd auf dem Bildschirm. Als die Maus dem Kater eins mit einer Bratpfanne überzog, musste er so sehr lachen, dass die Gummibärchentüte in eine gefährliche Schieflage geriet.

Sam widerstand der Versuchung, sich ebenfalls auf die Couch zu werfen, und ging in sein Arbeitszimmer.

Während der Computer auf Tastendruck zum Leben erwachte, drehte Sam nachdenklich die Taschenlampe, die er aus der Garage geholt hatte, in seinen Händen hin und her. Dann tippte er das Passwort in die Eingabemaske und begann mit der Arbeit.

***

Cara schlug die Augen auf. Ihr Hals war trocken und sie fühlte sich schwach.

Wo war sie? Sie lag in einem fremden Bett. In einem fremden Zimmer. Träumte sie noch?

Wirre Bilder verblassten in ihren Gedanken. Cara runzelte die Stirn. Irgendetwas mit einem Flugzeug? Als sie sich mühsam hochschob, zitterten ihre Muskeln vor Anstrengung.

Neben ihr auf dem Nachttisch stand ein Glas Wasser. Mit einem Mal war der Durst beinahe unerträglich. Cara streckte sich und griff nach dem Glas, aber sie konnte es nicht erreichen. Sie rutschte ein wenig nach, streckte sich weiter – aber ihre Hand zitterte, und das Glas fiel zu Boden, wo es zersplitterte.

»Mist«, krächzte Cara. Ihr war so furchtbar heiß. Doch als sie die Decke zurückschlug, strich die Luft unangenehm kühl über ihre verschwitzte Haut, und sie zitterte. Testweise legte sie eine Hand auf ihre Stirn. Hatte sie Fieber? Sie konnte es nicht sagen. Ihre Hände waren eiskalt.

Die Tür ging auf und Reenie streckte den Kopf herein.

»Hi«, sagte sie fröhlich. »Dachte ich mir doch, dass ich etwas gehört habe.« Ihr Blick fiel auf die Glassplitter auf dem Fußboden. »Ach, hast du Durst? Ich bring dir schnell ein neues Glas, dann räume ich das hier weg.«

Cara nickte, aber Reenie war bereits verschwunden. Das hier sah nicht aus wie Reenies altes Farmhaus. Aber wo war sie dann? Warum war Reenie hier? Und was viel wichtiger war: Wo waren die Kinder?

Cara sank zurück auf das Kissen. Sie fühlte sich, als hätte sie einen Marathon hinter sich. Was war nur los mit ihr?

Ihre Augen fielen gerade wieder zu, als Reenie sich auf der Bettkante niederließ.

»Hier.« Sie hielt Cara ein Glas mit Strohhalm hin. Cara trank alles aus, dann fühlte sie sich ein wenig besser.

»Wo sind die Kinder?«, fragte sie.

»Denen geht's gut. Leira ist bei uns daheim. Sie hat die Grippe. So wie du.« Reenie legte ihre Hand auf Caras Stirn und sah sie prüfend an. »Max und Sam sind mit den Fahrrädern los. Ich glaube, sie wollen neue Comics kaufen.«

»Sam?«, krächzte Cara. Sie blickte sich um und plötzlich fiel die Erkenntnis zentnerschwer auf sie. »Ich bin in Sams Haus? In seinem Bett?«

Sie wollte sich hochdrücken, aber Reenie legte die Hand auf ihren Arm.

»Ich wusste gar nicht, dass du so einen netten Nachbarn hast. Er war wirklich süß. Hat sofort angeboten, dass er euch für ein paar Tage bei sich aufnimmt, bis es dir wieder besser geht.«

»Mir geht's jetzt schon wieder besser«, murmelte Cara und kämpfte gegen ihre immer schwerer werdenden Augenlider an. »Ich will heim.«

»Klar«, sagte Reenie. »Ich kann deutlich sehen, dass es dir schon wieder gut geht. Du bist das strahlende Leben.«

Cara kramte in ihrem Kopf nach einer Antwort, aber da war nichts. Nur diese verflixte bleischwere Müdigkeit.

Aber sie würde nicht einschlafen. Sie würde aufstehen. Nach Hause gehen.

Na komm schon, dachte sie. *Beweg dich!*

Doch ihr Körper gehorchte ihr nicht. Sie kämpfte gegen die Müdigkeit an, aber diese war wie ein tiefer Brunnen –

Cara glitt an den Wänden hinab, und Schlaf schlug wie Wasser über ihr zusammen.

Noch bevor die Realität wegbrach, driftete Sams Stimme zu ihr.

»Wie geht's ihr?«, fragte er. Cara seufzte, denn der Klang seiner Stimme legte sich wie eine warme Decke über sie.

***

Sam schreckte aus dem Schlaf hoch, ohne zu wissen, was ihn geweckt hatte. War da ein Geräusch gewesen? Er lauschte angestrengt in die Dunkelheit, aber das Haus lag still da.

Dann hörte er es wieder. Ein Wimmern wie von einem verwundeten Tier. Nur dass er keinen Hund hatte. Und auch keine Katze.

Sam schwang die Beine über den Rand des Bettes. Er griff nach dem Handy und kniff die Augen zusammen, als der Bildschirm im Dunkeln viel zu hell aufleuchtete.

Zwei Uhr vierzig. Er gähnte. Dann lauschte er. Als das Wimmern wieder an sein Ohr drang, stand er auf. Er zog eine Jogginghose über die Boxershorts, betätigte den Lichtschalter und ging dann barfüßig den Gang entlang. Leise drückte er die Klinke zu Caras Zimmer hinunter.

Ein Lichtschein fiel quer durchs Zimmer – aber Cara schlief tief und fest, ihre Atemzüge waren regelmäßig.

Sam zog die Tür wieder hinter sich zu. Er trat zurück und auf eines von Max' Legoteilen. Fluchend rieb er sich den Fuß – die kleinen Mistdinger waren auf dem bunten Teppich kaum zu sehen. Warum mussten die auch hier rumliegen?

Er humpelte ein paar Schritte weiter, die Augen fest auf den Boden gerichtet – alles hier war mit Legosteinen übersät.

So leise wie möglich drückte er die Tür auf und steckte den Kopf ins Zimmer Er hörte nichts: keine Bewegung, kein Wimmern. Er runzelte die Stirn.

»Max«, flüsterte er. »Bist du wach?«

Sam lauschte, aber er bekam keine Antwort. Als er gerade die Tür wieder hinter sich zuziehen wollte, wurde ihm klar, was hier merkwürdig war: Es war viel zu still. Er konnte keine Atemgeräusche hören.

Mit ein paar schnellen Schritten war er am Bett und ließ sich auf die Kante sinken. Er schob die Decke vorsichtig zurück, bis er den Kopf des Jungen gefunden hatte – und sah in ein Paar weit aufgerissene Kinderaugen.

»Hey, Kumpel«, murmelte Sam. »Alles klar? Kannst du nicht schlafen?«

Max nickte kaum merklich.

Sam blickte im Zimmer umher und sah den wuchtigen Kleiderschrank, so dunkel gegen die Wand. Die unregelmäßige Form des Stuhls in der Ecke. Den bedrohlich scharfkantigen Umriss der Zimmerpalme vor dem Fenster.

»Wieder die Schatten?«, fragte er.

Max nickte. »Ich will zu Mummy«, wimmerte er.

Sam stützte seine Arme rechts und links neben Max ab und sah ihn nachdenklich an.

»Deine Mum ist doch krank, weißt du noch? Schon seit sie zurückgekommen ist«, meinte er. »Ich denke, du schläfst besser hier. Du solltest dich lieber nicht anstecken, weißt du?«

»Ist die Krankheit schlimm?«, fragte Max mit dünner Stimme. Er war den Tränen nah.

»Nein«, sagte Sam. »Mach dir keine Sorgen. Sie ist bald wieder gesund. Aber ich dachte, du willst morgen vielleicht eine Runde im Pool schwimmen. Und wir könnten mit den Fahrrädern Eis holen fahren. Da solltest du dich lieber nicht anstecken, sonst musst du stattdessen ins Bett.«

Max schien zu überlegen. »Okay«, seufzte er dann. »Kannst du noch ein bisschen hierbleiben? Die Schatten fürchten sich vor dir.«

Sam lächelte. »Klar.«

Eine kleine, warme Hand kam unter der Bettdecke hervor und fand ihren Weg in die von Sam, als hätte sie das schon hunderte Male so gemacht. Als wäre das genau so, wie es sein sollte.

»Bist du echt kein Superheld?«, flüsterte Max nach einer Weile.

Sam lachte leise. »Nein«, sagte er. »Aber ich wäre gern einer. Dann könnte ich fliegen und all die bösen Jungs verprügeln. Und ich hätte einen coolen Anzug.«

»Nicht alle können fliegen«, murmelte Max nach einer Weile. »Batman nicht.«

»Stimmt.«

»Und Superhelden müssen immer geheim halten, dass sie in echt Superhelden sind.« Die Stimme des Jungen klang nachdenklich.

Sam unterdrückte ein Grinsen. »Stimmt auch«, sagt er. »Aber ich bin leider keiner. In echt.«

Max schwieg eine Zeit lang, und Sam dachte, er sei bereits eingeschlafen. »Aber du hast meine Geheimfalle für Superschurken überwunden«, murmelte der Junge dann.

»Welche Falle?« Sam ging ein Licht auf. »Die Legosteine! Hast du die absichtlich vor die Tür gelegt?«

Max nickte.

»Gute Idee«, sagte Sam. »Ich bin leider voll auf deinen Trick reingefallen.«

Max gähnte. »Aber du hast dich nicht aufhalten lassen. Wie ein echter Superheld.«

Sam wuschelte durch das Haar des Jungen.

»Schlaf jetzt«, sagte er. »Ich passe auf, dass die Schatten nicht zurückkommen.«

Eine Weile saß er so da und alles war ganz still. Das Flurlicht fiel in einem schmalen Streifen ins Zimmer, lief über die Spielsachen am Fußboden und die Wand entlang. Irgendwann lockerte sich der Griff des kleinen Jungen, dann wurden seine Atemzüge tiefer. Seine Lippen bewegten sich, als würde er von einem Traum erzählen. Erst als Sam sicher war, dass Max tief schlief, schlich er zur Zimmertür. Er ließ sie offen und das Licht im Flur an, nur zur Sicherheit.

Kapitel 5

Cara schlug die Augen auf und sah Designermöbel, edlen Steinfußboden, dezente Beleuchtung.

Sie war also tatsächlich hier. Es war kein Traum gewesen. Sachte schüttelte sie den Kopf und setzte sich langsam auf. Wie lange hatte sie wohl geschlafen? Wo waren die Kinder? Und wie ging es Leira?

Sie blickte zum Fenster, aber die geschlossene Jalousie ließ kein Licht ins Zimmer. Ihr Magen knurrte leise, und sie entschied, dass sie sich wohl am besten auf die Suche nach den anderen machte.

Vorsichtig richtete sich Cara auf und erhob sich. Der Raum schwankte. Cara tat einen Schritt, und dann noch einen, und ihr Kreislauf stabilisierte sich langsam. Sie fühlte sich wie hundertvier.

Vorsichtig zog sie die Zimmertür auf und folgte dann dem Flur. Sie war noch nicht oft in Sams Haus gewesen – und wenn, war sie nur bis zu Küche und Wohnzimmer gekommen.

Neugierig betrachtete sie die Bilder an den Wänden – Fotografien, Filmplakate, Autogramme. Schmunzelnd blieb sie vor einem gerahmten Kostüm stehen, das wohl zu irgendeinem Film gehören musste.

Ich weiß nichts über ihn. Wie kann es sein, dass man jahrelang neben jemandem wohnt und ihn praktisch nicht kennt?

»Ein Originalkostüm aus *Star Trek*. Captain Jean-Luc Picards Uniform«, sagte eine tiefe Stimme hinter ihr. Sie drehte sich um und sah Sam am Türrahmen lehnen. Seine Haare waren verstrubbelt wie immer und ein leichter Bartschatten lag auf seinen Wangen. Er trug weite Jogginghosen und ein Shirt mit dem Aufdruck einer blauen Telefonzelle.

»Doctor Who«, las Cara die Worte darüber.

»Magst du die Serie?«, fragte er.

»Ich hab keine Zeit zum Fernsehen.« Sie zuckte mit den Schultern. »Aber ich hab davon gehört. Scheint ganz gut zu sein.«

Er lachte auf. »Ja, das kann man so sagen.«

Sie drehte sich um und deutete auf die Filmplakate und Autogrammkarten. »Du hast eine ziemliche große Sammlung.«

»Was soll ich sagen? Ich bin ein Nerd.« Er grinste, und für einen Moment meinte Cara, den Jungen zu sehen, der er einmal gewesen war. *Ich wette, er war spitzbübisch und charmant. Und bestimmt der Liebling seiner Mutter.*

»Möchtest du etwas essen?«, fragte er.

Cara nickte. »Das wäre großartig. Ich bin am Verhungern. Als hätte ich tagelang nichts gegessen.«

»Technisch gesehen ist das auch so. Bis auf ein bisschen Suppe, aber das zählt nicht wirklich. Du hast eigentlich nur geschlafen. Wie ein Murmeltier.« Er grinste und aus irgendeinem Grund stieg ihr das Blut in die Wangen.

Gut, dass er sich gerade umdrehte. Sie folgte ihm in die Küche und ließ sich auf einen der Hocker sinken, die neben der Kochinsel standen. Selbst die kurze Strecke hatte sie erschöpft, und ihre Muskeln schmerzten an Stellen, über die sie lieber nicht nachdenken wollte.

»Wieder müde?«, fragte er, während er einen Krug Orangensaft aus dem Kühlschrank holte.

Sie nickte und nahm dankbar das gefüllte Glas in Empfang.

»Ich hatte auch mal eine echte Grippe«, sagte er. »Ich hab mich noch Wochen danach schwach gefühlt. Damit ist nicht zu spaßen.«

Sie nippte am Orangensaft.

»Hast du Lust auf ein Sandwich? Es gibt auch noch Hühnersuppe, die Reenie vorbeigebracht hat … oder ich könnte dir Eier braten.«

»Sandwich klingt toll«, sagte Cara. Sie stützten den Kopf in ihre Hand, weil er so schrecklich schwer war.

Dann warf sie einen Blick auf die dunkle Nacht vor dem Küchenfenster. *Ein Uhr morgens*, las sie auf der Digitalanzeige des Backofens. »Ich nehme mal an, dass Max schläft? Und hast du etwas von Leira gehört? Wie geht es ihr?«

Sam nickte. »Leira geht's schon ein wenig besser. Sie schickt dir Grüße. Und Max war fast den ganzen Tag im Pool. Später waren wir mit den Fahrrädern unterwegs. Beim Abendessen wäre er fast eingeschlafen. Eigentlich hat er ein bisschen so ausgesehen wie du jetzt.« Er lachte leise, während er Butter auf einen Toast strich.

»Hat er dich überredet, das Zähneputzen heute mal ausfallen zu lassen, weil er so schrecklich müde ist?«, fragte Cara.

Sam sah sie überrascht an, dann kroch ein schuldbewusster Ausdruck über sein Gesicht.

»Er hat mich reingelegt, oder?«, fragte er zerknirscht.

Cara grinste. »Sieht so aus.« Dann wurde sie ernst. »Sam … danke, dass du uns hier aufgenommen hast. Ich hätte mich wohl kaum um Max kümmern können. Ich weiß gar nicht, wie ich …« Sie brach ab, weil sie plötzlich einen Kloß in der Kehle hatte. »Das war wirklich mehr als nett, Sam. Ich bin dir was schuldig.«

Er drehte sich weg und kramte im Kühlschrank. »Ach was«, murmelte er. »Ist doch nichts dabei. Ich habe Zeit, ich habe mehr als genug Platz ... und außerdem hat Reenie mir geholfen.«

Er fischte ein Päckchen Käse heraus und vermied es, ihr in die Augen zu sehen.

Schweigen breitete sich zwischen ihnen aus. Cara hätte gern noch mehr gesagt, aber sie wusste nicht, wie sie anfangen sollte. Das Thema schien ihm unangenehm zu sein.

Aber sie musste ihm doch danken, nicht wahr? Und während sie Sam dabei beobachtete, wie er das Sandwich belegte, dachte Cara darüber nach, wie sie sich revanchieren könnte. Vielleicht sollte sie ihn zum Essen einladen? Aber das schien ihr fast lächerlich im Vergleich zu dem, was er für sie getan hatte.

Doch was konnte sie ihm schon geben, das er nicht längst hatte? Sie ließ ihren Blick über die glänzenden Geräte der Designerküche gleiten und sah dann hinüber ins Wohnzimmer. Alles war neu, alles war teuer ... und so viel beeindruckender als bei ihr zu Hause, wo die Dinge Gebrauchsspuren zeigten und selbst die neuen Möbel aus dem Second-Hand-Laden kamen.

Cara versuchte sich vorzustellen, wie dieses Haus hier aussehen würde, wenn Sam einmal heiratete. Und selbst Kinder hätte.

Doch sosehr sie sich auch bemühte – es gelang ihr nicht. Kinderzeichnungen auf dem Edelstahlkühlschrank oder kleine Erdbeermarmeladenfingerabdrücke auf der Designercouch ... das passte nicht.

Dieses Haus hier ist nicht für eine Familie eingerichtet, sondern für einen Junggesellen.

Dankbar nahm sie den Teller entgegen, den er ihr herüberschob. Es roch einfach großartig – das Brot war frisch angetoastet und noch warm in ihrer Hand, der Salat knackig, der Käse einen Hauch geschmolzen. Perfekt. Ihr Magen knurrte so laut, dass Sam grinste.

»Hör auf, das Sandwich nur anzustarren«, sagte er.

Sie nickte. Während sie aß, erzählte Sam ihr von den vergangenen Tagen – er und Max waren gut miteinander ausgekommen, wie es schien. Sie hatten Eis gegessen, waren Rad gefahren und hatten Comics angesehen.

»Klingt, als hätte Max eine tolle Zeit gehabt«, sagte Cara und schob aufseufzend den leeren Teller von sich. »Und du scheinst dieselben Dinge zu mögen wie er.«

Sam wackelte mit den Augenbrauen. »Es war eine gute Gelegenheit, mich mal wieder selbst wie ein Fünfjähriger zu benehmen.«

Cara musste lachen, und das Lachen ging nahtlos in ein herzhaftes Gähnen über.

»Du gehörst wieder ins Bett«, stellte Sam fest.

»Soll ich dir vorher beim Abwasch helfen?«, fragte sie und deutete auf die Küche. Die Arbeitsfläche war voll von Bröseln, leere Teller und Gläser standen herum – scheinbar noch vom Abendessen der Jungs.

»Nicht notwendig«, sagte Sam. »Macht der Geschirrspüler. Und morgen Vormittag kommt die Haushälterin. Die kümmert sich um den Rest.«

Die Haushälterin, wiederholte Cara in Gedanken und war zu erschöpft, um das Gefühlschaos, das diese Bemerkung auslöste, zu verstehen. Sie war viel zu tief in seiner Schuld, um ihn kritisieren zu dürfen. Er hatte sie hier aufgenommen, als es sonst niemanden gab, der ihr geholfen hätte. Und trotzdem. Irgendetwas an seiner Lebensweise störte sie, ärgerte sie auf eine Art, die völlig irrational war.

Du bist eine blöde Kuh. Sie stand auf und lächelte ihn an.

»Danke«, sagte sie. »Für das späte Abendessen. Und für alles andere.«

»Du hast dich doch schon bedankt«, wehrte er ab.

Sie zuckte mit den Schultern. »Nicht genug.«

Sam schüttelte den Kopf. »Geh schlafen. Werd bald gesund. Das ist Dank genug.«

Die Worte hallten in ihrem Kopf, während Cara zurück ins Schlafzimmer ging. Vermutlich war er froh, das Haus bald wieder für sich zu haben. Wieder das Junggesellenleben zu führen, das er gewohnt war: ohne Verpflichtungen, ohne Max und ohne Cara.

Ein undefinierbares emotionales Etwas wischte dunkel über sie hinweg. *Wahrscheinlich mein schlechtes Gewissen,* dachte sie. Und sie nahm sich vor, so schnell wie möglich in ihr eigenes Haus zurückzukehren und Sam nicht länger zur Last zu fallen.

***

Cara zog die Füße unter sich. Erstaunlicherweise war die Couch viel gemütlicher, als sie aussah.

»Mummy?«, fragte Max, wahrscheinlich zum fünfhundertsten Mal heute. Er lag neben ihr auf dem Fußboden, bunte Filzstifte um sich ausgebreitet. Auf dem Blatt Papier vor ihm entstand gerade ein geheimes Superhelden-Hauptquartier, wenn Cara richtig verstanden hatte.

»Ja, mein Schatz?«

Aber er war schon wieder in seine Zeichnung vertieft. Vielleicht wollte er nur sichergehen, dass sie wirklich hier war. Es war für ihn sicher ein Schock gewesen: ihre Krankheit, das fremde Haus ...

Max war heute Morgen als erstes zu ihr unter die Decke gekrochen und hatte lange mit ihr gekuschelt. Sam hatte ihn schließlich nur mithilfe von Pancakes und Schokosoße dazu bewegen können aufzustehen.

Cara selbst hatte den Vormittag faul im Bett verbracht – Reenie hatte irgendwann in weiser Voraussicht einen Stapel Zeitschriften auf ihrem Nachttisch deponiert, und

Cara genoss es, sich auf den neuesten Stand zu bringen, was das Liebesleben der Stars und Sternchen betraf. Sie konnte sich gar nicht mehr daran erinnern, wann sie das letzte Mal einen ganzen Vormittag lang geschmökert hatte. Und sie hatte mit Leira telefoniert. Es war gut gewesen, ihre Stimme zu hören. Sich selbst zu vergewissern, dass es Leira wirklich gut ging.

Nach dem Mittagessen hatte sie sich gut genug gefühlt, um mit Max eine kleine Runde durch den Garten zu drehen. Danach war sie so erschöpft auf die Couch gesunken, als hätte sie mal eben den Kilimandscharo bestiegen.

Sam hatte versucht, sie davon zu überzeugen, wieder ein wenig zu schlafen – aber sie wollte nicht. Sie hatte genug geschlafen, sie brauchte Abwechslung.

Sam schien das für keine gute Idee zu halten, doch schließlich war er in die Küche verschwunden, um Kaffee zu kochen.

Draußen zwitscherten Vögel und das leise Kratzen von Max' Filzstiften lag in der Luft. Cara spürte, wie ihre Lider schwerer und schwerer wurden. Sie ließ den Kopf auf die Polsterung sinken und kuschelte sich in die Decke, die Sam ihr vorhin gebracht hatte.

Erst als Kaffeegeruch in ihre Nase stieg, schlug sie die Augen wieder auf. Vor ihr auf dem niedrigen Tischchen stand zwischen dampfenden Tassen ein Teller mit Schokocookies.

»Nickerchen gemacht?«, fragte Sam. Er lag auf dem Sofa gegenüber, einen E-Reader lässig in der Hand.

»Kann ich jetzt aufhören zu flüstern?« Max sprang neben Cara aufs Sofa und sah Sam fragend an. Der nickte.

»Mein Bild ist fertig«, informierte der Junge Cara mit wichtiger Miene. »Sooo lange hast du geschlafen. Es ist ein Kontraktionsplan für ein echtes Hauptquartier. Magst du sehen? Ich hab ihn in meinem Zimmer.«

»Ich denke, du meinst einen Konstruktionsplan«, sagte sie und lächelte ihn an. Er legte die Stirn in Falten und zuckte mit den Schultern.

»Magst du ihn sehen?«, drängte er.

»Klar, mein Schatz.«

Max sprang vom Sofa und flitzte los, um die Zeichnung zu holen, während Cara sich genüsslich streckte.

»Ich komm mir vor wie eine Rentnerin«, sagte sie. »Ich verbringe den ganzen Tag mit Schlafen und Essen.«

»Für eine Rentnerin siehst du viel zu gut aus.«

Und plötzlich war da diese befangene Stille zwischen ihnen. Als wären es nicht vollkommen klar, dass sie einfach nur Nachbarn waren. Bekannte. Oder vielleicht so etwas Ähnliches wie Freunde. Als wäre da noch eine Möglichkeit, an die keiner von beiden bisher gedacht hatte.

Cara schlug den Blick nieder und suchte krampfhaft nach einer flapsigen Antwort. Vielleicht hatte ja das Fieber ihre grauen Zellen eingeschmolzen, aber ihr wollte einfach nichts einfallen. Sie zupfte hilflos an den Fransen der Decke.

Als Max mit der Zeichnung hereingestürmt kam, atmeten beide auf. Nachdem Cara das Bild ausgiebig bewundert hatte und der Teller mit den Keksen leer war, sprang der Junge auf.

»Darf ich schwimmen gehen?« fragte er.

»Klar«, sagte Sam. »Also ... nur, wenn es für deine Mum auch okay ist.«

Cara nickte.

Sie beobachteten, wie Max nach draußen lief, auf einem Bein hüpfend die kurze Hose aus- und die Badehose anzog und dann mit einem gewaltigen Satz im Pool verschwand. Das Wasser schwappte über den Rand und der Junge tauchte prustend und grinsend wieder auf.

»Wo ist eigentlich Mandy?«, fragte Cara. »Du hast gesagt, dass sie wegmusste – aber warum? Hat sie auch die Grippe?«

Sam antwortete nicht. Da war plötzlich dieses Gefühl in ihrer Magengrube ... Er verheimlichte ihr irgendetwas. Aber was?

»Sam?«

Er schien nicht glücklich über ihre Frage.

»Möchtest du dich nicht vielleicht noch ein wenig ausruhen? Der Arzt sagt, du brauchst Schonung. Es wird einige Wochen dauern, bis du wieder ganz die Alte bist.«

Er weicht mir aus, dachte Cara. Sie sah ihn einfach nur an.

»Okay«, murmelte er.

Während er erzählte, sprang Caras Blick immer wieder zu Max, der draußen vergnügt plantschte. Und obwohl sie wusste, dass es vorbei war, dass ihrem Kind nichts geschehen war, flutete Panik ihre Blutbahn.

In Gedanken sah sie ihren Sohn, wie er allein die Straße entlanglief. Was hätte alles passieren können, wenn Sam nicht zufällig vorbeigekommen wäre? Max hätte vor ein Auto laufen können. Jemand anderes hätte stehen bleiben können und ...

Tränen stiegen in ihre Augen, während sich eiskalte Finger um ihre Kehle legten und zudrückten. Sie presste ihre Hand auf den Mund, um das Schluchzen zu unterdrücken. Aber die Tränen ließen sich nicht aufhalten.

»Es ist nichts passiert«, murmelte Sam. »Es geht ihm gut, Cara.«

Sie nickte, ihren verschleierten Blick auf Max gerichtet, der auf einer rot-blauen Luftmatratze vor sich hin paddelte.

Es war nichts passiert.

Aber es hätte so furchtbar viel passieren können.

Und mit einem Mal wurde sie wütend. Wo war Mandy? Wieso hatte sie Max allein gelassen? Wie konnte sie nur! Er war doch erst fünf. Hatte sie gedacht, niemand würde es bemerken?

Plötzlich hielt es Cara nicht mehr auf der Couch. Mit zitternden Fingern zog sie ihr Handy zu sich und wählte die Nummer der Agentur. Dann tigerte sie im Raum umher, während das gleichgültige Tuten in der Leitung ihren Zorn nur noch mehr anfachte.

Als endlich eine freundliche Frauenstimme antwortete, hatten Wut und Panik Caras Selbstkontrolle zerschreddert. Und obwohl sie wusste, dass die Frau am anderen Ende der Leitung nicht verantwortlich war, konnte sie nicht anders, und jeder Beschwichtigungsversuch der Mitarbeiterin stachelte ihre Wut nur noch mehr an.

»Jetzt hören Sie mir mal zu«, brüllte sie los. »Was denken Sie denn eigentlich, wofür ich Ihre völlig überteuerten Raten bezahlt habe? Mir Ihr dämliches elitäres Geschwätz angehört habe? Für die Gewissheit, dass meine Kinder in erstklassigen Händen sind und von Profis betreut werden. Ich verlange *sofort* eine Erklärung für diesen Vorfall, die Entlassung der Nanny und eine Entschuldigung der Geschäftsleitung, oder Sie finden morgen früh in allen Zeitungen den Namen Ihrer unprofessionellen, aufgeblasenen Agentur. Und kommen Sie mir nicht mit Ausflüchten. Die können Sie sich in den Arsch schieben, meine Teuerste. Oder Sie werden ganz genau herausfinden, wozu Mütter in der Lage sind.«

Cara hatte sich immer für rational gehalten, war stolz darauf gewesen, auch in Krisensituationen die Nerven zu behalten. Aber nun wollten sie mehr als eine Entschuldigung: Sie wollte Mandys Kopf auf einem Tablett. Und sie würde ihn verflucht noch einmal bekommen.

Als sie schließlich aufgelegt hatte, fühlte sie sich leer. Sie wischte sich mit den Handflächen über die Augen.

Anscheinend hatte niemand bei der Agentur gewusst, dass Mandy ihren Schützling einfach so zurückgelassen hatte. Niemand hatte mit ihr telefoniert oder etwas von ihr gehört.

Für Cara jedenfalls stand eines fest: Niemals wieder würde sie dort buchen. Bei dem Gedanken an die horrenden Summen, die sie bisher bezahlt hatte, knirschte sie mit den Zähnen.

Als sich jemand hinter ihr räusperte, fuhr sie herum.

»Gut gemacht«, sagte Sam leise.

In seinem Blick lag so viel Mitgefühl, dass Caras Augen sich wieder mit Tränen füllten. Ohne nachzudenken, trat sie einen Schritt nach vorn, und er öffnete die Arme.

»Es ist okay. Max ist in Sicherheit«, murmelte Sam in ihr Haar. Cara weinte an seiner Brust. Weinte aus Schock. Weinte, weil die Panik sie ausfüllte wie ein dunkles Meer. Weinte, weil sie sich so furchtbar schuldig fühlte. Diese Gefahr, in der Max sich befunden hatte ... Angst fraß sich durch ihre Eingeweide. So knapp. So furchtbar knapp!

Sie schluchzte heiser und rau. Dieses würgende Gefühl, ihr Kind beinahe verloren zu haben, ließ Panik in immer neuen Wellen durch ihren Körper rasen, drückte die Luft aus ihrer Lunge und machte sie taub für die Welt.

Es dauerte lange, bis sie sich beruhigen konnte. Ihre Augen waren trocken und ihr Hals eng, Sams Shirt nass unter ihrer Wange. Irgendwann waren ihre Tränen versiegt, und sie seufzte, und der Seufzer stieg tief aus ihrem Inneren auf und trug all ihre Gefühle mit sich.

Cara kuschelte ihr Gesicht enger an Sam, in seine Wärme.

Sie hatte gewusst, dass sie ihm viel zu verdanken hatte.

Aber bis gerade eben hatte sie nicht gewusst, wie viel.

***

Nach ihrem Ausbruch heute Nachmittag hatte Cara viele Stunden geschlafen. Sam war froh darüber. Nicht nur, weil sie sich erholen musste – sondern auch, weil es ihm selbst Gelegenheit gab, Abstand zu gewinnen. Und weiß Gott, den konnte er brauchen.

Denn ihre Tränen, die bodenlose Angst in ihren Augen, und dann diese Nähe zwischen ihnen, als Cara sich plötzlich in seine Arme geworfen hatte – das alles hatte Sam stärker berührt, als er es sich erlauben konnte.

Auf eine irritierende Weise ging ihm Cara unter die Haut. War das immer schon so gewesen und hatte er es nur nicht bemerkt? Oder hatte ihre Anwesenheit hier in seinem Haus diese Reaktion ausgelöst? Vielleicht war es auch nur sein Beschützerinstinkt oder diese fast verblasste Erinnerung daran, was es hieß, sich nach einer Familie zu sehnen.

Was auch immer dieses Gefühl war, Sam hatte es in den vergangenen Stunden unter Kontrolle bekommen. Er war einige Bahnen geschwommen, hatte Max zu einem Ausflug mit den Rädern überredet und sich dann darauf konzentriert, Abendessen zu kochen.

Erstaunt hatte er festgestellt, wie zu Hause er sich bereits nach wenigen Tagen in der Routine fühlte, die ein Leben mit Kind mit sich brachte. Aber auch diese Gedanken waren gefährlich und er schob sie beiseite.

Sam hatte die Entscheidung, selbst keine Kinder zu haben, vor langer Zeit getroffen und sich selbst geschworen, sie niemals zu ändern. Denn die Stark-Männer waren als Väter nicht geeignet. Und er würde keinem Kind zumuten, mit einem Vater wie ihm aufzuwachsen.

Beim Abendessen hatten sie über die Ausstattung von Superheldenkostümen gefachsimpelt und überlegt, wie wohl das Kostüm zu designen wäre, das Max einmal als sein Markenzeichen tragen würde – wenn er selbst ein echter Superheld war.

Als der Junge später versucht hatte, sich mit plötzlicher Müdigkeit vor dem Zähneputzen zu drücken, war Sam vorgewarnt gewesen. Unnachgiebig hatte er Max ins Badezimmer geschickt, und der Blick des Jungen hatte ihm deutlich gesagt, dass er jetzt schon mindestens genauso schlimm war wie Cara.

Sam grinste beim Gedanken daran. Nun schlief Max tief und fest in seinem Bett. Sollte Sam sich ein Bier und den E-Reader schnappen und draußen auf der Terrasse noch ein wenig lesen? Oder lieber fernsehen?

Da kam Cara gähnend ins Wohnzimmer.

»Hi«, murmelte sie. »Wie spät ist es denn? Schläft Max schon?«

Ihre Haare fielen zerzaust um ihr Gesicht. Sie wirkte ganz weich. Warm. Verletzlich.

Auch keine guten Gedanken, erinnerte Sam sich selbst. Er zog die Augenbrauen zusammen und griff nach dem E-Reader. Wieso nur erinnerte sie ihn bei jeder Gelegenheit an Dinge, mit denen er vor langer Zeit abgeschlossen hatte? Die eigentlich keine Rolle mehr spielen dürften?

Er wusste nicht, ob es an ihr lag, oder daran, dass Max hier war – aber vielleicht wurde es Zeit, dass die beiden wieder in ihr eigenes Haus zurückkehrten. Er würde sie nicht hinauswerfen, aber wenn Cara gehen wollte, dann würde er sie auch nicht aufhalten. Er würde den Abstand brauchen, um sein inneres Gleichgewicht wiederherzustellen.

Doch das hatte Zeit bis morgen. Oder übermorgen.

»Hi«, sagte Sam. »Gut geschlafen?«

Sie nickte.

»Max schläft schon. Es ist noch Pasta vom Abendessen da. Möchtest du welche?«

»Das klingt toll. Aber du brauchst mir nichts herzurichten. Ich schaff das schon. Ich fühl mich besser, wirklich. Hast du heute etwas von Leira gehört?«

Er nickte. »Sie ist fast wieder gesund, nur noch ein wenig schwach.«

Eine Weile beobachtete er, wie Cara in der Küche hantierte: wie sie, scheinbar ohne viel nachzudenken, einen Teller aus dem Regal zog, die Besteckschublade öffnete und mit der Hüfte wieder schloss, wie sie ganz selbstverständlich Pasta auf ihren Teller lud.

Als würde sie hierhergehören.

Hör auf mit diesem Scheiß! Was war nur los mit ihm? Er hatte keine Lust, sich in einen sentimentalen Idioten zu verwandeln. Und es hatte auch gar keinen Sinn, sich immer und immer wieder mit demselben Thema zu beschäftigen. *Verschenkte Großrechnerleistung,* dachte er grimmig. *Benutz dein Gehirn lieber für etwas Sinnvolles.*

Aber wofür? Damit war er schon beim nächsten Thema, über das er eigentlich nicht nachdenken wollte.

Frustriert starrt er Cara an, die gerade eine Gabel voll Spaghetti in den Mund schob.

»Was?«, fragte sie. »Hab ich was falsch gemacht?«

Sam schüttelte den Kopf.

»Ich bin draußen auf der Terrasse, lesen«, brummte er. Als er ging, kam es ihm vor, als flüchte er. Aus seiner eigenen Küche. Vor einer Frau, die gerade mal einssechzig war. Wie lächerlich!

Er ließ sich auf einen der Loungesessel sinken, die auf der Terrasse verstreut standen. Verdammt, er hatte vergessen, ein Bier mitzubringen.

Egal. Sam griff nach dem E-Reader, doch die Buchstaben tanzten vor seinen Augen, und er konnte sich einfach nicht konzentrieren.

Er zwang sich trotzdem dazu. Methodisch und langsam las er Satz für Satz, nur um am Ende der Seite festzustellen, dass er nicht wusste, was er da eigentlich gerade gelesen hatte.

Ein Geräusch hinter ihm ließ ihn aufblicken. Cara stand mit einem Stapel Frauenzeitschriften vor ihm.

»Stört es dich, wenn ich auch hier lese?«, fragte sie.

Er brummte irgendetwas, weil er nicht wusste, was er antworten sollte. Ja? Nein?

Aber da hatte sie es sich schon ihm gegenüber auf der Rattancouch bequem gemacht. Sam hob den E-Reader wieder und starrte darauf. Aber seine Konzentration war heute echt im Arsch. Immer wieder erwischte er sich dabei, wie seine Augen zu ihr hinüberwanderten.

Irgendwann ließ er das Gerät sinken, denn es hatte ohnehin keinen Sinn. Stattdessen legte er den Kopf in den Nacken und sah zum Nachthimmel hinauf.

Millionen Jahre altes Licht, dachte er. *Von Sternen, die schon lange erloschen sind. Alles, was von ihnen bleibt, sind die Photonen, die jetzt auf meine Netzhaut treffen.*

Er versuchte, sich vorzustellen, welche Entfernungen das Licht überwunden hatte, um ihn hier und heute zu erreichen, wie Photonen durch das leere Weltall rasten … aber sein Verstand weigerte sich. Die Distanzen waren zu groß, die Zeiträume zu lang.

»Bist du müde? Du musst nicht wegen mir aufbleiben. Ich habe heute Nachmittag so lange geschlafen, dass ich bestimmt noch ein paar Stunden munter bin«, sagte Cara.

Sam hob den Kopf. »Nein, ich bin nicht müde. Aber dieses Buch hier …« Er schüttelte den Kopf.

»Was liest du?«

»Ein Buch über die Physik von *Star Trek.*« Er grinste. »Vermutlich nicht jedermanns Sache.«

Sie ließ das Magazin auf ihren Schoß sinken und sah ihn mit gerunzelter Stirn an. »Du bist so ein richtiger Nerd, oder?«, fragte sie dann. »Ich meine … deine Bücher, die T-Shirts, die du trägst, die ganze Technik hier im Haus – und die Filmposter …«

Amüsiert sah er sie an. »Könnte man sagen.«

»Mhm.«

»Warum?«

»Ich dachte immer, Nerds wären pickelig, schüchtern und schmächtig. Und vor allem nicht erfolgreich bei Frauen.«

Er zog eine Augenbraue hoch, denn dieses Gespräch nahm gerade definitiv eine interessante Wendung.

Cara sah ein wenig verlegen drein. »Oh, bitte. Tu doch nicht so. Du hast ständig Damenbesuch. Und die kommen sicher nicht, um mit dir über *Star Trek* zu reden.«

»Vielleicht gibt es auch weibliche Nerds?«, schlug er vor.

Cara lachte. »Keine mit Stilettos, wasserstoffblonden Haaren und knallroten Lippen.«

»Kann es sein, dass du mich beobachtet hast?«

Sie verschränkte die Arme. »Nein«, sagte sie. »Aber ich wohne nebenan, erinnerst du dich? Und du gibst dir keine große Mühe, diskret zu sein.«

Er zuckte mit den Schultern. »Wir leben ja nicht mehr im letzten Jahrhundert. Der Ruf einer Frau ist wohl kaum ruiniert, wenn sie morgens aus meinem Haus kommt. Und du solltest dein Bild über Nerds korrigieren. Man könnte sogar auf die Idee kommen, dass du selbst einer bist.«

»Ich?« Sie sah ihn entgeistert an. »Ich mach mir nichts aus Raumschiffen.«

»Vielleicht kein Nerd im klassischen Sinne«, gab er zu. »Aber du interessierst dich für Dinge, die andere langweilig finden. Du hängst mit Herzblut an deiner Arbeit … und du beschäftigst dich auch in deiner Freizeit damit, hab ich recht?«

»Woher willst du das wissen?«

»Geraten. Und ich hab dein Arbeitszimmer gesehen, als Reenie und ich Sachen für Max geholt haben. Er hatte sein Flugzeug unter deinem Schreibtisch geparkt.«

»Mhm.« Caras Augen blickten ins Leere, und Sam konnte nicht sagen, was ihr wohl gerade durch den Kopf ging. Eine Weile schwiegen sie. Die Nachtluft war trotz der späten Stunde samtig warm und die Grillen zirpten.

»Vielleicht hast du recht. Mit der Nerd-Sache. Ich könnte mir mein Leben ohne Archäologie nicht vorstellen …«

»Musst du auch nicht. Du arbeitest doch im Museum.«

Der Zug um ihren Mund wurde härter. Hatte er etwas Falsches gesagt?

»Ja. Schon. Aber die Arbeit dort ist nicht der Grund, warum ich Archäologie studiert habe, weißt du? Ich wollte im Feld arbeiten. Nicht Sponsoren betreuen, wie ich es jetzt tue.«

»Kannst du dir nicht einen anderen Job suchen?«

Sie schüttelte den Kopf. »So einfach ist das nicht. Ich habe mich schon oft bei den Ausgrabungsstätten hier in der Gegend beworben. Es ist fast aussichtslos, eine der wenigen Stellen zu ergattern. Und im Museum …« Sie brach ab.

»Hast du schon mit deinem Boss geredet?«

Sie presste die Lippen zusammen. »Ja«, sagte sie. »Aber eigentlich wollte ich dich etwas anderes fragen.«

»Mhm?«

»Du darfst das nicht falsch verstehen …«

»Ich werde mich bemühen.«

»Und nicht beleidigt sein …«

»Okay.«

»Und …«

»Frag einfach«, brummte er.

»Was tust du so den ganzen Tag? Du arbeitest nicht, oder? Aber ... Ich ...« Sie seufzte, dann setzte sie wieder an. »Es ist nur – du wirkst so klug. Ich kann mir einfach nicht vorstellen, was du *machst.* Wie du deine Zeit verbringst.« Sie sah ihn fast entschuldigend an.

Sam versuchte sich an einem frechen Grinsen, aber irgendwie wollte ihm das nicht so recht gelingen. »Ich lese, mache Sport, ich treffe mich mit Freunden. Ich interessiere mich für Filme. Manchmal fahre mit meinem Boot raus ...«

Er brach ab, weil er seinen defensiven Tonfall nicht ertrug. Irgendwie klang seine Beschreibung so leer. Unproduktiv. Er fing ihren skeptischen Blick auf, und plötzlich war ihm klar, was Cara dachte.

Aber so war es nicht, und es ärgerte ihn, dass sie ihm nicht glaubte. Und noch mehr ärgerte ihn, dass ihre Meinung ihn überhaupt interessierte. Denn darum ging es doch, nicht wahr? Komplett unabhängig zu sein von anderen Menschen.

Sein Leben war, wie er es sich immer erträumt hatte: Er war niemandem etwas schuldig und er musste sich auf niemanden verlassen.

Er war frei, Herr seiner Zeit.

Er hatte Geld. Er musste nicht arbeiten.

Er konnte tun und lassen, was er wollte.

Und wer zum Teufel war Cara eigentlich, dass sie all diese Fragen stellte? Sein Leben ging sie nichts an. Und wenn sie ihn schon von ihrem hohen Ross herab beurteilte, dann konnte sie ihre Meinung gern für sich behalten.

»Na, zumindest bist du dann schon im Training als Hausmann«, sagte Cara, deren Gedanken offensichtlich eine andere Richtung genommen hatten.

»Wie?«, fragte er verwirrt.

»Wenn du mal die Richtige triffst und eigene Kinder bekommst. Ich hab dich mit Max gesehen. Es ist offensichtlich, dass du Kinder magst.«

Sie lächelte, und Sam stellte fest, dass ein Lächeln manchmal schwerer zu ertragen war als Kritik. Er ließ den Kopf zurücksinken, um sie nicht mehr ansehen zu müssen – und blickte wieder zum dunklen Himmel hinauf.

Einsam, dachte er. *Das Licht der Sterne ist einsam auf seinem Weg durch das All.*

Plötzlich fühlte er sich alt.

»Max ist toll«, sagte er langsam, weil Cara auf eine Antwort zu warten schien. »Aber Familie und all das – das ist nichts für mich. Dafür bin ich nicht der Richtige.«

Er stand auf, ohne Cara noch einmal anzusehen. Darüber wollte er mit ihr nicht reden. Das hier war zu persönlich und für jemanden wie Cara vermutlich auch nicht nachvollziehbar. Er hatte endgültig genug von dieser Unterhaltung und von den Fragen, die überdeutlich in ihrem Gesicht standen.

»Ich denke, ich gehe jetzt schlafen«, brummte er.

Als er ins Haus ging, spürte er Caras Blick in seinem Rücken.

Na großartig. Was für ein Abend.

Wieso hatte er sich auf diese Unterhaltung überhaupt eingelassen?

Während Sam Zähne putzte, kreisten immer wieder Caras Fragen in seinem Kopf. Er verscheuchte sie wie Fliegen, aber summend fanden sie ihren Weg zurück.

Missmutig ließ er sich auf sein Bett fallen und starrte an die Decke. Doch der Schlaf wollte nicht kommen und er blieb im Dunkeln allein mit seinen Gedanken.

Kapitel 6

»Cara?« Sam drückte die Tür auf und steckte den Kopf ins Zimmer. »Mein Bruder ist hier. Er würde gern mit dir reden.«

Sie blickte von dem Buch auf, in dem sie gerade las. Dann griff sie nach dem Schal, der über dem Sessel neben dem Bett lag, und schlang ihn um ihre Schultern. »Ich komme gleich.«

Sam überlegte, ob er noch etwas sagen sollte. Etwas Aufmunterndes? Sie hatten am Morgen nach dem Frühstück darüber gesprochen. Cara hatte zugestimmt. Nur ein Gespräch. Keine Verpflichtungen. Und vor allem: nichts Offizielles. Brandon war nur als sein Bruder hier, nicht als Polizist.

Doch Cara schien mit ihrer Entscheidung nicht glücklich zu sein und Sam hätte ihr das Gespräch gern erspart.

Aber hier ging es nicht nur um Cara. Oder Max.

»Lass dir Zeit«, sagte er. Dann zog er die Tür mit einem leisen Klicken hinter sich zu und ging hinüber ins Wohnzimmer.

»Was zu trinken?«, fragte er Brandon.

Der nickte. »Einen Eistee, bitte.«

»Wer sagt dir, dass ich welchen habe?«

Sein Bruder verdrehte die Augen.

»Okay … ich hab Eistee.« Sam grinste. »Aber wer sagt, dass ich dir auch einen gebe?«

»Weil alles andere unhöflich wäre?«, fragte Cara hinter ihm.

»Hör auf sie. Sie ist offenbar wesentlich klüger als du. Und hat bessere Manieren.« Brandon grinste von einem Ohr zum anderen. Er erhob sich und streckte Cara seine Hand hin. »Ich bin der Bruder dieses Idioten hier. Brandon Stark.« Dann drehte er sich zu Sam. »Und sie ist auch noch wesentlich hübscher als du, Kartoffelnase. Du hast definitiv untertrieben, als du gesagt hast, dass sie umwerfend aussieht.«

Sam hätte ihn am liebsten getreten. »Versuchst du gerade, dich wie ein peinlicher großer Bruder zu benehmen?«, brummte er. »Das machst du nämlich ganz großartig.«

Er schob ihm ein Glas Eistee zu, dann sah er Cara an. »Möchtest du auch welchen?«

Sie lächelte. »Gerne. Danke. Wo ist denn Max?«

»Er verziert die Terrasse mit Straßenmalkreiden«, sagte Brandon und deutete zur Glaswand. »Scheint ein richtiges Gesamtkunstwerk zu werden. Zumindest hat er auch die Wände als Untergrund entdeckt.«

Cara sah beunruhigt drein, aber Sam zwinkerte ihr schnell zu. »Alles okay. Ich hab ihm die Kreiden gekauft. Ist also meine Schuld.«

Cara verzog den Mund in jener eigentümlichen, kleinen Bewegung, die Sam mittlerweile so gut kannte. Wie auch ihr Lachen. Oder die Art, wie ihr der Pferdeschwanz über die Schulter fiel und sich dort zu schwarz glänzenden Strähnen teilte, die dann über ihren Rücken bis fast zur Taille reichten.

Es wird wirklich langsam Zeit, dass Cara und Max ausziehen, dachte er beunruhigt. Das hier war ja schon fast pathologisch. Es machte auch gar keinen Sinn, sich an Cara zu gewöhnen. Oder an Max. Machte einfach keinen Sinn.

Das beredte Schweigen schreckte ihn aus seinen Gedanken auf. Cara sah ihn an, und Brandon Augen funkelten amüsiert, als hätte er eine genaue Vorstellung davon, worüber Sam gerade nachgedacht hatte. Sam wollte ihm am liebsten eine scheuern.

Mürrisch deutete er in Richtung Wohnzimmer, und die drei gingen hinüber zu der großzügigen Couchlandschaft, die sich vor den Fenstern erstreckte. Von dort aus hatten sie Max im Blick, konnten aber auch ungestört reden, ohne dass er sie hörte.

Sie tranken Eistee und das Schweigen hing wie Glasstaub in der Luft.

»So«, sagte Brandon und stellte sein Glas auf den niedrigen Designercouchtisch »mein kleiner Bruder hier hat mich vor ein paar Tagen mitten in der Nacht aufgeweckt, um hypothetische Fragen über ein hypothetisches Nachbarskind zu stellen. Soweit ich verstanden habe, geht es heute auch wieder um reine Hypothese?«

Cara nickte. Sie verknotete die Finger in ihrem Schoß und presste die Lippen aufeinander. Sie schien etwas sagen zu wollen, doch dann stand sie nur auf und ging zur Fensterfront hinüber. Mit dem Rücken zu ihnen blieb sie stehen und sah Max zu, der gerade voller Hingabe einen Regenbogen malte. Der Junge blickte auf und winkte ihr mit bunt verschmierten Fingern zu. Cara winkte zurück.

»Nehmen wir mal an, ich erstatte Anzeige«, sagte sie dann. »Was würde geschehen?«

»Gegen das hypothetische Kindermädchen?«, fragte Brandon.

Sam nickte.

»Wir würden die Sache überprüfen. Zeugenaussagen sammeln. Der Staatsanwalt entscheidet dann, wie wir weiter vorgehen. Ob Anklage erhoben oder ein Haftbefehl gegen sie erlassen wird. Sie hat immerhin wissentlich die Möglichkeit in Kauf genommen, dass er verletzt wird, oder Schlimmeres.«

»Diese Zeugenaussagen«, fragte Cara. »Betrifft das auch Max?«

Brandon schwieg für einen Moment. »Ja«, sagte er dann. »Allerdings könnten wir es so einrichten, dass wir die Aussage des Kleinen hier aufnehmen. Sams Aussage wird vor Gericht ohnehin mehr Gewicht haben.«

Cara drehte sich wieder zu ihnen um. Sie war blass um die Nase. »Wird Max vor Gericht aussagen müssen?«

»Gut möglich«, sagte Brandon. »Sofern es zu einer Anklage kommt.«

»Das ist zu viel«, murmelte Cara. »Das ist einfach zu viel für ihn. Er ist doch noch so klein.«

Sam stand auf und ging zu ihr. Er legte seine Hände auf ihre Oberarme und sah ihr direkt in die Augen. »Sie wird wieder als Nanny arbeiten«, sagte er. »Vielleicht nicht bei dieser Agentur, aber bei einer anderen. Das darf nicht passieren.«

Cara schluckte, und Sam kämpfte den Impuls nieder, sie in seine Arme zu ziehen, als er plötzlich Tränen in ihren Augen glänzen sah.

»Max schafft das«, murmelte Sam. »Denk an all die anderen Kinder, die ihr damit beschützt.«

»Wie Superhelden«, sagte Cara. Sie lächelte ein wenig schief.

Sam nickte. »Genau. Wie Superhelden.«

Cara sah ihn schweigend an, als versuchte sie, in seinen Augen irgendetwas zu lesen.

»Okay«, sagte sie dann. Sie drehte sich zu Brandon um. »Ich möchte eine Anzeige erstatten.«

***

Der Tag hüllte sich in leichten Nieselregen. Cara erwachte mit Kopfschmerzen und fühlte sich, als hätte sie am

Abend zuvor ein paar Gläser zu viel getrunken. Diese Grippe ging ihr echt auf die Nerven. Vor zwei Tagen hatte sie zum letzten Mal Fieber gehabt – sollte sie sich nicht langsam besser fühlen?

Aber die Mattigkeit saß tief in ihren Knochen. Der Gedanke daran, sich wieder allein um Max zu kümmern und nebenbei das Chaos zu beseitigen, das Mandy vermutlich im Haus hinterlassen hatte, wog bleischwer.

Sie fühlte sich noch nicht bereit dazu, doch gleichzeitig konnte sie es nicht erwarten, wieder nach Hause zu kommen. Und ein kleiner Teil von ihr würde es vermissen, hier zu sein. Aber das war lächerlich. Sicher war sie einfach nur emotional labil, weil sie von Fieber und Krankheit geschwächt war.

Denn Sam war niemand, mit dem sie echte Probleme hätte besprechen können – er war zu jung und sicher zu unerfahren. Was sollte er schon von Familienproblemen verstehen? Oder davon, was es hieß, sich immer Sorgen ums Geld zu machen?

Doch Cara fragte sich trotzdem, was er wohl über ihr Leben denken würde und über die Probleme, die sie oft nachts wälzte, wenn sie nicht schlafen konnte. Hatte Sam jemals Verantwortung übernehmen müssen? Jemals harte Entscheidungen getroffen und dann an ihnen gezweifelt?

Vermutlich nicht. Sam war der Prototyp des sorglosen Sunnyboys, der ziellos durchs Leben trieb, immer nur auf der Suche nach Spaß und Abenteuer.

Aber so ist er nicht, wisperte eine Stimme tief in ihr. *Du tust ihm unrecht.*

Sie zuckte mit den Achseln. Schlussendlich war es auch egal, wie viel Tiefgang Samuel Stark hatte und ob er jemals erwachsen werden würde. Er war ihr Nachbar, vielleicht auch ein Freund. Immerhin hatte er ihnen geholfen, nicht wahr? Wie ein Freund.

Was sich irritierenderweise nicht in das Bild fügte, das Cara von ihm hatte. Denn er hatte Verantwortung übernommen, als es niemand von ihm verlangt hatte. Keiner hätte auch nur mit der Wimper gezuckt, wenn Sam nicht eingesprungen wäre. Vermutlich hätten sich die meisten Männer an seiner Stelle gedrückt.

Verflixt. Sam war wie eines jener Schiebepuzzles – wann immer Cara versuchte, die Steine in die richtige Reihenfolge zu bringen, sprang ein anders von seinem Platz, und das Bild ergab wieder keinen Sinn.

Cara rieb sich den Schlaf aus den Augen. Wie auch immer. Wenn es nach ihr ging, konnte Sam seine Geheimnisse gern behalten.

Sie tappte in die Küche, aber niemand war zu sehen. Einem Impuls folgend, beugte sie sich über die Arbeitsfläche und lugte durchs Fenster hinaus – Sams Auto stand nicht in der Einfahrt.

Also trank Cara Kaffee, räumte die Tasse in den Geschirrspüler, entschied sich gegen etwas zu essen und starrte missmutig in der Küche umher. Was sollte sie nur mit sich anfangen?

Schließlich durchforstete sie im Wohnzimmer Sams Bücherregal. Dicke Wälzer über Technik wechselten sich mit zerlesenen Science-Fiction-Taschenbüchern ab, dazwischen standen kleine Modelle von Raumschiffen, rätselhaften Maschinen und etwas, das aussah wie ein metallischer Salzstreuer.

Caras eigene Regale waren niemals so schön geordnet und absolut staubfrei, und ihr Mund verzog sich zu einem Grinsen beim Gedanken daran, dass eine Junggesellenbude ordentlicher war als ihr Haus. *Gut, dass ich nicht den geringsten Ehrgeiz als Hausfrau habe.*

Sie hob eine kleine Figur auf und auch darunter war die Fläche spiegelnd sauber. Kein Staubring auf dem polierten Holz. Sams Haushälterin schien ihre Sache richtig gut zu machen. *Dalek,* las sie auf der Unterseite der Figur. Was auch immer ein Dalek war. Sicher irgend so ein Nerddings.

Nachdem in Sams Bücherregal offensichtlich nichts Interessantes zu finden war, ließ sie sich auf die Couch sinken. Auf dem niedrigen Tisch vor ihr lag die Fernbedienung. Wann hatte sie das letzte Mal am helllichten Tag ferngesehen, ganz allein, ohne Kids? Sie konnte sich nicht erinnern.

Mir ist langweilig, dachte sie und betrachtete den Gedanken erstaunt, als hätte sie eben eine Mikrowelle in einem Pharaonengrab entdeckt. Normalerweise bestand ihr Leben aus einer endlosen Abfolge an Terminen und Verpflichtungen, derer sie nie Herr wurde.

Es fühlte sich fast verboten luxuriös an, als sie nach der Fernbedienung griff. Der riesige Flachbildschirm erwachte auf ihr Kommando hin zum Leben. Sie zappte durch Soaps und Talkshows, aber nichts konnte ihre Aufmerksamkeit halten. Ihr war nicht nach Liebesdramen und auch nicht nach den Problemen anderer Menschen.

Schließlich blieb sie für eine Weile bei einer Teleshoppingsendung hängen. Mit halb geschlossenen Augen verfolgte sie, wie der stark gebräunte Moderator Ohrringe (»echt Gold!«), Autopolitur (»echt gut!«) und Vitamine (»echt gesund!«) anpries.

Amüsiert fragte sie sich, wer diesen Krempel eigentlich kaufte. Der Moderator überschlug sich vor Superlativen, dann kündigte er die Aktion des Tages an. Aufgeregt gestikulierend wanderte er durchs Studio, bis er zu einer winzigen Bühne gelangte, die auf einem Tisch stand. Die samtig roten Vorhänge waren zugezogen, und der Moderator griff nach einer goldenen Kordel, die an der Seite angebracht war.

Er senkte seine Stimme zu einem verschwörerischen Flüstern – als spräche er direkt mit Cara, als wäre dieses Angebot tatsächlich nur und ganz persönlich für sie allein. Unwillkürlich öffnete Cara die Augen. Mit einem Ratsch zog er den Vorhang auf und eine Porzellanpuppe kam zum Vorschein. Sie drehte sich auf einer Plattform um ihre eigene Achse, wie eine Ballerina in Endlosschleife.

Seufzend griff Cara wieder nach der Fernbedienung. Kanal um Kanal sprang auf Knopfdruck um. Noch mehr Talkshows, Dauerwerbesendungen, Telenovelas. Und Kinderserien.

Irgendwann stieß sie auf eine Sprecherin mit Betonfrisur, die scheinbar ein populärwissenschaftliches Magazin moderierte. Cara ließ den Kopf wieder zurücksinken und schloss die Augen. Die Frau brachte kurze Beiträge, die Cara nicht sonderlich interessierten, aber sie war zu faul, um wegzuschalten. Irgendetwas darüber, ob Pluto nun ein Planet war oder nicht. Dass sich auf einer durchschnittlichen Tastatur mehr Keime als auf einem Toilettensitz befanden. Und eine neue Studie über die Strahlung von Mobiltelefonen.

Erst als die Sprecherin von einer archäologischen Sensation sprach, klappte Cara die Augen auf. Ein paar Aufnahmen aus Afrika flimmerten über den Bildschirm und Cara spürte diese vertraute Sehnsucht in sich. Da liefen Männer und Frauen über staubige Felder und kletterten in Gruben, über die Tücher als Sonnenschutz gespannt waren.

Cara presste die Lippen zusammen. Das war es, was sie tun wollte. Sie wollte draußen sein, sie wollte mit ihren Händen arbeiten. Sie sehnte sich so sehr danach, als würde sie ein Familienmitglied vermissen: wochenlang zu graben und dann plötzlich ein Tongefäß oder ein Schmuckstück in Händen zu halten – und zu wissen, dass man seit Tausenden von Jahren der erste Mensch war, der das tat.

Das wettergegerbte Gesicht eines Mannes füllte den Bildschirm aus. *Marshall Mellowbee, berühmter Sensations-Archäologe* stand unter ihm eingeblendet. Cara schaltete den Ton ein wenig lauter. Sie hatte noch nie von Marshall Mellowbee, dem berühmten Sensations-Archäologen gehört, ihn nie auf einem der Kongresse gesehen und auch nie einen Artikel von ihm gelesen. Dass er berühmt war, bezweifelte sie sehr.

Sie hätte gern gewusst, woraus der Fund nun eigentlich bestand, aber er erzählte gerade irgendetwas über den Umfang und die Dauer der Arbeiten. Caras Gedanken wanderten zu der Zeit zurück, als sie selbst an Ausgrabungen teilgenommen hatte. Als sie gedacht hatte, sie würde damit ihr ganzes Leben verbringen.

Die Nachrichtensprecherin tauchte wieder im Bild auf und plapperte vor sich hin, ohne wirklich etwas zu sagen.

»Spuck's aus«, murmelte Cara. Als die Fernsehfrau gehorchte, fiel gerade die Eingangstür mit einem lauten Rumms ins Schloss.

Cara neigte sich nach vorn und zischte »Schschsch« in Richtung der Jungs, konnte aber trotzdem nur Wortfetzen verstehen, denn Max plapperte fröhlich auf Sam ein.

»Dinosaurierknochen«, sagte die Sprecherin gerade strahlend.

Cara starrte sie an. »Es ist doch immer das Gleiche«, murmelte sie. »Aber von euch Journalistenfuzzis hätte ich wirklich Besseres erwartet.«

»Sprichst du mit dem Fernseher?«, fragte Sam hinter ihr. Seine Stimme klang vergnügt. »Dann solltest du vielleicht etwas mehr unter die Leute.«

Cara wirbelte herum. »Ist das zu fassen?« Sie deutete ein wenig hilflos auf den Fernseher.

»Was?«, fragte er. »War der Fernseher etwa unartig?«

»Die bezeichnen das da als archäologische Sensation.«

Er warf einen Blick auf den Schirm. »Und?«

Cara schnaubte. »Aber es ist eine paläontologische Sensation! Keine archäologische. Archäologie beschäftigt sich mit der Geschichte der Menschheit. Dinosaurier gehören da nicht dazu.« Sie fuchtelte mit den Händen in der Luft herum, weil ihre Frustration irgendwo hinmusste.

Sam sah sie amüsiert an, als verstünde er nicht recht, warum sie so wütend war. Aber sie konnte nicht anders.

Max kam ins Wohnzimmer gesprungen, eine knisternde Plastiktüte in den Händen.

»Hi, Mummy. Wir haben Eis geholt.«

Cara bemühte sich, ihn anzulächeln. »Hallo, mein Schatz. Tolle Idee!«

Sie folgte den beiden in die Küche und beobachtete, wie Sam drei Schüsseln mit Eis füllte. Max verteilte mit konzentrierter Miene Schokosoße, Streusel und Sprühsahne darauf, die Zunge zwischen seine Lippen geklemmt.

»Ich denke, mir fehlt einfach meine Arbeit«, murmelte Cara. Sam sah sie aufmerksam an, sagte aber nichts.

Was sollte er auch sagen? Er arbeitete ja nicht. Wieder einmal fragte Cara sich, wie er sein Leben eigentlich finanzierte. Dieses Haus hier, sein Auto ... Dafür war mehr Geld notwendig, als man mit einem normalen Job verdienen konnte. Und Sam hatte nicht einmal einen normalen Job.

Von Beruf Sohn, dachte Cara. Als sie Sam dabei beobachtete, wie er das restliche Eis in der Tiefkühltruhe verstaute, sickerte neue Gereiztheit durch die Wände ihres Magens.

Sam mit seinem strahlenden Lächeln, seinen vielen Frauen, seinem faulen Lebensstil. Er hatte vermutlich nie erfahren, wie hart das Leben sein konnte. Zumindest für den Rest der Welt.

Irgendetwas daran störte sie mehr, als es sollte. Cara griff nach ihren Haaren, fasste sie zu einem strengen Zopf zusammen und zog das Gummi fest.

Na gut, dann war er eben in erster Linie Sohn. War doch sein Problem, nicht wahr? Jeder konnte sein Leben verschwenden, wie er wollte. Sie verzog den Mund. Nur warum genau ärgerte sie das? Warum machte es sie wütend?

Mit einem Mal wurde ihr klar, dass es Zeit war zu gehen. Sie war lange genug hier gewesen. Sie wollte nach Hause: dahin, wo jeder Gegenstand, jedes Möbelstück gebraucht war und geliebt. Dahin, wo sie mit den Kindern ihr Leben wieder aufnehmen konnte. Wo ihre Arbeit war, und wo vor allem Sam nicht war.

Sie wollte sich keine Gedanken mehr darüber machen, wie er sein Leben führte, und noch viel weniger wollte sie ihn dabei beobachten. In Kürze würde wieder jener endlose Strom an gut aussehenden Frauen einsetzten, da war sie sicher.

Wahrscheinlich wartet er schon ungeduldig darauf, wieder freie Bahn zu haben.

Gereizt wandte sie sich an Sam. »Ich denke, es wird Zeit, dass Max und ich nach Hause zurückkehren.« Sie versuchte, freundlich zu klingen. Und neutral. »Mir geht es wieder gut. Wir sind dir wirklich lange genug zur Last gefallen. Ich bin dir so dankbar für alles, Sam. Aber es wird Zeit.«

Sam sah sie mit unbewegtem Gesicht an.

»Okay«, sagte er dann.

Cara war auf jenen Stich in ihrem Herzen nicht vorbereitet. Hatte sie gedacht, er würde sie bitten, noch hierzubleiben? Das war doch lächerlich. Jeder wäre froh, unerwartete Hausgäste wieder loszuwerden, nicht wahr?

Max sah zwischen beiden hin und her.

»Aber ich will noch bei Sam bleiben«, sagte er, und seine Augen füllten sich mit Tränen.

Cara seufzte.

»Du kommst mich einfach besuchen.« Sam lächelte ihn an. »Du brauchst doch nur aus deiner Tür rauszugehen und bist schon bei mir. Keine große Sache, vor allem für Superhelden.«

»Darf ich, Mummy?«, fragte Max eifrig. »Sam ganz oft besuchen? Bitte.«

Er sah so treuherzig drein, dass Caras Herz sich zusammenzog.

Sie war sicher, dass er über kurz oder lang enttäuscht werden würde. Denn Sam würde zu seinem gewohnten Leben zurückkehren, und Cara wusste, dass darin kein Platz für fünfjährige Jungen war. Oder Beziehungen. Und sicher nicht für Familien.

Sie seufzte wieder und wuschelte durch Max' Haar.

»Klar«, sagte sie heiser.

***

Sam streckte seine Hand aus und Max griff nach der bunt verpackten Schachtel darin.

»Ist das Geschenk für mich?«, frage er mit leuchtenden Augen.

»Klar.«

Cara stand mit verlegenem Gesichtsausdruck neben Max. »Danke«, sagte sie. »Aber ... das wäre nicht nötig gewesen. Du hast doch schon so viel für uns getan.«

Sie verzog ihren Mund ein wenig und Sam musste unwillkürlich lächeln. Cara wusste vielleicht selbst nichts von diesem kleinen Tick, aber Sam fand ihn süß. Und faszinierend. Er hatte endlich festgemacht, was er bedeutete – wann immer ihr etwas unangenehm war, sie berührte oder ihr auf die Nerven ging, dann verzog sie ihre Mundwinkel zu einem entzückenden kleinen Schmollen.

Es dauerte nur einen Augenblick, und trotzdem verriet es mehr über ihre Gedanken, als ihre beherrschte Art sonst preisgab.

Vielleicht mochte er diese kleine Geste deshalb so gern? Weil er in den vergangenen Tagen eine andere Seite an Cara kennengelernt hatte: eine verletzliche, nachdenkliche Seite. Sein Bild von ihr hatte sich verändert, und er überlegte unwillkürlich, ob sich auch ihr Bild von ihm gewandelt hatte. Was dachte sie von ihm?

»Eine Taschenlampe«, sagte Max erstaunt. Sam hockte sich neben ihm hin.

»Oh, das ist mehr als eine gewöhnliche Taschenlampe. Soll ich es dir zeigen?«

Max nickte eifrig.

»Dann komm mit.« Sam stand auf und ging zur Garage hinüber, Max und Cara im Schlepptau. Die Luft in der Garage war trocken und warm, es roch nach Motoröl und Farbe. In den metallenen Regalen an der Rückseite stapelten sich Sportgeräte, Kisten und alles, was im Haus keinen Platz fand.

»Mach bitte die Tür zu«, sagte er zu Cara.

Plötzlich war es dunkel. Die Hand des Jungen fand ihren Weg in die seine. Sam drückte sie leicht und ignorierte den Gedanken, dass diese kleine Geste schon bald nicht mehr zu seinem Alltag gehören würde. Und den Klumpen in seiner Kehle.

»Keine Angst, alles gut«, sagte er laut und meinte damit vielleicht auch ein wenig sich selbst. Er drückte auf den Einschaltknopf der Taschenlampe. Auf der gegenüberliegenden Wand tauchte ein scharf abgezirkelter Kreis aus Licht auf.

Max holte Luft. »Das Batman-Zeichen«, sagte er hingerissen, die Augen riesengroß im Halbdunklen. Sein Mund stand weit offen.

»Hab ich für dich gemacht. Damit kannst du die Schatten in deinem Zimmer vertreiben.«

Während Max wie ein Gummiball neben ihm auf und ab sprang, dachte Sam an die Abende, an denen er an der Taschenlampe gearbeitet hatte. Die Form am Computer entworfen, den Prototypen auf seinem 3D-Drucker gedruckt, alles vermessen, die Änderungen eingearbeitet und schließlich die endgültige Version gedruckt hatte.

Es war gut gewesen, ein Projekt zu haben. Eine Aufgabe. Irgendetwas zu tun, das anderen half.

Vielleicht ist es das, was in meinem Leben fehlt, dachte Sam und beugte sich zu Max hinab. Er hob ihn hoch und der Junge schlang seine Arme um Sam Hals.

»Von jetzt an brauchst du dich nicht mehr zu fürchten. Okay, Großer?«, fragte Sam, Nasenspitze an Nasenspitze mit Max. »Auch wenn deine Mum verreist ist.«

Max wackelte eifrig mit dem Kopf.

»Eine Taschenlampe mit Geheimposition«, flüsterte er.

Sam sah ihn verwirrt an. Geheimposition?

»Meinst du Geheimfunktion?«, fragte Cara hinter ihnen, und ihre Stimme klang belegt. Sam hätte gern den Ausdruck in ihrem Gesicht gesehen, aber es war zu dunkel.

Was aber auch egal war, oder? Sam hatte genug mit seinen eigenen Gefühlen zu tun. Wie üblich, wenn es um Cara ging, war alles kompliziert. Irgendwas an ihr rieb an seinem Inneren, hinterließ seine Seele wund gescheuert. Er war erleichtert, dass er bald die Kontrolle über sein Leben zurückhaben würde.

Warum also war da der Wunsch, Cara zu bitten, hierzubleiben?

Sam griff nach dem Lichtschalter und die Deckenlampen tauchten alles in Neonlicht.

»So«, sagte er fröhlich und hoffte, dass es in Caras Ohren nicht ebenso künstlich klang wie in seinen, »na, dann mal los mit euch. Ich bin sicher, ihr freut euch schon auf zu Hause.«

Max nickte ein wenig unglücklich und Sam stellte ihn vorsichtig wieder auf den Boden.

Cara griff nach der Hand ihres Sohnes, aber ihre Augen hingen an Sams Gesicht, als wollte sie noch etwas loswerden. Etwas, das ihr auf der Seele brannte. Etwas Wichtiges.

»Danke, Sam«, sagte sie dann nur. »Ich hoffe, ich kann mich eines Tages bei dir revanchieren. Wenn du irgendetwas brauchst – du weißt, wo wir wohnen.« Und da war er wieder – dieser sanft zuckende Mundwinkel.

Sie drehte sich um und zog die Tür der Garage auf. Für einen Moment sah Sam die Silhouetten von Cara und Max dunkel gegen das gleißende Sonnenlicht, dann waren sie verschwunden.

Kapitel 7

»Danke, dass du Leira wieder nach Hause gebracht hast«, sagte Cara. »Und dafür, dass du dich um sie gekümmert hast. Und um uns. Ich wüsste nicht, was ich ohne dich gemacht hätte. Und ohne Sam.«

Cara stellte eine Tasse Kaffee vor Reenie und goss dann noch eine weitere für sich selbst ein.

»Hab ich doch gern gemacht. Weißt du ... ich hab mir schon oft gedacht, wie sehr ich dich bewundere.«

Cara sah überrascht auf und erwartete fast, ein ironisches Grinsen in Reenies Gesicht zu sehen. Aber da war keines.

»Warum?«, fragte sie. »Weil ich viel zu viel arbeite und keine Zeit für meine Kinder habe? Weil ich es nicht mal hinkriege, ein fähiges Kindermädchen zu organisieren?«

Reenie rührte in ihrem Kaffee. »Letzten Winter, als wir hierhergezogen sind ... da war ich verzweifelt. Mein Mann hatte mich für die Sekretärin verlassen. Ich bin sicher, du hast die Geschichte gehört, oder? Hat Leira davon erzählt?«

Cara nickte. Das Liebesleben der Bewohner von Finley Meadows war im Allgemeinen kein Geheimnis und die gesamte Kleinstadt nahm regen Anteil ... wenn auch selten zur Freunde der Betroffenen.

»Ich kann mich noch genau erinnern, wie schwierig es war, plötzlich für alles verantwortlich zu sein: für jeden Elternabend, jede Anschaffung, jeden Streit der Kinder, den ganzen Umzug – alles musste ich allein entscheiden und auch allein durchstehen. Sicher, ich hatte Jill ... Aber schlussendlich war es meine Verantwortung.« Reenie seufzte. »Es gab Tage, da war ich verzweifelt. Es schien mir unmöglich, das alles zu schaffen. Diese vielen Kleinigkeiten, aber auch die großen Entscheidungen. Ich bewundere dich dafür, wie stark du bist. Ich weiß nicht, ob ich es auf Dauer so gut hinbekommen hätte wie du.«

Cara schwieg, weil sie nicht wusste, was sie darauf erwidern sollte. Ein Kloß saß in ihrer Kehle, als sie in Reenies braune Augen blickte.

»Danke«, murmelte sie schließlich. »Es ist nur so ... Ich hab selbst niemals das Gefühl, wirklich alles unter Kontrolle zu haben. Da ist immer irgendeine Katastrophe, um die ich mich kümmern muss, oder irgendeine Deadline, die ich gerade verpasst habe. Mein Tag hat einfach nicht genug Stunden. Egal, wie sehr ich mich auch anstrenge. Es ist einfach nie genug Zeit.«

Reenie grinste. »Oh, das Gefühl kenne ich. Soll ich dir mal erzählen, was alles auf meiner To-do-Liste steht? Vor allem seit meine Schwiegermutter in Spe beschlossen hat zu heiraten. Die Vorbereitungen treiben mich noch in den Wahnsinn.« Sie beugte sich näher, ein Glitzern in den Augen. »Manchmal ignoriere ich Aufgaben auf der To-do-Liste und hoffe darauf, dass die Dinge sich von selbst erledigen. Oder unwichtig werden. Und gelegentlich passiert das auch.«

»Die Taktik kommt mir sehr bekannt vor. Aber leider funktioniert sie definitiv nicht oft genug«, seufzte Cara. »Und dann gibt es diese Mütter, die immer alles unter Kontrolle haben. Du weißt schon – die mit den geputzten Häusern, den wohlerzogen Kindern und dem biodynamischen Essen.«

Reenie nickte düster. »Oh ja, die kenne ich. Dabei tragen sie Kleidergröße 36, sind immer gut gelaunt, und ihre Haare sehen so aus, als hätten sie einen Privatfriseur, der den ganzen Tag mit gezücktem Kamm hinter ihnen herläuft.«

»Die haben vermutlich auch jeden Tag dreimal akrobatischen Sex mit ihren gut aussehenden, treuen und humorvollen Männern«, murmelte Cara. »Und das, wo ich mich nicht mal mehr genau daran erinnere, wie diese Sexsache eigentlich funktioniert. Sollte ich wider Erwarten mal ein Date haben, zu dem ich auch halbwegs passend angezogen und pünktlich erscheine, und es schaffen, den Mann nicht mit Geschichten aus meiner Arbeit zu vergraulen – dann müsste ich vorher noch ein Handbuch über die technischen Details lesen.«

»Du kannst mich gern fragen«, sagte Reenie grinsend und deutete auf ihren Bauch. »Ich bin in Übung.«

Cara lachte auf. »Ich werde darauf zurückkommen. Allerdings ist die Gefahr eher gering. Es ist nicht so, als würden jeden Tag liebeskranke Männer an meine Tür klopfen. Seit Max auf der Welt ist, habe ich mich offenbar in eine unsichtbare Version von mir selbst verwandelt.«

Reenie sah sie kopfschüttelnd an. »Wenn du unsichtbar bist, was bin dann ich?«, fragte sie. »Du hast eine Wahnsinnsfigur, deine Augenfarbe ist außergewöhnlich, und Haare wie deine erreichen Normalsterbliche normalerweise nur mithilfe von Extensions. Kann es sein, dass du vielleicht einfach zu beschäftigt bist, um die interessierten Männer in deiner Umgebung zu bemerken?«

Cara zuckte mit den Schultern. »Oder zu müde. Meist fühle ich mich wie ein Zombie auf Autopilot. Ich bräuchte eigentlich dringend Urlaub. Zeit für mich …« Sie brach ab. »Und Zeit für die Kinder. Leira ist in einem schwierigen Alter. Sie sollte das Gefühl haben, immer mit mir reden zu können.«

»Die Kinder können gern mal für ein paar Tage bei uns wohnen«, schlug Reenie vor. »Und du machst Urlaub. Nur für dich.«

Cara schüttelte den Kopf. »Das geht nicht, Reenie. Ich finde dein Angebot furchtbar lieb, aber das kann ich nicht annehmen. Du bist schwanger und hast mit Adeles Hochzeit und dem Diner schon genug um die Ohren.«

»Überleg es dir«, sagte Reenie. »Ich würde mich freuen. Zwei Kinder mehr oder weniger – was macht das schon.«

Cara lachte. »Man könnte meinen, du versuchst, ein Footballteam aufzustellen.«

»Sag das bloß nicht zu Jake. Der nimmt dich beim Wort«, murmelte Reenie. Der Ausdruck in ihren Augen wurde so träumerisch, dass Cara nicht zu fragen brauchte, woran sie dachte. Wann immer man Reenie und Jake gemeinsam sah, war klar, wie sehr die beiden ineinander verliebt waren.

Cara seufzte. Sie freute sich für Reenie. Aber gleichzeitig stieg alter Schmerz in ihr auf. Wenn sie damals nicht so dumm gewesen wäre …

Dann hättest du heute keine großartigen Kinder, unterbrach sie sich selbst. Es gab keinen Grund, Probleme zu wälzen, die schon lange der Vergangenheit angehörten. Michael hatte seine Entscheidungen getroffen, so wie sie die ihren. Auf ihn wütend zu sein war sinnlos. Wenn überhaupt, dann konnte sie nur sich selbst den Vorwurf machen, zweimal auf ihn hereingefallen zu sein.

Sie dachte an Max. Wie eifrig er mit einem Bilderbuch zu ihr auf die Couch geklettert kam. Wie sie mit ihm gemeinsam einen Superhelden-Umhang für Bruce genäht hatte. An sein verklebtes kleines Gesicht, wenn er Schokoladeneis gegessen hatte.

Nein, dachte sie. *Ich habe keinen Grund, mich zu beklagen. Ich habe Grund, dankbar zu sein.*

»Wie war es denn?«, fragte Reenie neben ihr.

»War was?«

»Bei Sam zu wohnen? Er ist wirklich nett. Und er sieht gut aus, findest du nicht?«

Cara verzog den Mund. »Ja. Er sieht ganz gut aus ...«

»Oh bitte«, unterbrach Reenie sie. »Das ist doch nicht dein Ernst. Er ist echt heiß, um es mal mit der Sprache unserer Töchter auszudrücken.«

Cara lachte auf. »Na gut. Er ist echt heiß«, brummte sie. »Und ich komme mir total blöd vor, wenn ich so etwas sage. Vielleicht klappt das nur, wenn man sechzehn ist.«

»Vielleicht.« Reenie wackelte mit den Augenbrauen. »Aber das ändert nichts daran, dass du ein sehr schnuckeliges Exemplar Mann direkt vor deiner Haustür hast.« Sie neigte sich nach vorn und hielt ein imaginäres Mikrofon vor Caras Nase. »Was werden Sie nun unternehmen, Frau Steinman? Wie werden Ihre nächsten Schritte aussehen? Haben Sie bereits einen Masterplan?«

Lachend schob Cara Reenies Hand beiseite. »Du hast einen Knall, hat dir das schon mal jemand gesagt?«

Reenie nickte. »Meine Tochter, erst heute. Und du versuchst, meiner Frage auszuweichen.«

»Gar nichts werde ich machen. Er ist doch quasi noch ein Kind.«

»Ein dreißigjähriges Kind mit wirklich muskulösen Oberarmen.«

»Trotzdem. Er ist zu jung.«

»Ach, komm schon. Du bist doch gar nicht so viel älter.«

»Ich bin sechsunddreißig. Das sind fast zehn Jahre.«

»Das sind gerade mal ein bisschen mehr als fünf Jahre.«

Cara wischte Reenies Einwurf mit einer ungeduldigen Handbewegung zur Seite. »Er ist ein eingeschworener Junggeselle.«

»Das war Jake auch.«

Cara schüttelte den Kopf. »Das ist wirklich süß von dir, Reenie. Aber Sam hat kein Interesse an einer Familie, das hat er selbst gesagt – und ich verstehe ihn sogar. Aus seiner Sicht würde er doch Freizeit und Luxus gegen Lärm, Kinderkrankheiten und Kekskrümel auf dem Designersofa tauschen. Warum sollte er das wollen? Er ist einfach nicht der Typ, der Verantwortung übernimmt. Und ich habe genug von dieser Art Männer. Wenn ich etwas sicher weiß, dann, dass Menschen sich nicht ändern.«

»Das klingt aber so, als hättest du schon ein paarmal darüber nachgedacht.« Reenie sah sie grinsend an. »Und es klingt so, als wolltest du dich selbst überzeugen.«

Cara schüttelte den Kopf. »Ich gebe zu, dass er gut aussieht, okay? Und dass ich vielleicht eventuell unter Umständen interessiert gewesen wäre. Früher. Vor den Kindern. Aber ich brauche nun mal einen Mann, der sich nicht nur in mich, sondern auch in meine Kinder verliebt. Mich gibt's nur zu dritt.«

»Vielleicht irrst du dich in ihm«, sagte Reenie nachdenklich. »Sam war wirklich lieb und fürsorglich, oder? Er und Max sind super miteinander ausgekommen. So reagiert doch kein Mann, der keine Kinder mag. Und er hat sich wirklich Gedanken gemacht, wie er dir helfen kann. Wusstest du, dass er seine Haushälterin gebeten hat, dein Haus in Ordnung zu bringen? Ich war hier, am Tag, als du zusammengebrochen bist. Die Nanny hat eine absolute Müllhalde hinterlassen.«

Cara schloss für einen Moment die Augen. Mist. Das bestätigte ihren Verdacht über die rätselhafte Staubfreiheit ihrer Bücherregale. Und warum die Fenster plötzlich so viel lichtdurchlässiger waren. Musste wohl an der fehlenden Schmutzschicht liegen.

Na großartig, dachte sie. *Noch ein Punkt mehr auf der Liste an Dingen, die ich Samuel Stark schulde.*

Sie seufzte. »Wenn ich nur wüsste, wie ich mich bei ihm bedanken kann.« Sie stand auf und trug ihre leere Tasse zur Spüle.

»Lad ihn doch zum Abendessen ein. Nur ihr zwei, keine Kinder.«

»Du bist wahnsinnig subtil, weißt du das?« Cara sah sie düster an, aber Reenie kicherte nur.

»Ja, meine große Stärke.«

»Und dein Humor ist echt schräg.«

»Ich weiß.«

»Das hier könnte der Beginn einer wunderbaren Freundschaft sein.«

»Ich dachte schon, du fragst nie.«

Cara lachte auf. »Vielleicht lade ich ihn wirklich zum Essen ein«, sagte sie. »Barbecue, mit den Kindern. Mittags«, fügte sie schnell hinzu, bevor Reenie noch etwas erwidern konnte.

***

Sam fuhr sich durch die Haare und blickte in den Spiegel. Warum war er eigentlich so nervös? Er fühlte sich, als wäre er wieder sechzehn und würde gleich das tollste Mädchen der Schule abholen, um mit ihr ins Kino zu gehen.

Es ist doch nur ein Mittagessen. Mit den Kids. Und Cara und er kannten sich seit Jahren. Sie waren mittlerweile vielleicht sogar Freunde.

Er fuhr mit der Bürste durch die widerspenstigen Strähnen, die in alle Richtungen standen, aber das Ergebnis war ausgesprochen suboptimal. Dann eben nicht. Wenn er richtig lag, würde er vermutlich in spätestens einer halben Stunde mit Max auf dem Rasen Ball spielen oder als Sparringpartner für Superheldenkampftechniken herhalten müssen.

»Es gibt keinen Grund, nervös zu sein. Entspann dich, altes Haus. Geht ja nicht darum, eine Frau zu beeindrucken ... Es ist einfach nur ein Mittagessen«, sagte Sam zu seinem Spiegelbild.

Mit einem Mal fragte er sich, was eine Frau wie Cara beeindrucken würde. Auch wenn er sie in den vergangenen Tagen von einer anderen Seite kennengelernt hatte, war nicht daran zu rütteln: Cara hatte ihr Leben im Griff, sie war stark und klug – und trug die Verantwortung für ihr Leben und das ihrer Kinder auf beeindruckende Weise. Was also müsste man tun, um sie zum Staunen zu bringen?

Dann zuckte er mit den Schultern.

Nicht sein Problem, nicht wahr? Und warum überlegte er sich so etwas überhaupt? In letzter Zeit neigte er wirklich zu sinnlosen Gedanken. Irgendwann würde sich ein anderer Mann diese Frage stellen müssen. Irgendein Mann, der Vater sein konnte.

Ein bitterer Geschmack breitete sich in seinem Mund aus und er griff nach der Zahnbürste. Mit Schaum vor dem Mund grinste er sich versuchsweise im Spiegel an. Na bitte. Ging doch.

Ein paar Minuten später stand Sam vor der Tür des Nachbarhauses und klingelte.

Leira öffnete ihm. »Hi«, sagte sie, ohne den Blick von ihrem Handy zu nehmen.

Hinter ihr erklang Fußgetrappel und schon flog Max in Sams Arme. »Ich habe heute Nacht deine Taschenlampe verwendet«, sprudelte er heraus. »Und die Schatten haben sich aufgelöst. Sie hatten richtig Angst vor mir.«

»Gut gemacht, Großer.« Er setzte Max vorsichtig ab. »Und wo ist eure Mum? Kann ich noch irgendwas in der Küche helfen?«

Leira deutete über ihre Schulter. »Sie ist im Arbeitszimmer. Wenn sie begonnen hat, einen archäologischen

Fachartikel zu lesen, dann werden wir verhungern. Außer, du bringst sie dazu, da rauszukommen.« Damit drehte sie sich um und stapfte die Stufen hinauf.

»Leira hat eine Mohnwanze«, informierte ihn Max mit wichtiger Miene. »Das hat Mummy gesagt, ich hab es genau gehört. Mit richtigen Küssen und verliebtsein und so.«

Er schüttelte den Kopf, als wäre das nun wirklich total abwegig. Dann sprang er ein paarmal hin und her, sein Gesichtsausdruck verkniffen. »Ich muss mal«, quietschte er und flitzte los.

Sam hörte die WC-Tür mit einem lauten Krach zuschlagen.

Er blinzelte. Erforderte das jetzt irgendwelche Aktionen seinerseits? Sam entschied sich dagegen und setzte sich in Bewegung. Im Wohnzimmer sah es so aus wie immer – gemütlich. Bewohnt. Ein wenig chaotisch. Bücher über das Altertum stapelten sich neben Comics und Musikmagazinen, Spielzeug lag unter dem Couchtisch, ein paar Fläschchen Nagellack und ein bunter Teller mit Apfelschnitzen standen darauf.

Schließlich fand er Cara vor dem Computer im Arbeitszimmer, so, wie Leira vorhergesagt hatte. Cara war in ihre Lektüre vertieft und schien gar nicht zu bemerken, dass er hier war.

Obwohl er schon einmal in diesem Raum gewesen war, sah Sam sich fasziniert um. Vom Boden bis zur Decke stapelten sich Bücher in Regalen, die eindeutig schon bessere Zeiten gesehen hatten. Bilder von Fundstücken, Landkarten und alte Kupferstiche hingen an den Wänden. Papier bedeckte jede freie Fläche. In einer Vitrine lagen kleine, dunkle Dreiecke, deren scharfkantige Ränder durchscheinend waren. Sam trat einen Schritt näher, um die Objekte besser betrachten zu können.

Cara hob den Kopf. Ihr Blick schien von weit her zu kommen, als wäre sie eben erst aus einer anderen Welt zurückgekehrt.

»Pfeilspitzen?«, fragte Sam.

Cara nickte.

»Wie alt sind sie?«

»Diese hier wohl so um die zweitausend Jahre. Sie sind aus Obsidian. Wunderschön, nicht wahr? Erst aus der Nähe sieht man, wie gut sie gearbeitet sind«, sagte Cara. »Ich hab sie selbst gefunden. Noch während meiner Studienzeit, auf meiner ersten Ausgrabung. Sie sind eigentlich nicht viel wert. Pfeilspitzen wie diese gibt es viele ... Aber für mich ist diese hier ein Glücksbringer. Und sie erinnert mich daran, dass ich eines Tages wieder im Feld arbeiten möchte.« Sie zögerte. »Möchtest du sie mal in der Hand halten?«, fragte sie schüchtern.

Sam nickte. Cara schob ihren Stuhl zurück, stand auf und öffnete die staubige Glastür. Fast zärtlich hob sie eine der Pfeilspitzen heraus, drehte sie hin und her. Dann griff sie nach seiner Hand und legte das Artefakt vorsichtig hinein.

Glatt und kühl lag der rauchschwarze Stein auf seiner Haut.

»Ich frage mich immer, wer ihn wohl vor Tausenden von Jahren zuletzt in seinen Händen gehalten hat«, murmelte sie und streichelte über die schimmernde Oberfläche des Steins. Als ihre Fingerspitzen seine Haut berührten, hielt er unwillkürlich den Atem an.

»War es ein Jäger? Oder ein Krieger? Hat er den Pfeil einfach verloren oder wurde er damit tödlich verwundet? Warum lag der Pfeil da, wo wir ihn so viel später gefunden haben? Welche Geschichte ist damit verbunden?«

Caras Augen hatten einen träumerischen Ausdruck. »Als wären unsichtbare Fäden mit diesen Objekten verknüpft, die von hier aus in die ferne Vergangenheit reichen. Ich habe mir immer vorgestellt, dass ich an diesen Fäden ziehen kann … und vielleicht ein Signal von mir in die Vergangenheit reist. Die Menschen erreicht, die einst gelebt haben.«

Während Sam ihren Worten lauschte, entstanden Bilder vor seinem inneren Auge: von Kriegern mit bronzener Haut, einer endlos weiten Ebene, von Pfeilen, die hoch in den Himmel flogen.

»Wow«, murmelte er.

Sie hob den Blick und sah ihn an – und mit einem Mal schien sie viel näher als zuvor. Ohne nachzudenken, schloss er seine Hand um ihre Finger, die Pfeilspitze zwischen ihnen. Der geschliffene Stein nahm die Wärme ihrer Körper in sich auf, während Sam die Zeit in Caras Augen verlor.

Eine Verbindung erwachte zum Leben, summte zwischen ihnen vor Energie. Caras Augen weiteten sich und ihre Finger schlossen sich fester um die von Sam.

Er trat einen Schritt näher. Wie konnte es sein, dass das Grün ihrer Augen und der Schwung ihrer Wimpern plötzlich die ganze Welt ausfüllten?

Sam schluckte, und ein Kribbeln lief über seine Haut, als stünde er unter Strom. Er neigte den Kopf, und sie hielt ganz still, nur ihr Atem auf seinem Mund.

Und dann schloss sie den Abstand zwischen ihnen, ihre Lippen streiften die seinen fast fragend.

Er küsste sie sanft, schob seine Hand in ihr Haar. Das seidige Gefühl, der Geschmack ihrer Lippen, der Geruch ihres Shampoos in seiner Nase: Plötzlich loderte Begehren tief in ihm auf und zerfetzte den tranceartigen Zustand.

Er wollte mehr. Mehr von Cara.

Hungrig küsste er sie, während irgendetwas mit leisem Klappern zu Boden fiel. Caras Finger fanden ihren Weg wie von allein unter sein Shirt, hinterließen eine brennende Spur auf ihrem Weg. Er fuhr mit der Zunge über ihre Lippen und sie stöhnte leise in seinen Kuss.

Sam hob sie hoch. Ihre Beine schlangen sich besitzergreifend um seine Taille, während ihr Kuss fordernder wurde.

Er machte ein paar Schritte vorwärts, bis sie gemeinsam gegen den Tisch stießen. Blätter regneten auf den Fußboden. Irgendetwas zerbrach, aber Cara schien es egal.

Sie küsste ihn, als wäre sie Feuer und er Sauerstoff.

Ungeduldig zerrte er an ihrem Shirt, und als seine Hand ihre weiche Haut traf, stöhnte sie auf. Sie drängte sich näher an ihn, immer näher, als wäre da noch Abstand zwischen ihnen, wo keiner mehr war. Seine Finger liebkosten ihre Brüste und ihr Kopf fiel in den Nacken. Schwarzes Haar floss über den Tisch. Die Linie ihres Halses war so verflucht verführerisch. Er neigte sich über sie, folgte ihr mit seinen Lippen. Sie bewegte sich unter ihm und seufzte.

»Mama«, brüllte Max von irgendwoher. »Maamaaa. Ich hab kein Klooopaaapier mehr.«

Cara erstarrte und drückte sich dann ein wenig weg von ihm. Ihre Lippen waren geschwollen, ihr Haar zerzaust, und ihr Atem ging eindeutig zu heftig für normale Büroarbeit.

Sam unterdrückte einen Fluch, denn sie sah so verflucht sexy aus, dass die Hormone in seinem Blut vor Verzweiflung röhrten. Sie, hier, jetzt.

Cara schien Sams Gedanken zu lesen.

»Wie sehe ich aus?«, fragte sie und fuhr sich durchs Haar.

Er deutete auf ihr Shirt, das über ihren Bauch hochgerutscht war.

»Danke«, murmelte sie. Sie sprang vom Schreibtisch, zog ihre Kleidung zurecht, band ihr Haar zum Zopf ... und war auch schon verschwunden.

Für einen Moment stand Sam einfach nur da. Was genau war hier gerade geschehen?

Benommen bückte er sich nach ein paar Blatt Papier, die am Boden lagen. Darunter glänzte die Pfeilspitze und er hob sie hoch. Glatt war sie, hatte die Wärme ihrer Hände noch in sich gespeichert. Er fuhr mit seinem Finger ihre Kante entlang, folgte gedankenverloren den Einkerbungen an ihrer Seite.

Fast bedauernd legte er sie in die Vitrine zurück und schloss die Tür.

***

Das Mittagessen und der Nachmittag verliefen ereignislos – und doch konnte Cara sich nicht entspannen. Als wäre sie nach einem langen Schlaf erwacht, nahm sie Sams Gegenwart plötzlich mit einer Klarheit wahr, die sie atemlos zurückließ. Die Sonne in seinem Haar, das Lachen in seinen Augen, die feinen blonden Härchen auf seinen muskulösen Armen.

Ihm schien es ebenso zu ergehen, denn sein Blick löste sich kaum von ihr, sein Atem setzte aus, wenn sie ihn wie unabsichtlich berührte.

Sie umkreisten einander wie Teenager, scheu und fasziniert zugleich.

Der Moment im Arbeitszimmer hatte alles verändert. Die Verbindung zwischen ihnen war neu und ungewohnt und vertrieb jeden Gedanken aus Caras Kopf. Wie im Fieber war sie auf ihre Sinne reduziert.

Sein Lachen vibrierte in ihrem Magen, die Bewegungen seines kräftigen Körpers trockneten ihre Kehle aus, ihre Haut brannte unter seinen flüchtigen, alltäglichen Berührungen.

Alles hatte plötzlich eine Bedeutung: jeder Blick, jeder Atemzug, jedes Wort. Ein doppelter Boden hatte sich geöffnet, wo vorher simpler Stein gewesen war, und Cara war plötzlich in einer anderen Welt, in der vertraute Dinge ein Eigenleben hatten.

Stunde um Stunde verging, und keiner der beiden verlor auch nur ein Wort über das, was da zwischen ihnen geschah. Sam stand am Grill, während Cara den Tisch deckte. Max erzählte beim Essen Witze, die er im Kindergarten gehört hatte, und die Großen lachten. Leira nahm mit dem Handy zahllose Fotos von ihrem Eisbecher auf, postet sie wer weiß wo im Internet und kicherte über Caras Kommentare wie ein Kobold.

Doch unter all diesen Alltäglichkeiten vibrierte ein Versprechen, das mit jedem Blick weiter angefacht wurde. Schicht um Schicht sammelte sich Verlangen in Cara, lagerte sich ab und löschte jeden anderen Wunsch aus.

Sie war hungrig nach ihm, auf eine Art, die sie noch nie zuvor erfahren hatte. Und sie wusste instinktiv, Sam ging es ebenso.

Irgendwann verabschiedete sich Leira und fuhr zu Lou. Als sie ging, waren ihre Wangen gerötet und ihre Augen eine Spur zu stark geschminkt für einen Nachmittag mit der besten Freundin.

»Sie hat eine Mohnwanze«, sagte Max wieder, den diese Neuigkeit über seine große Schwester ein wenig ratlos zurückließ.

»Romanze«, korrigierte Cara, ohne darüber nachzudenken. »Sie ist verliebt, weißt du?«

Und das Wort hallte in ihr wider. Als sie aufblickte, fand sie Sams Augen auf sich gerichtet.

Verliebt, dachte Cara benommen und versuchte, dieses ungewohnte Wort auf ihrer Zunge zu schmecken wie Wein.

Bin ich das? Verliebt?

Sie griff nach den eisverklebten Schüsseln, um sie ins Haus zu tragen. Als sie aufstand, strich Sams Hand wie zufällig über ihren Schenkel. Sie erstarrte, der Atem in ihrer Kehle gefangen wie ein Vogel im Käfig.

Sam stand auf und nahm ihr die Schüsseln aus der Hand. »Lass mich«, murmelte er, sein Gesicht viel zu nah an ihrem. Sie schluckte.

Und sie nickte, kaum merklich.

Als Sam aus der Küche zurückkam, wollte Max in den Pool. Er zog triumphierend seine Badehose aus der Spielzeugkiste im Garten, als wäre es ein Geniestreich gewesen, sie dort zu verstauen. Sam musste lachen.

»Wir gehen dann mal vor«, sagte er und hob Max über den niedrigen Gartenzaun, um dann selbst hinterherzuspringen.

Traumwandlerisch fand Cara ihren Weg ins Haus, die knarrenden Stiegen hinauf, in ihr Schlafzimmer.

Während sie die Knöpfe ihres Sommerkleides öffnete, dachte sie an nichts. Ihr Kopf war still und klar, wie die Ruhe vor dem Sturm. Es gab nichts, was sie überlegen musste. Keine Entscheidungen, die noch getroffen werden mussten. Sie wusste, was heute passieren würde. Da war keine Hast.

Cara knotete die Bänder ihres Bikinioberteils im Nacken zusammen und zog das Band aus ihrem Haar. Dann stieg sie barfuß die Treppe hinab, ging über das kitzelnde Gras hinüber in Sams Garten.

Wassergeplantsche und Gelächter drang schon von Weitem an ihr Ohr. Sie folgte den sommerwarmen Steinplatten, die an der Seite des Hauses entlangliefen, und bog um die Ecke. Türkis glitzernd lag der Pool vor ihr und Max paddelte mit einem riesigen aufblasbaren Donut darin umher.

»Hi, Mummy«, kreischte er vergnügt. »Kommst du rein?«

Caras Augen folgten wie von selbst Sams Silhouette, die dunkel unter der Wasseroberfläche dahinglitt. Schließlich durchbrach er die Oberfläche, einen Regen aus Wassertropfen auf brauner Haut. Er drehte sich zu ihr um, als hätte sie ihn gerufen.

Ihre Blicke trafen sich, und das Summen schwoll in ihrem Körper an, durchdrang ihre Haut, ihre Muskelfasern, ihr Blut, füllte sie bis zum Bersten. Mit ein paar schnellen Schritten war sie am Pool und sprang.

Das kalte Wasser war wie ein Schock. Doch die Hitze in ihr blieb und Cara genoss diesen klar umrissenen Zustand: Außen floss kaltes Wasser über ihre Haut, doch in ihr wirbelte Verlangen mit halsbrecherischer Geschwindigkeit, verzehrte Feuer jeden Gedanken.

Mit einigen kräftigen Zügen tauchte sie zum anderen Ende des Pools, vorbei an Sam. Wie im Spiel streifte ihre Hand seinen Bizeps.

In der Kälte des Wassers war das Gefühl seiner Haut auf exquisite Weise fremd, als berühre sie ihn zum ersten Mal. Knapp hinter Sam durchbrach sie die Wasseroberfläche.

Er drehte sich um und sah sie an. Dann strich er zart eine Haarsträhne aus ihrem Gesicht.

Seine Haut glitzerte vor Feuchtigkeit, seine Lippen so sinnlich, so nah. Für einen Moment wurde das Verlangen, ihn zu küssen, übermächtig. Aber noch war es nicht so weit.

Cara stieß sich vom Boden ab und schwamm. Ihr Körper schien das Kommando übernommen zu haben, denn sie war es nicht, die da mit Max lachte, die ihn auf seinem Plastikdonut durch den Pool zog, die schließlich aus dem Wasser stieg und auf eine der Liegen sank.

Wie durch ein Brennglas waren alle ihre Empfindungen, alle ihre Gedanken gebündelt und hatten nur ein Ziel: Sam.

Unter halb geschlossenen Lidern beobachtete sie ihn. Wie er lachte, wenn Max versuchte, ihn unterzutauchen.

Wie sich die Muskeln seines Rückens bewegten, wenn er aus dem Pool kletterte. Wie der nasse Stoff seiner Badeshorts sich eng an seine Oberschenkel legte.

Irgendwann kam er zu ihr herüber und ließ sich auf die Liege neben ihr fallen. Max tauchte immer noch unermüdlich und prustend im Pool. Und dann griff Sam nach ihrer Hand und Caras Welt schrumpfte auf jene Quadratzentimeter Haut. Ganz still lagen sie da, während ihre Finger einander streichelten, spielerisch an der Hand des anderen entlangglitten, einander erforschten – und das Feuer in ihnen bis zur Unerträglichkeit anfachten.

Cara konnte nicht sagen, wie lange sie so dagelegen hatten. Irgendwann sank die Sonne zum Horizont. Sam hob ihre Hand, drückte einen Kuss darauf und verschwand dann ins Haus. Cara beobachtete Max, der inzwischen begonnen hatte, den Rand des Pools mit Straßenmalkreiden zu verzieren.

Dann aßen sie Sandwiches auf Sams Terrasse und tranken Eistee aus beschlagenen Gläsern. Nach dem Essen gähnte Max, müde von Sonne und Wasser.

»Was hältst du davon, wenn ihr beiden heute hier übernachtet?«, fragte Sam.

Der Junge strahlte und blickte zu Cara herüber.

»Darf ich, Mum? Darf ich?«

Cara wusste, dass Sam ihr die Möglichkeit gab, Nein zu sagen. Nach Hause zu gehen. Etwas zu beenden, das kaum begonnen hatte.

»Ja«, sagte sie ein wenig heiser.

Und sie spürte, wie das Blut in ihre Wangen stieg. Sie wandte den Blick von Sam ab und sah zu ihrem Haus hinüber.

»Ich hole den Pyjama, Bruce und die Zahnbürste von drüben«, sagte Cara. Max' Gesichtsausdruck verdüsterte sich.

»Immer muss ich Zähne putzen. Das kann doch kein Mensch aushalten«, nörgelte er.

»Soll ich dir heute die Gutenachtgeschichte vorlesen?«, fragte Sam. »Wir könnten ein Superman-Comic ansehen.«

Max nickte, scheinbar ein wenig besänftigt. Cara ging hinüber, um die Sachen zu holen. Als sie zurückkam, fand sie die Jungs im Haus. Sie küsste Max auf die Stirn und wurde dann rausgeschickt.

»Männersachen«, sagte Max, und Cara unterdrückte ein Lächeln.

Sie trat auf die Terrasse. Atmete tief ein.

Zwielicht lag über dem Land, und die Zeit floss wie warmer Honig, langsam und beständig. Cara wartete.

Als sie seine Schritte auf dem Fußboden hinter sich hörte, war es dunkel geworden.

Er blieb vor ihr stehen und sah sie auf eine Weise an, die fast erstaunt wirkte. Dann hielt er ihr die Hand hin. Sie legte ihre hinein, und er zog sie näher.

Federleicht küsste er ihre Stirn, folgte mit seinen Lippen der Form ihrer Augenbrauen.

»Ich weiß nicht, was das hier ist. Aber es ist nicht mehr als das hier. Es kann niemals mehr als das hier werden«, sagte er, und seine Stimme klang heiser.

»Ich weiß.« Cara legte ihre Hände auf seine Wagen und sah ihm in die Augen. »Keine Zukunft, keine Versprechungen, nur die Gegenwart.«

Sie zog ihn zu sich heran und küsste ihn zart.

Das Gefühl seiner Lippen auf ihren war wie ein Schock, der die gesamte Welt um sie herum zum Einsturz brachte.

Hart zog er sie an sich, sein Kuss voller Hunger, und Cara ließ los, ließ sich in sein Begehren fallen. Da war nur noch Sam, um sie herum und überall Sam.

Er erforschte ihre Lippen und sein Kuss wurde fordernder. Als sie seine Zunge spürte, vergrub sie ihre Hände in seinem Haar.

Er reagierte augenblicklich. Sein Körper hart an ihrem, seine Hände überall und Hunger tief in seinen Augen.

In Cara explodierte Verlangen mit einer Kraft, die sie beinahe um den Verstand brachte.

Sie wollte nicht warten.

Sie wollte auch keine Rücksicht nehmen.

Sie wollte diesen Mann. Jetzt.

Cara schlang eine Hand um seinen Nacken und fuhr mit der anderen über seinen Hals, seinen Brustkorb. Ihre Finger umkreisten einen Nippel, drückten sanft zu, fuhr über die harte Ebene seines Bauches. Als sie mit einem Finger den Bund seiner Shorts entlangglitt, hielt er die Luft an.

Sie lächelte. Doch seine Hände fanden den Weg zu ihren Brüsten, streichelten sie durch den dünnen Stoff, und sie vergaß für einen Moment ihren Plan.

Er küsste ihren Hals und Cara ließ ihren Kopf nach hinten sinken. Sie stöhnte, als er sie zart biss.

Ihre Hände schlossen sich um seine Schultern, seinen Rücken. Die samtige Weichheit seiner Haut über dem Spiel der Muskeln, sein heißer Atem, die Art, wie er ihren Namen flüsterte …

Wie von selbst fand Caras Hand ihren Weg in seine Shorts. Sie schloss sich um seine pulsierende Härte, und er stöhnte, als hätte sie ihn verletzt.

»Du machst mich verrückt.«

»Gut«, murmelte sie berauscht gegen seine Lippen.

***

Während ihre Finger quälend sanft, dann wieder hart und fordernd mit ihm spielten, drückte Cara sich gegen ihn.

Diese Frau war zu viel, das Verlangen in ihm so heiß, dass es jede Vernunft verbrannt hatte.

Sam küsste sie, wollte sie in sich aufnehmen und trinken, wollte sich in ihr auflösen, wollte verglühen. Und während sie ihn langsam rückwärts drängte, bewegten sich ihre Hüften in hypnotischem Rhythmus gegen ihn.

Er wäre ihr um die Welt gefolgt für diese Berührungen, für die Art, wie sich ihre Brüste gegen ihn drückten, für den Geschmack ihrer Lippen. Sie zerrte an seinen Shorts und er half ihr voller Ungeduld.

Dann dirigierte sie ihn mit sanftem Fingerdruck auf die Couch. Wie kam es, dass er sich von diesem winzigen Persönchen herumkommandieren ließ? Wie eine Königin stand sie vor ihm, und als sie langsam das Oberteil ihres Bikinis aufknotete, starb jeder Gedanken in seinem Kopf.

Der Stoff glitt mit einem leisen Geräusch über ihre Haut und fiel zu Boden und er konnte seine Augen nicht von ihr lösen. Mondlicht lag auf ihrer Haut wie ein Kuss, ihre Brustwarzen dunkel inmitten eines Meeres weißer Haut.

»Komm«, flüsterte er. Er wollte sie spüren. Schmecken. Küssen. Sich in ihr versenken, seinen Namen in ihren Schreien wiederfinden.

Statt einer Antwort griff sie an ihre Hüfte und zog quälend langsam das seitliche Band ihres Höschens auf. Sie ließ es los und der Stoff sank nach vorn – doch nicht weit genug. Sams Mund wurde trocken. Sein Blick folgte wie im Fieber der geschwungenen Linie ihres Schenkels, der Erhebung ihres Venushügels – und prallten gegen das bisschen Stoff, das da seinen Blick versperrte.

»Ich korrigiere«, flüsterte er heiser. »Du bringst mich nicht um den Verstand … du bringst mich um.«

Sie lachte leise und kehlig und der Blick ihrer Augen war verhangen vor Lust.

Ihre Finger fuhren spielerisch über ihre Brüste, über ihren Bauch und endlich, endlich hin zu dieser verfluchten Schleife an ihrer Hüfte. Der Stoff glitt an ihrem Bein hinab, und für einen Moment sah er sie nur an, hingerissen und ehrfurchtsvoll und voll mit Gefühlen, die alle keinen Sinn ergaben. Sie war wunderschön, sie war Cara, sie war hier.

Als sie sich über ihn beugte, erwachte etwas tief in ihm aus dieser Trance, und er knurrte. Er zog sie an sich, auf seinen Schoß, und sie küsste ihn. Da waren Hände und Lippen und der Druck ihres Körpers auf seinem. Da war samtige Haut und ihr Stöhnen in seinem Ohr. Die kreisende Bewegung ihrer Hüften. Sams Hände, vergraben in ihrem Haar. Wie ein Vorhang fiel es um sie beide, trennte sie von einer Welt, die längst versunken war.

Mit dem letzten bisschen Verstand zog er das kleine, glitzernde Viereck zu sich, dass er vorhin mitgebracht hatte. Er riss es auf und spürte ihre Hände auf seinen.

»Lass mich«, murmelte sie. Ohne den Blick von ihm zu wenden, schob sie das Kondom langsam, Millimeter für Millimeter über seine harte Länge, und er sog Luft durch die Zähne ein.

Sie neigte sich über ihn und küsste ihn so fordernd, dass er beinahe die Kontrolle verlor. Grob umfasste er ihre Hüften. Er fand ihr Zentrum und trieb sich in sie hinein und Cara schrie seinen Namen.

Für einen Moment hielt er sie fest. Leise murrend versuchte sie, ihre Hüften zu bewegen, aber er zwang sie stillzuhalten.

Sie drückte sich gegen ihn, und die Lust in ihren Augen brachte ihn gefährlich nah an jenen Abgrund, über den er noch nicht stürzen wollte.

»Küss mich«, flüsterte er, und sie gehorchte. Mit ihren Fingern in seinem Haar und ihren Brüsten an ihn gepresst, plünderten ihre Lippen seinen Mund, während seine Hände auf ihren Hüften sie festhielten.

»Sam«, stöhnte sie. »Lass mich ... Ich will ...«

Er lachte leise und gnadenlos. Sie ließ den Kopf nach hinten fallen, bog sich von ihm, und seine Lippen fanden ihre Knospen.

Und während er saugte und neckte, wurden ihre kleinen Bewegungen heftiger, wand sie sich verzweifelt unter seinen Händen. Sie wimmerte seinen Namen, krallte ihre Finger in seinen Rücken.

Sam fiel. Als würde sich ihre feuchte Hitze ausbreiten, sich wie Feuer durch ihn fressen, ihn verzehren, bis nichts mehr von ihm übrig war.

Er ließ seine Hände aufwärts wandern und umfing ihre Brüste. Sie stöhnte, endlich befreit, und richtete sich auf. Caras Hüften fanden ihren Rhythmus, unersättlich und wild, und Sams letztes bisschen Selbstkontrolle verabschiedete sich.

Tiefer. Mehr.

Sie dachte offenbar dasselbe, ihre Hände auf seiner Brust. Ihr Rhythmus wurde härter und fordernder. Sein Mund und fand ihren und er trank ihren Geschmack grob und gierig nach immer mehr von ihr. Sams Stöhnen klang fremd seinen Ohren, und dann kam sie für ihn, ihr Zentrum ein Meer aus Wellen, und er folgte ihr.

Als sich viel später der Himmel langsam silbern färbte, stieg Traurigkeit in Sam auf. Er drückte einen Kuss auf Caras Haar.

»Wie soll das gehen?«, fragte er leise.

Sie hob ihren Kopf von seinem Arm und sah ihn fragend an.

»Ohne dich?«

Für einen Moment war ihre Miene unergründlich, dann neigte sie sich zu ihm.

»Das musst du nicht«, flüsterte sie und küsste ihn.

»Aber ich kann dir nicht mehr geben«, murmelte er.

Sie nickte, ihren Lippen ganz zart auf seinen.

»Keine Zukunft, keine Versprechungen, nur die Gegenwart«, wisperte sie, und es klang, als weinte sie dabei.

Sam hob sanft ihr Kinn an, und sah ihre Augen schimmern.

»Cara …« murmelte er.

Er küsste ihre Wangen, ihre Nase, ihre Stirn.

Und sie schien ihn zu verstehen, denn sie drückte sich enger an ihn. Ihre Lippen fanden sich wie von selbst und sie küssten sich unter Tränen.

Kapitel 8

Der Alltag war in Caras Leben zurückgekehrt und doch schien plötzlich alles aufregend und fremd. Die Tage verliefen so wie immer: Da waren die Kinder und die Arbeit und der nie enden wollende Haushalt. Doch die Nächte waren funkelnd und neu, denn die Nächte gehörten Sam.

Und obwohl sie sich bemühten, diskret zu sein, warf Leira ihnen amüsierte Blicke zu. *Ich bin doch kein Kind mehr,* sagten diese Blicke. *Aber wenn ihr so tun wollt, als wäre da nichts … bitte sehr.*

Cara sah zum vermutlich hundertsten Mal auf die Uhr, deren Zeiger sich seit Neuestem während des Tages mit quälender Langsamkeit bewegten.

Noch drei Stunden bis zum Abendessen. Noch vier Stunden, bis Max endlich im Bett war. Noch fünf Stunden, bis Sam über den niedrigen Gartenzaun springen und mit weit ausholenden Schritten über den Rasen auf sie zukommen würde. Beim Gedanken an seine Bewegungen und sein hungriges Lächeln kribbelte Caras Magen.

Sie schüttelte die Gedanken ab und öffnete den Wäschetrockner. Während sie die einzelnen Teile herausfischte und zusammenlegte, wanderten ihre Gedanken wieder zu Sam, ohne dass sie etwas dagegen hätte tun können. Sie dachte an sein Lachen, an seine Küsse, an seine hemmungslose, hingebungsvolle Art, sie zu lieben.

Das Schrillen der Türglocke durchschnitt die Luft und dann gleich noch einmal. Cara warf einen Blick auf die Uhr, nur um sicherzugehen. Aber es war noch viel zu früh für Sam.

Es schrillte wieder.

Vor sich hinsummend stellte Cara den schweren Wäschekorb auf die Kommode im Flur. »Ich komme schon«, rief sie, während sie die Stufen hinuntereilte.

Als sie die Tür öffnete, sah sie in ein ihr vage vertrautes Gesicht. Sie kannte den jungen Mann ... aber woher?

»Ja, bitte?«, fragte sie lächelnd.

»Ich bin Rob.«

»Hallo.« *Wo hab ich ihn schon mal gesehen?* Irgendetwas an seinem Gesichtsausdruck brachte die Härchen in ihrem Nacken dazu, sich zu sträuben, erfüllte sie mit einem Gefühl der Vorahnung.

Dasselbe Gefühl, dass sie gehabt hatte, als ... Mit einem Mal wusste Cara, woher sie ihn kannte. Er hatte Mandy ein paarmal hierhergebracht.

Sie wollte nicht mit ihm reden. Wollte mit ihm nichts zu tun haben – aber er schien ihre Gedanken zu erraten.

Gerade als sie die Tür zuziehen wollte, schnellte seine Hand nach vorn. Er griff sie grob am Oberarm und zog sie nach draußen. Dann drückte er seine Hände rechts und links neben Cara an die Wand und lehnte sich nah zu ihr. Sein Atem roch nach Bier und Zigaretten und ließ Übelkeit in ihr aufsteigen.

»Ich finde, Sie sollten sich das mit der Anzeige noch einmal überlegen«, sagte er, seine Stimme viel zu sanft für den drohenden Ausdruck in seinen Augen. Der Singsang schob sich wie Rasierklingen unter ihre Haut. »Sie ruinieren damit das Leben eines jungen Mädchens. Das wollen Sie doch sicher nicht?«

Die Drohung füllte die Luft zwischen ihnen. Sie schien aus seinen Poren zu kommen, als wäre seine Haut nur eine dünne Barriere und darunter nichts als Hass.

Cara dachte an ihre Kinder im Haus. Sie wollte, dass er ging. Sie wollte, dass er sie in Ruhe ließ. Denn dieser

Mann bedeutete Gefahr, das spürte sie instinktiv. Angst flatterte in ihr auf wie ein Schwarm Insekten.

Sie musste nur sagen, dass sie die Anzeige zurückzog. Ganz einfach.

Sag es. Mach, dass er geht. Sag, was er hören will.

Aber Caras Hals war wie ausgetrocknet und ihre Lippen wollten ihr nicht gehorchen.

Er hob seine Hand und fuhr über ihre Wange und hinunter über ihren Hals. Dort ließ er die Finger liegen, ein sanfter Druck auf ihrem Kehlkopf. Cara kämpfte gegen den Drang zu würgen. Seine Hand wegzuschlagen.

»Keine Anzeige. Oder wir müssen uns noch einmal unterhalten. Und das würde dir nicht gefallen«, murmelte er und drückte seinen Körper an Cara. Er schob seinen Mund neben ihr Ohr. »Mir allerdings würde diese Unterhaltung großen Spaß machen.«

Cara nickte und drehte den Kopf beiseite. Seine Nähe nahm ihr den Atem, sein Schweißgeruch klebrig in ihrer Lunge.

»Hey«, erklang Sams wütende Stimme von irgendwoher. »Nimm sofort die Hände von ihr!«

Rob ließ von Cara ab und drehte sich träge um. Sie saugte gierig klare Luft in ihre Lungen, während Sam mit langen Schritten über den Rasen kam. Er baute sich vor ihnen auf, sein Gesicht finster, die Lippen zu einem Strich zusammengepresst.

»Wir haben uns nur unterhalten«, sagte Rob. Er leckte sich über die Lippen.

»Gefällt mir nicht«, knurrte Sam. »Du verpisst dich von hier und lässt sie in Ruhe oder du kannst dich mit mir unterhalten.«

Rob schien einen Moment lang nachzudenken, dann hob er die Hände.

»Ist schon gut«, sagte er und machte ein paar Schritte

zurück. »Wir waren gerade fertig. Nicht wahr?« Er zwinkerte Cara zu.

»Ich sag's zum letzten Mal.« Sam machte einen Schritt auf Rob zu. »Verpiss dich! Und komm lieber nicht mehr hierher zurück. Sonst vergesse ich, dass ich von Gewalt eigentlich nichts halte.«

Rob kniff die Augen zusammen. »Jetzt weiß ich, wer du bist«, murmelte er. »Du bist Samuel Stark.«

Sam runzelte die Stirn. »Und du bist?«

»Niemand«, sagte Rob, und der eigenartige Singsang kroch in seine Stimme zurück. Er drehte sich um und ging die Einfahrt hinunter zur Straße, ohne die beiden noch einmal anzusehen.

»Alles okay?«, fragte Sam und sah Cara prüfend an. »Was wollte er? Kennst du ihn?«

Cara nickte und atmete zitternd aus. Sie hatte gar nicht bemerkt, dass sie die Luft angehalten hatte.

»Er ist Mandys Freund. Er will, dass ich die Anzeige gegen sie zurückziehe.«

»Wir rufen Brandon an«, sagte Sam. Er trat ganz nah an sie heran, und Cara ließ sich in seine Umarmung fallen, drückte ihren Kopf an seine Brust, erlaubte sich für einen Moment, seine Wärme zu genießen, seine Stärke einzuatmen. Als würde die Welt ringsum nicht mehr existieren, als gäbe es nur noch Samuel Stark und sie.

***

Mandy schob das fleckige Leinentuch beiseite, angelte sich eines der T-Shirts, die auf dem Boden lagen, schlüpfte hinein und stand auf.

Es roch muffig. Sie ging hinüber zum Fenster und öffnete es, aber die Luft von draußen brachte nur klebrige Hitze. Eine feine Schweißschicht überzog ihre Haut und sie strich sich müde über die feuchten Haare in ihrem Nacken.

Auf der Fensterbank fand sie ein Päckchen Zigaretten. Rob würde schon nichts dagegen haben, dass sie sich eine schnorrte. Immerhin war all das hier seine Schuld.

Im gleißenden Sonnenschein, der von draußen hereinfiel, war die Flamme beinahe unsichtbar. Gierig saugte Mandy an der Zigarette und atmete seufzend aus, als der Rauch ihre Lungen füllte.

Zwei Wochen. Zwei Wochen, seit sie diese Wohnung zum letzten Mal verlassen hatte. Zwei Wochen, seit sie auf diesem verfluchten Konzert gewesen war. Zwei Wochen, die sie praktisch als Gefangene verbracht hatte.

Und warum? Wegen nichts und wieder nichts. Sie verstand die Aufregung nicht. War doch niemandem etwas passiert, oder? Mandy war fast froh, dass ihre Karriere als Nanny zu Ende war. Diese hysterischen Mütter gingen ihr auf die Nerven.

Doch nun war sie hier eingesperrt, in diesem Loch von einer Wohnung. Irgendein Freund von Rob wohnte normalerweise hier, aber er war für ein paar Tage nicht in der Stadt. Mandy hatte Waffen, einen Stapel Bargeld und kleine silberne Päckchen im Badezimmerschrank gefunden. Sie hatte so ihre Vermutungen, wohin Robs Freund gefahren war – aber sie behielt ihre Meinung lieber für sich.

Mit Rob war in letzter Zeit nicht gut Kirschen essen, und sie konnte es sich nicht leisten, mit ihm zu streiten. Er war alles, was zwischen ihr und einem Gefängnisaufenthalt stand, das wusste sie. Wenn es ihm einfiel, sie auf die Straße zu setzten, dann hätte sie nichts mehr – keinen Ort, wo sie hinkonnte. In ihrer Wohnung würden die Cops doch zuerst nach ihr suchen und sie hatte in dieser Stadt sonst keine Freunde.

Mandy zog wieder an der Zigarette. Stechender Geschmack flutete ihren Mund. Die Glut hatte den Filter erfasst und das schmelzende Plastik löste sich in giftige Dämpfe auf. Fluchend drückte sie die Zigarette auf der Fensterbank aus und schnipste den Stummel in den Vorgarten.

Als sie Robs Wagen die Straße heraufkommen sah, sprang sie vom Fensterbrett und rannte ins Schlafzimmer. Hastig zerrte sie sich das Shirt über den Kopf und sah sich um. Ihr Blick blieb an einem Minikleid hängen, das sie vor ein paar Tagen über den Sessel geworfen hatte. *Das muss wohl reichen*, dachte sie und schlüpfte rasch hinein.

Durch das offene Fenster konnte sie hören, wie eine Autotür zugeworfen wurde, und dann den Klang von Cowboystiefeln auf dem Asphalt. Sie hastete in das Badezimmer und gurgelte rasch mit Mundspülung. Noch schnell eine Zehnfingerfrisur, ein wenig Deo und Lippenstift – fertig.

Als sie Robs Schlüssel im Schloss hörte, saß sie mit klopfendem Herzen auf der Couch und versuchte, gleichmäßig zu atmen.

Der harte Zug um seinen Mund ließ ihre Alarmglocken läuten.

»Hi, Baby«, zwitscherte sie.

Er beachtete sie gar nicht, sondern ging an ihr vorbei in die Küche. Dort zog er eine Flasche Whiskey aus dem Regal, schraubte sie auf und nahm einen tiefen Schluck. Dann wischte er sich über den Mund.

»Was ist denn los?«, fragte Mandy vorsichtig. Sie stand auf, ging zu ihm hinüber und strich mit ihren Fingern über seine Brust. Als er nicht antwortete, legte sie ihre Arme um ihn. Aber sein Körper blieb hart, seine Muskeln angespannt.

»Ich hab das Schwein gefunden«, sagte er nach einer Weile.

Mandy hob den Kopf. »Welches Schwein?«

»Der Mistkerl, der schuld daran ist, dass Jaz tot ist.«

Mandy sah ihn erstaunt an. »Ich dachte, dein Bruder ist an einer Überdosis gestorben?«

Als er ihr den Blick zuwandte, waren seine Augen voll kalter Wut.

»Halt's Maul, du Schlampe«, knurrte er. »Du solltest nicht mitreden, wenn du keine Ahnung hast.«

Für einen Moment dachte Mandy, er würde sie schlagen. Aber er hatte versprochen, das nie wieder zu tun. Das eine Mal war nur ein Ausrutscher gewesen.

Rob liebte sie, auch wenn er sein Temperament nicht immer unter Kontrolle hatte. Aber Mandy wusste, wie sie ihm dabei helfen konnte.

Sie schob einen Träger des Sommerkleidchens langsam über ihre Schulter, dann den zweiten. Wie gut, dass sie vorher keine Zeit gehabt hatte, Unterwäsche anzuziehen.

Als das Kleid zu Boden glitt, veränderte sich sein Gesichtsausdruck. Gierig zog er sie an sich und presste seine Lippen brutal auf ihren Mund. Der Sex war hart und schnell vorbei und seine Finger hinterließen blaue Flecken auf ihrer Haut.

Als sie danach gemeinsam auf der Couch lagen, teilten sie sich eine Zigarette.

»Ich werde diesem aufgeblasenen Stark Feuer unterm Hintern machen. Er wird erfahren, was es heißt, wenn jemand keine Gnade hat«, murmelte er.

Sie reichte ihm die Zigarette.

»Wie willst du das machen?«, fragte sie.

Mit einem Mal war Rob über ihr, seine Finger pressten ihre Wangen zusammen.

»Glaubst du mir nicht?«, zischte er. Der wilde Ausdruck in seinen Augen machte Mandy Angst.

»Doch«, murmelte sie. »Natürlich glaub ich dir, Baby.«

Er lockerte seine Finger und fuhr durch ihr Haar.

»Ich werde meinen Bruder rächen. Du wirst schon sehen.«

Ein übles Gefühl beschlich sie. Ein Gefühl, als beinhalte Robs Plan mehr als nur einen kleinen Denkzettel, mehr als eine harmlose Prügelei.

Doch eigentlich war das nicht ihr Problem. Mandy reckte ihr Kinn nach oben und küsste Rob, bis sich das flaue Gefühl in ihr auflöste und durch Verlangen ersetzt wurde.

***

Die nächsten Tage verliefen ruhig und doch fühlte sich Cara so lebendig wie schon lange nicht mehr. Sie und Sam verbrachten so viel Zeit wie möglich miteinander. In den Tagen, die sie durch ihre Krankheit im Büro versäumt hatte, war die Suche nach dem Sponsor noch dringender geworden.

Cara rief unzählige potenzielle Geldgeber an – doch niemand schien interessiert, und das geplante Datum der Sonderschau rückte immer näher. Mr. Kotzbrocken dachte natürlich nicht daran, die Ausstellung abzusagen. Er hatte ihr ein Ultimatum gesetzt: Entweder, fand sie einen Sponsor, oder er würde sie feuern. Cara zweifelte nicht daran, dass er das tun würde. Denn er wartete schon seit Jahren darauf, endlich einen Grund dafür zu finden.

Trotz seiner Drohung fühlte sich Cara seltsam unbeschwert. Der Gedanken an die Abende mit Sam und den Kindern ließen ihr Herz schneller schlagen. Und die Nächte, oh, die Nächte … Dass sie in den Nächten kaum Schlaf fand, ließ die Tage merkwürdig traumähnlich werden, ließ Fantasie und Realität ineinanderfließen, wirbelte Bilder von Sam wie Seifenblasen in ihren Alltag. Immer wieder ertappte sie sich bei Tagträumereien, und wenn sie in den Spiegel sah, war da fast immer ein kleines Lächeln auf ihrem Gesicht.

So wie auch jetzt. Die Cara im Spiegel ihrer Sonnenblende sprühte vor Leben, als hätte sie einen langen Urlaub hinter sich. Cara grinste und startete den Wagen. Dass sie sich heute einen Tag freigenommen hatte, um Reenie beim Shopping für Umstandskleidung zu helfen, fühlte sich kriminell gut an. Und das, obwohl sie Shopping hasste.

Cara konnte sich nicht mehr daran erinnern, wann sie zum letzten Mal einen ganzen Nachmittag mit Einkaufen, Kaffeetrinken und Plaudern verbracht hatte.

Es war schön, wieder eine Freundin zu haben. Ihr war nicht klar gewesen, wie sehr sie das vermisst hatte – nach der Geburt von Max hatte sie sich eingeigelt und nur noch für Kinder und Arbeit gelebt. Nach und nach war der Kontakt zu ihren Freundinnen eingeschlafen.

Warum bin ich Reenie immer ausgewichen?, überlegte Cara, als sie ihren Wagen in die Einfahrt des alten Farmhauses lenkte. Reenie hatte sie schon früher gelegentlich zum Kaffee eingeladen oder ein wenig mit ihr geplaudert. Aber Cara hatte immer abgeblockt, und das hatte nicht nur daran gelegen, dass sie müde von der Arbeit gewesen war.

Sie hatte verlernt zu vertrauen, hatte gedacht, dass sie alles allein meistern müsste. Sie wollte einfach niemanden in ihr Leben lassen, und vor allem nie wieder jemandem so sehr vertrauen, wie sie Michael vertraut hatte.

Michael, der sie im Stich gelassen hatte.

Dem sie aus Dummheit eine zweite Chance gegeben hatte.

Der ihr erneut das Herz gebrochen hatte.

Ich war die letzten Jahre mehr tot als lebendig, dachte Cara. *Und jetzt bin ich plötzlich aufgewacht.* Sie parkte den

Wagen vor dem Haus und wollte gerade aussteigen, als die Haustür aufschlug.

Reenie schien auf sie gewartet zu haben. Sie zog hastig die Tür hinter sich zu, ein breites Grinsen im Gesicht. Ihre Haare waren wie üblich ein dichtes Gewirr an goldbraunen Locken und ihre Augen funkelten. In einer Hand hielt sie eine Handtasche, die andere legte sie auf ihren wachsenden Bauch.

»Nichts wie weg von hier«, rief sie und sprang die Treppen hinunter. Aus dem Haus drang lautes Gepolter. Reenie sprintete mit der Eleganz eines Pinguins über den Rasen, während Cara sie verdutzt beobachtete.

»Gib Gas!«, rief ihre Freundin und riss die Wagentür auf. Sie wuchtete sich mit Schwung herein und fuchtelte dann mit den Händen.

Die Haustür ging auf. Ein komplett mit Mehl überzogener Mann tauchte im Türrahmen auf. Er hustete, während neben ihm weiße Wolken aus dem Haus quollen. Kurz darauf tauchten zwei Jungs auf, ebenfalls weiß. Einer der beiden putzte gerade seine Brillengläser, der andere rubbelte sich durchs Haar.

Cara sah zwischen ihnen und Reenie hin und her. »Sollten wir … ich weiß nicht … irgendwie helfen?«, fragte sie.

Reenie schüttelte lachend den Kopf. »Fahr lieber los! Sonst kommen sie noch auf die Idee, dass *wir* da drin aufräumen.«

Cara startete den Wagen.

»Jake und die Jungs haben eine Maschine konstruiert, die Keksteig rühren kann«, erklärte Reenie, während Cara wendete. »Ich hab Jake gesagt, dass es keine gute Idee ist, die drinnen auszuprobieren. Und dass er die Küche putzen muss, wenn etwas schiefgeht.«

»Und die Jungs haben es natürlich trotzdem probiert.«

Die Frauen blickten in den Rückspiegel und sahen, wie Jake ihnen ein wenig niedergeschlagen nachwinkte.

Reenie kicherte. »Mir wollte ja keiner glauben, dass der Ventilator als Antrieb Probleme machen würde.«

»Du bist ja auch nur ein Mädchen. Von Technik keine Ahnung.«

»Eben.«

Cara bog aus der Einfahrt auf die Straße ab. »Na, auf alle Fälle sind sie beschäftigt, bis wir mit dem Shopping fertig sind. Sollen wir nach Arrows Point fahren?«

Reenie nickte. »Ist Sam bei den Kindern?«

»Ja. Wobei Leira den ganzen Tag am Telefon hängt. Wenn sie nicht mit Lou telefoniert, dann telefoniert sie mit Mister X.«

»Ah, Mister. X. Weißt du inzwischen, an wen deine Tochter ihr Herz verloren hat?«

»Nein, sie macht immer noch ein riesiges Geheimnis draus. Konntest du aus Lou etwas rausquetschen?«

Reenie schüttelte den Kopf. »War aber auch nicht zu erwarten, oder? Freundinnenehrenkodex und so.«

Cara seufzte.

»Ich nehme an, du wirst es früher oder später erfahren. Wenn es etwas Ernstes ist.«

»Mhm. Es ist nur so ungewohnt. Leira und ich, wir waren immer wie Freundinnen. Sie hat mir alles erzählt. Aber jetzt – zuerst schneidet sie sich die Haare ...«

»Was ihr echt gut steht«, warf Reenie ein.

»... und dann hat sie einen Freund und erzählt mir nichts über ihn.«

»Du sorgst dich einfach, das kann ich gut verstehen.«

»Ich hoffe bloß, sie macht nicht die gleichen Fehler wie ich.«

Cara spürte Reenies mitfühlenden Blick. »Sie ist klug, du solltest ihr einfach vertrauen. Und glaub mir, ich weiß, wie schwierig das ist.« Sie lehnte sie sich in ihren Sitz zurück und zog den Gurt um ihren kugelrunden Bauch zurecht. »Aber jetzt musst du mir helfen, mich von Adeles Hochzeit abzulenken. Jill treibt mich mit den Vorbereitungen in den Wahnsinn, und ich will in den nächsten Stunden nichts über Farbschemata, Serviettenfalttechniken und Sitzordnungen hören. Also bitte – erzähl mir, was da mit Sam und dir ist. Ich will alles haarklein hören.«

Die Fahrt verging wie im Flug. Reenie hatte tausend Fragen, Cara antwortete ausweichend, Reenie schoss umso mehr Fragen hinterher. Irgendwann gab Cara auf und erzählte von dem, was in den vergangenen Tagen geschehen war. Als sie beinahe fertig war, rollten sie gerade am Ortsschild von Arrows Point vorbei.

»Und, wie fühlt sich das an? Eine geheime Affäre zu haben? Das klingt doch wie aus einem kitschigen Buch«, sagte Reenie und wackelte mit ihren Augenbrauen. »Du weißt schon, die mit den schnuckeligen halb nackten Männern auf dem Titelbild.«

Cara grinste. »Aufregend. Auch wenn es nicht lange dauern wird.«

»Ach was. Wer weiß? In diesen Büchern geht es doch auch immer gut aus.«

Cara verzog den Mund ein klein wenig und schwieg. *Das hier ist aber kein Liebesroman*, dachte sie. *Das Happy End ist nicht garantiert.*

»Und da arbeitest du? Wow.« Reenie deutete auf das Gebäude am Ende der Straße. Das Museum war ein moderner, minimalistischer Bau, dessen Fassade mit Granitstein verkleidet war. Durch die unterschiedlichen Farbschattierungen der Platten ergab sich ein Mosaik, das je nach Lichteinfall und Witterung seine Farben veränderte. Es zeigte das Profil eines indianischen Kriegers, komplett mit Kriegsbemalung und Federschmuck. Er sah über die Dächer der Stadt hinweg hinaus ins weite Land. Nicht zum ersten Mal dachte Cara, dass er traurig wirkte und ein wenig verloren.

Sie nickte. »Ja. Die Büros, das Labor und das Archiv sind allerdings an der Rückseite des Gebäudes. Hier vorn ist der Bereich für die Besucher, da bin ich nicht allzu oft. Warst du schon einmal im Museum?«

Reenie sah plötzlich ein wenig verlegen drein. »Eigentlich hatte ich das schon lange mal vor, aber ...«

Cara winkte ab. »Ich kenne das. Unser Terminkalender ist so voll, dass ich an den Wochenenden einfach nur zu Hause sein will und nichts unternehme.«

Reenie seufzte. »Wem sagst du das?«

»Hast du Lust auf Kaffee?«, fragte Cara. »Bevor wir uns in den Shopping-Irrsinn stürzen?«

»Du versuchst dich zu drücken, oder?«

»Ja. Funktioniert es?«

Reenie schüttelte den Kopf. »Nö. Den Kaffee gibt's erst nach dem Einkaufen. Als Belohnung.«

Cara seufzte und parkte den Wagen hinter dem Museum auf ihrem Mitarbeiterparkplatz. »Von hier aus können wir zu Fuß zur Hauptstraße gehen. Und dann auf dem Rückweg vielleicht noch in das kleine Café gegenüber. Ich bin manchmal in der Mittagspause dort, die Tramezzini sind ein Gedicht.« Sie zog den Schlüssel ab. »Wo möchtest du mit dem Einkauf beginnen? Welche Sachen brauchst du denn genau?«

Reenie drehte sich mit einem Ruck zu ihr um. »Lustig, dass du das jetzt erwähnst ...«

»Eigentlich nicht, deswegen sind wir ja hier.«

Reenie wedelte den Einwand wie eine Fliege weg. »Also ... wegen unserem Shoppingausflug.«

»Ja?«

»Wir sind nicht wegen mir hier.«

»Aber ich dachte, du brauchst Umstandskleidung?«

»Eigentlich nicht.«

»Und was kaufen wir dann?«

»Wir kaufen ein paar neue Sachen für dich. Ich will ja nicht unhöflich klingen, aber ... obwohl deine Arbeitsklamotten okay sind ... Die Sachen, die du privat anziehst, sehen so aus, als hättest du damit schon die eine oder andere Ausgrabung bestritten.«

Cara verschränkte die Arme. »Ist das dein Ernst?«

Reenie nickte. »Und deine Jeans ... sagen wir mal, der Schnitt könnte besser sein. Du hast doch einen tollen Hintern, das kann man selbst unter deinen Klamotten erahnen. Den könntest du wirklich ein wenig besser verpacken. Für diese Oma-Jeans bist du noch viel zu jung.«

»Ich hasse Einkaufen. Das ist Zeitverschwendung. Ich kaufe einfach immer irgendwas. Solange es gemütlich ist.«

»Sieht man«, kommentierte Reenie trocken.

»Und wenn ich nicht will?« Cara schob ihr Kinn vor. Reenie konnte sie nicht zwingen, sie würde einfach wieder nach Hause fahren. Wenn sie daran dachte, dass sie sich vor Kurzem noch auf diesen Nachmittag gefreut hatte ... Ha! Schöne Freundin, sie so reinzulegen.

»Ich dachte, du bist mir was schuldig. Weil ich doch Leira so aufopferungsvoll gesund gepflegt habe ...«

Mist.

»Spielst du jetzt echt die Schlechtes-Gewissen-Karte aus?« Cara sah sie düster an. Der Einkaufsnachmittag zog sich um ihren Hals wie eine Schlinge aus floral gemusterter Seide.

»Jap.«

»Gnade. Ich hasse Einkaufen. Wirklich. Du machst mich unglücklich.«

»Keine Chance.«

»Ich werde total schlechte Laune haben.«

»Schreckt mich nicht. Ich war letzte Woche mit allen Kindern gleichzeitig Schuhe shoppen. Dagegen ist das hier ein erfrischender Waldspaziergang.«

»Dann bist du aber nicht mehr meine Freundin«, quengelte Cara und schob ihre Lippe vor, wie Max das sonst tat.

»Das Risiko nehme ich in Kauf.«

Cara ließ den Kopf aufs Lenkrad sinken. »Bitte?«, fragte sie.

Grinsend schüttelte Reenie den Kopf. »Vielleicht finden wir auch ein paar Dessous. Stell dir mal das Gesicht von Sam vor, wenn du ihm damit die Tür öffnest.«

Cara verdrehte die Augen. »Du liest definitiv zu viele Liebesromane. Wann kommt so was denn im echten Leben mal vor? Was denkst du, was das für einen Auflauf geben würde, wenn ich in Strapsen in der Einfahrt stehe.« Aber sie musste doch grinsen. Mrs. Miller von gegenüber hätte sicher eine Gesichtsentgleisung der einen, ihr Ehemann eine der anderen Art.

»Ach, komm schon, das wird lustig.« Reenie stieß sie mit dem Ellenbogen an, dann öffnete sie die Autotür.

»Ich kann's kaum erwarten«, murrte Cara.

Aber als sie in Reenies strahlendes Gesicht sah, musste sie wider Willen doch lächeln. Ein wenig. Ganz wenig.

***

Sie hatten fast den gesamten Nachmittag im Garten verbracht: Leira und Max im Wasser, während Sam auf der Terrasse an dieser Idee arbeitete, die neulich beim Aufwachen einfach so in seinem Kopf herumgeflattert war. Sam wusste, woher sie kam – der Keim lag in seinen Gesprächen mit Cara.

Und diese Idee ließ ihn genauso wenig los wie ihre Verursacherin.

Er hatte sich ein paar Tage lang mit dem Gedanken getragen, hatte ihn abgeklopft, von allen Seiten betrachtet. Aber wie sehr er sich auch bemühte: Er fand keinen Denkfehler. Die Idee war gut. Es gab keine Gründe, die dagegensprachen, aber sehr viele dafür.

Und was noch viel schlimmer war: Er wollte es. Die alte Begeisterung hatte ihn gepackt, es juckte ihn förmlich in den Fingern. Wie damals, als er seine Firma gegründet hatte.

Nur wäre es diesmal keine Firma. Es würde nicht darum gehen, Geld zu verdienen. Diesmal würde er anderen helfen.

Aber wollte er wieder arbeiten? Wollte er zurück in die Welt der Anzüge, der Verhandlungen, der Vertragsabschlüsse?

Die Antwort war Ja. Sam war erstaunt, wie sehr er es wollte, wie einfach ihm die Entscheidung fiel. Wie ihm das alles gefehlt hatte – die Herausforderung, etwas aufzubauen. Die Welt zu verändern.

Noch hatte er Cara nichts davon erzählt, auch wenn ihm sein Schweigen schwerfiel. Aber es gab vorher vieles abzuklären. Alte Kontakte zu reaktivieren. Mitstreiter zu finden. Und er wollte ihr das Projekt erst präsentieren, wenn es perfekt war. Wollte ihren Gesichtsausdruck sehen, wollte ihre Zustimmung.

Und so saß er in Gedanken versunken vor seinem Laptop, als Max in Schwimmflossen zu ihm herübergewatschelt kam.

Tropfnass beugte sich der Junge über den Tisch. »Muss du noch lange arbeiten?«

Schnell zog Sam den Laptop aus der Gefahrenzone und klappte ihn zu. »Nö, es ist Zeit für eine Pause. Möchtest du vielleicht ein Eis?«

Max nickte.

»Fragst du Leira, ob sie auch eines möchte?«

»Glaub nicht. Sie will nach Hause. Telefonieren.« Max verdrehte die Augen.

Sam stand auf und streckte sich. Er sah gerade noch, wie Leira mit Anlauf über den niedrigen Gartenzaun sprang. Ob sie das bei ihm gesehen hatte? Er schüttelte den Kopf. Vermutlich gaben Cara und er kein besonders gutes Beispiel für Anstand und Moral ab.

Als Leira seinen Blick bemerkte, winkte sie ihm zu. »Bin in meinem Zimmer«, brüllte sie herüber, dann lief sie über den Rasen, bevor er noch etwas fragen konnte.

»Ich will mich mal nicht verlieben«, brummte Max neben ihm. »Da wird man so komisch.«

Sam unterdrückte ein Grinsen. Während Max trockene Sachen anzog, kramte Sam in der Tiefkühltruhe. Zufrieden saßen sie dann in der Küche und futterten sich durch riesige Schüsseln Eis mit M&Ms.

»Wann kommt Mummy wieder?«, fragte Max kauend.

Sam warf einen Blick auf die Uhr. »Dauert noch ein bisschen, denke ich. Warum?«

»Nur so.« Max schob noch einen Löffel Eis in den Mund. »Warum muss Mummy denn mutig sein beim Einkaufen?

Sam sah auf. »Wieso denkst du, dass sie mutig sein muss?«

»Leira hat das gesagt.« Max nickte mit wichtiger Miene. Was immer seine große Schwester auch zu ihm sagte, war die reine Wahrheit, das stand für den Jungen außer Frage.

»Was hat Leira genau gesagt?«, bohrte Sam nach.

»Sie hat gesagt, dass Mama in eine Mutig geht.«

In eine Mutig? Sam schüttelte den Kopf. Was war denn eine Mutig? Dann lachte er auf. »Eine Boutique!«, rief er. »Das ist ein Geschäft, wo man Klamotten kaufen kann.«

Enttäuscht verzog Max den Mund und Sam fühlte sich einen Moment lang an Cara erinnert. Dieselbe Bewegung.

Auch wenn Max seiner Mutter sonst kein bisschen ähnlich sah – das hatte er eindeutig von ihr geerbt. Und wie üblich wanderten seine Gedanken weiter, zu dem Mann, von dem Cara niemals sprach und der doch eine stumme Präsenz in ihrem Leben war. Wenn auch nur durch sein offensichtliches Fehlen.

Wer war der Vater der beiden? Wieso war er niemals hier? Und was war damals geschehen? Sam vermutete, dass Cara noch immer darunter litt, denn ihr Schweigen war zu beharrlich ... so beharrlich, als läge es wie ein Verband über altem Schmerz.

Er hätte natürlich Max nach seinem Papa fragen können. Oder Leira. Aber er wäre sich schäbig vorgekommen. Außerdem ahnte er, dass die Kinder wohl kaum die ganze Geschichte kannten.

Nein, er würde warten. Bis Cara ihm eines Tages genug vertraute und von sich aus über den Vater der Kinder sprach.

In Gedanken versunken, schob er Max ein Stück Küchenrolle zu, denn das Gesicht des Jungen sah aus, als hätte er in Eis gebadet.

»In ein paar Minuten startet Batman im Fernsehen«, sagte Sam. »Wollten wir uns das ansehen?«

Max nickte heftig.

Also legten sie sich faul vor den Fernseher und beobachteten den Zeichentrickhelden dabei, wie er die Welt rettete.

»Dein Auto ist fast so cool wie seins«, sagte Max. Plötzlich schien ihm etwas einzufallen. Er drehte sich um. »Hast du da auch so Geheimsachen drin?«, flüsterte er aufgeregt. »Kannst du Flügel ausklappen? Oder Raketen abfeuern?«

Sam grinste und schüttelte bedauernd den Kopf. »Leider nicht. Aber die Flügel wären im Verkehrsstau echt praktisch.«

Max sah ihn ein wenig zweifelnd an, und Sam fragte sich, ob der Junge ihm eigentlich glaubte, dass er kein Superheld war. Aber Max hatte sich schon wieder zum Fernseher gedreht, und Sam beschloss, diese Unterhaltung auf später zu vertagen. Er wusste nicht, wie er ihn überzeugen konnte. *Abgesehen davon schadet es ja nicht,* dachte Sam. Er hatte sich als Kind auch die wildesten Geschichten ausgedacht. Auch wenn er sich seinen Vater niemals als Superhelden vorgestellt hatte.

Sein Handy blinkte auf und Sam griff danach. *Olivia* stand auf dem Bildschirm.

»Hör mal, ich muss kurz telefonieren«, sagte er zu Max.

Der nickte nur abwesend, ohne die Augen vom Fernseher zu nehmen.

Sam schob die Terrassentür auf, ließ sich in einen der Loungesessel sinken und hob das Handy ans Ohr.

»Hi«, sagte er. »Danke für deinen Rückruf.«

»Nichts zu danken. Wir haben uns lange nicht gehört.« Ihre Stimme klang, als lächelte sie.

Sam überlegte einen Moment, was er darauf antworten sollte. Er wusste, worauf sie anspielte – denn früher hatten sie sich ab und zu getroffen. Ein nettes Abendessen, gute Unterhaltung, zwangloser Sex ... Für beide war es ein praktisches Arrangement gewesen, denn Olivia war mit ihrer Arbeit verheiratet und Sam – war eben Sam.

Doch dann war Cara passiert. Und er hatte einfach vergessen, Olivia anzurufen.

»Eigentlich wollte ich mit dir über ein Projekt reden«, wich er ihrer Frage aus. Dann erzählte er ihr von seinen Plänen. Als er geendet hatte, schwieg sie eine Weile.

»Ich bin froh, dass du langsam wieder der Alte bist«, sagte sie dann. »Und natürlich bin ich mit von der Partie. Das ist eine großartige Idee, Sam. Ich helfe mit, wo ich nur kann. Und ich bin eine deiner ersten Klientinnen, so viel steht fest.«

»Danke. Und es tut mir leid, dass –«

»Du musst dich nicht entschuldigen. Bei deinem Projekt bin ich schon aus purem Eigennutz dabei.« Sie lachte leise und es klang ehrlich.

Sam seufzte erleichtert. Auch wenn er nicht sicher war, wo das mit Cara hinführte, war es gut, die Sache mit Olivia geklärt zu haben.

Plötzlich riss ihn ein gewaltiger Krach aus seinen Gedanken.

Sam sprang auf. Sein Herz hämmerte in seiner Brust, Adrenalin peitschte durch seine Adern, machte ihm das Denken schwer.

Was war gerade passiert? Er drehte sich um. Das Haus stand noch. Aber wo war dieser Lärm hergekommen? Was –

Max!

Er sprang mit einem Satz über den Sessel und war mit ein paar schnellen Schritten durch die Terrassentür im Wohnzimmer. Er sah sich hastig um.

Da war nur der Fernseher. Aber kein Max.

Verflucht? Wo war der Junge?

Du hast ihn allein gelassen. Du hast ihn allein gelassen. Du hast ihn allein gelassen, hämmerte es in seinem Kopf. Sam rannte durchs Haus und rief nach dem Jungen – keine Antwort. Wo konnte er nur sein? Was war hier geschehen?

Plötzlich hörte er ein Wimmern.

»Max?«, rief er. »Wo bist du?«

Es klang, als würde der Junge leise weinen. Sam lauschte, während sich die gequälten Schluchzer in sein Herz fraßen. Es war klar, dass der Kleine Schmerzen hatte. Aber wo war er?

Die Garage!

Sam rannte los, durch die Küche, hastete durch den Flur, stolperte über den Teppich, der dort lag. Als er die Tür zur Garage aufriss, sah er Verwüstung: Die Regale an der Rückwand waren zerborsten und umgefallen, und ihr Inhalt hatte sich wie eine Lawine über seinen Wagen ergossen. Scheinwerfer leuchteten unter zahllosen Kisten, Kübeln und einem Paar Ski hervor, malten zackige Schatten an die Wände.

»Max!«, rief er heiser. »Bist du da drin?«

Statt einer Antwort erklang Weinen aus dem Auto.

Sam stieg über Kisten und Gartengeräte, schob ein Surfboard beiseite und arbeite sich langsam zum Auto vor. Als er neben der Fahrertür angekommen war, sah er den Grund für den gewaltigen Knall: Die Motorhaube war eingedrückt, als sei der Wagen plötzlich beschleunigt worden. Er hatte sich in die Metallregale an der Rückwand der Garage gebohrt. Mauerwerk war abgeplatzt, überzog alles mit einer weißen Staubschicht. Der Rasenmäher steckte verdreht zwischen Mauer und Auto fest, seine Plastikabdeckung zersplittert.

Sam wuchtete ein Paar Hanteln beiseite, die aus dem Regal gefallen waren. Seine Finger zitterten, als er sie nach dem Türgriff ausstreckte.

Bitte, bitte, bitte ..., dachte er, während das Blut in seinen Ohren rauschte.

Die Tür quietschte schmerzhaft in den Angeln und Sam kniete nieder. Dann sah er Max. Für einen Momente peitschte Panik durch seinen Körper. Das Gesicht des Kleinen war blutüberströmt.

»Max«, murmelte Sam und zwang sich dazu, ganz ruhig zu klingen.

Der Junge rappelte sich hoch.

»Hey, Kumpel. Was ist denn passiert? Tut dir etwas weh?«

Der Anblick von Sam schien alle Dämme zu brechen, denn der Junge begann so heftig zu zittern, dass seine Zähne aufeinanderschlugen. Er krabbelte auf Sam zu, seine Augen riesengroß und voller Angst.

Sam zog ihn an sich und schloss seine Arme um ihn.

»Ist schon gut«, murmelte Sam und streichelte immer wieder über seinen Kopf. »Alles okay. Ich bin ja hier.«

Er wiegte ihn hin und her, als wäre Max noch ein Baby, und fühlte sich so hilflos wie nie zuvor in seinem Leben. Er spürte, wie warme Flüssigkeit durch sein T-Shirt sickerte. Max blutete.

»Was ist denn passiert, Großer?«, murmelte er.

Max schluchzte herzzerreißend. »Die Geheimprofektionen. Für Superhelden«, wimmerte er. Schluckauf mischte sich unter seine Schluchzer und er schniefte. »Ich hab den Schalter gesucht. Das Auto ist von allein losgefahren.«

Sam schloss die Augen und presste die Lippen zusammen.

Du kannst nicht mal für ein paar Stunden auf ein Kind aufpassen, höhnte eine Stimme in seinem Kopf. *Du Loser.*

Mühsam atmete Sam ein und aus. Dann stand er vorsichtig auf und zwängte sich mit Max auf dem Arm durch das Chaos. Er murmelte beruhigend, ohne zu wissen, was er da sagte, und streichelte immer wieder vorsichtig über den Kopf des Jungen. Doch es schien nicht zu helfen, denn der Kleine weinte einfach herzzerreißend.

Sam wusste nur eines: Das hier war seine Schuld. Max hatte Schmerzen und es war allein seine Schuld. Sein Vater hatte recht gehabt. Aber er hatte sich über die Warnung hinweggesetzt und nun bezahlte ein kleiner Junge die Rechnung dafür. Das durfte nie wieder passieren.

Schließlich waren sie in der Küche angekommen. Sam setzte Max vorsichtig auf die Arbeitsplatte. Dann schaltete er die Deckenbeleuchtung ein.

»Okay«, sagte er sanft, »darf ich mir dein Aua mal ansehen?«

Max drehte ihm tapfer das Gesicht zu und Sam sog scharf Luft ein.

Blut rann aus einer Platzwunde oberhalb der Augenbrauen des Jungen und aus der Nase. Eine der beiden Wangen verfärbte sich bereits, und aus einem der Mundwinkel sickerte Blut. Max sah aus, als hätte ihn jemand verprügelt.

»Es tut so weh«, heulte der Kleine.

»Ich weiß«, murmelte Sam. Er griff nach einem Handtuch, machte es nass und tupfte so vorsichtig wie möglich über das Gesicht des Jungen. Der zuckte bei jeder Berührung zusammen. *Vermutlich ist er beim Aufprall gegen das Lenkrad geknallt. Ob er eine Gehirnerschütterung hat?*

»Ich will meine Mummy!«, schluchzte Max und sah plötzlich noch viel jünger aus. »Ich will zu meiner Mummy!«

»Alles wird gut«, sagte Sam und zog Max wieder an sich. Die Nähe schien ihn zu beruhigen, denn die Schluchzer wurden ein bisschen seltener. Und während Sam in beruhigenden Worten auf ihn einredete, zog er sein Handy aus der Hosentasche.

»Rettung anrufen«, kommandierte er und klemmte sich das Gerät ans Ohr.

Die Notfallzentrale meldete sich nach dem ersten Läuten und Sam gab seine Adresse durch. Dann rief er Brandon an und bestellte ihn ins Krankenhaus. Nicht weil Brandon Polizist war, sondern weil er sein Bruder war und Sam seinen großen Bruder gerade verdammt noch mal brauchen konnte.

Schließlich blieb nur noch eines zu tun. Sam holte tief Luft und streichelte Max abwesend über den Rücken. Der Kleine schniefte.

»Cara anrufen«, sagte Sam dann und schloss für einen Moment die Augen.

Es klingelte scheinbar endlos lang, bevor sie abhob.

Sie schien sich zu freuen, seine Stimme zu hören.

Sam fühlte sich wie ein Verräter.

Wie der letzte Arsch.

***

Wider Erwarten war der Nachmittag angenehm gewesen, trotz Shopping. Reenie hatte einen guten Blick, was Kleidung anging. Sie fand die richtigen Stücke in den Regalen und zog mit traumwandlerischer Sicherheit Schnäppchen aus Wühltischen. Sie war offensichtlich in ihrem Element, wenn sie durch die Geschäfte schlenderte, mit ihren Fingerspitzen über die Reihen an Kleiderbügeln strich.

»Jahrelanges Training in Paris«, sagte sie lächelnd, als sie Caras Blick bemerkte. »Probier mal das hier.«

Sie hielt ein Sommerkleid hoch, das Cara sich niemals selbst ausgesucht hätte. Normalerweise griff sie automatisch zu schwarzer Kleidung. Die hatte den Vorteil, dass man sich beim Kombinieren keine Gedanken machen musste. Jedes Teil passte zu allem. Na ja, fast.

Dieses Kleid fiel allerdings so gar nicht in dieses Schema: In breiten Strichen verlief grüne Farbe darüber, als hätte ein Maler seine Pinsel an einem Stück Stoff abgewischt. Zierliche Träger hielten das taillierte Oberteil, der Bleistiftrock folgte Caras Kurven, als wäre er für sie gemacht.

Sie zog den Vorhang der Umkleidekabine beiseite. »Und?«

»Wow! Du siehst umwerfend aus.« Reenie klatschte in die Hände. »Wenn Sam da nicht schwach wird, weiß ich auch nicht.«

Cara verzog den Mund. »Reenie ... du solltest dir da keine Hoffnungen machen. Wir sind kein Paar. Wir werden auch keines. Das hab ich dir doch erklärt.«

»Ich sollte mir keine Hoffnungen machen?« Reenie betrachtete sie amüsiert. »Vielleicht solltest du dir etwas mehr Hoffnungen machen. Du kannst ja nicht ewig Single bleiben.«

Cara war da anderer Meinung, aber es hatte wohl keinen Sinn, das mit Reenie zu diskutieren. Scheinbar hatte sie diese fixe Idee – denn nichts, was Cara sagte, konnte sie vom Gegenteil überzeugen.

Sie drehte sich zum Spiegel und musterte sich selbstkritisch. Das Weiß des Kleides betonte ihre gebräunte Haut und das Grün hob die Farbe ihrer Augen hervor. Na gut, das Kleid war wohl wirklich nicht schlecht. Eigentlich war es sogar ziemlich gut. Cara drehte sich hin und her.

»Ich nehme es«, sagte sie.

Als sie schließlich zwei Stunden später mit Tüten beladen einen Tisch im Café beim Museum ergatterten, taten ihr die Füße weh.

»Na, da waren wir doch heute sehr erfolgreich«, sagte Reenie, während sie nach der Karte griff. »Und ich hab Hunger.«

Cara nickte widerstrebend. Sie hatten zwei Paar Jeans, einige Oberteile, das Kleid und dazu passende Schuhe erstanden. Da Ausverkauf war, hielt sich auch die Belastung für ihr nicht gerade üppiges Bankkonto in Grenzen.

Außerdem hab ich mir diese Belohnung verdient, dachte Cara. *Nach all der Arbeit und der Aufregung der letzten Zeit ...*

Die Kellnerin brachte Kaffee für Cara, Eistee für Reenie und einen Teller voller Tramezzini für beide.

»Schmecken wie in Italien«, sagte Reenie nach dem

ersten Bissen erstaunt. Ein Lächeln machte sich auf ihrem Gesicht breit. »Die sind wirklich unheimlich gut.«

»Ja, das finde ich auch. Der Inhaber ist Italiener. Er importiert manche Zutaten direkt aus der Heimat.« Cara schnappte sich ein Tramezzino mit Thunfisch.

Die beiden plauderten und schmausten, bis sie keinen Krümel mehr essen konnten. Satt und träge lehnten sie sich in ihren Stühlen zurück und beobachteten durch die großen Fensterscheiben das Treiben der Stadt. Arrows Point war deutlich größer als Finley Meadows, und das machte sich auch abends bemerkbar: Wo in Finley Meadows üblicherweise die Straßen schon ganz still dalagen, herrschte hier noch rege Betriebsamkeit.

»Darf ich dich mal was fragen?« Reenie fuhr mit ihrem Finger den Rand ihres Glases entlang.

»Das ist eine blöde Frage«, murmelte Cara. »Wie soll ich das entscheiden? Ich weiß ja nicht, was du fragen wirst. Und wenn ich es mal weiß, dann ist es zu spät, um Nein zu sagen.«

Reenie lachte auf. »Okay, du hast recht. Also: Ich will dich was Indiskretes fragen. Darf ich?«

Cara zuckte mit den Schultern. »Solange ich nicht antworten muss.«

»Du hast nie erzählt, was mit dem Vater von Max und Leira ist. Habt ihr euch getrennt? Was ist damals geschehen?«

Cara rieb sich mit den Fingern über die Nasenwurzel. Sie hatte natürlich gewusst, dass dieses Thema irgendwann zur Sprache kommen würde. Eine ganz normale Frage unter Freundinnen, nicht wahr? Reenie konnte nicht ahnen, wie schwierig es war, darüber zu sprechen. Dass Cara die Wahrheit einfach nicht erzählen konnte, ohne alles aufs Spiel zu setzen. Wenn Gerüchte auftauchten, dann würde Mr. Kotzbrocken wissen, dass sie nur von Cara stammen konnten. Und auch wenn Cara nicht glaubte, dass Reenie ihr Geheimnis ausplaudern würde …

Aber andererseits hatte sie so lange nicht darüber gesprochen. Vielleicht konnte sie einen Weg finden. Denn das Geheimnis brannte auf ihrer Seele, sie *wollte* Reenie davon erzählen. Aber sie würde vorsichtig sein müssen. Und so nah wie möglich bei der Wahrheit bleiben, ohne zu verraten, wer der Vater der Kinder wirklich war.

»Ich hab ihn damals auf der Uni kennengelernt, er war schon ein paar Jahre älter als ich.«

»Sag nicht, dass er dein Professor war.«

Cara verzog den Mund.

»Ist nicht dein Ernst. War er gut aussehend?«

»Ziemlich. Fast alle Studentinnen waren in ihn verknallt. Und ein Teil der Studenten ebenfalls.«

»Was ist dann passiert?«

»Die Universität hatte Verbindungen zu einem Ausgrabungsprojekt in New Mexico. Ich habe während der Sommerferien für ein paar Monate volontiert, er war regelmäßig als Vertreter der Fachrichtung vor Ort … Und da ist es passiert. Ich war unglaublich verliebt. Dachte, wir würden unser Leben gemeinsam verbringen. Dass er meine große Liebe ist.«

»Und dann wurdest du schwanger?«

Cara nickte. Auch nach all den Jahren stiegen die alten Gefühle noch in ihr auf. Sie liebte Michael schon lange nicht mehr, aber die Dunkelheit in ihr war geblieben, die Demütigung, der Verrat. Warum nur konnte sie diesen alten Schmerz nicht loslassen? Warum verblasste Liebe, aber niemals Schmerz?

Sicher, es war über die Jahre leichter geworden. Aber die Wunden, die Michael ihr zugefügt hatte, saßen zu tief, waren Teil ihrer Persönlichkeit geworden.

»Du musst nicht darüber sprechen«, sagte Reenie, die ihren Gesichtsausdruck wohl richtig gedeutet hatte.

»Ist schon okay.« Cara holte tief Luft, als müsste sie sich auf einen Tauchgang vorbereiten. »Ja, ich war plötzlich schwanger mit Leira. Ich war selbst schuld, wir haben uns keine große Mühe gegeben, zu verhüten. Aber natürlich war ich total geschockt. Es passte nicht in meine Pläne. Trotzdem dachte ich, er würde zu mir stehen. Zu uns. Aber als ich es ihm erzählt hab, ist er komplett ausgerastet. Er wollte mit dem Kind nichts zu tun haben. Er wollte mich zu einer Abtreibung überreden.«

»Hat offensichtlich nicht geklappt«, stellte Reenie fest. »Du hast dich von ihm nicht einschüchtern lassen.«

»Nein. Daraufhin hat er den Kontakt zu mir abgebrochen. Er bezahlt zwar jeden Monat regelmäßig Unterhalt, aber er will keine Fotos, keine Besuche, keine Nachrichten über ihre Entwicklung. Er hat mir verboten, Leira zu erzählen, wer ihr Vater ist, bevor sie volljährig ist.«

»Unglaublich.« Reenie schüttelte den Kopf. »Ich hab dich vorher schon bewundert, aber jetzt bist du meine persönliche Heldin. Ich wäre sicher verzweifelt an deiner Stelle. Ich weiß noch gut, wie es sich anfühlt, so jung schwanger zu werden. Und ungeplant. Aber das alles ohne Hilfe durchzustehen …«

Cara schüttelte den Kopf. »Wärst du nicht. Sobald man ein Kind hat, ist da keine Möglichkeit mehr, alles hinzuschmeißen. Man macht weiter, auch wenn man nicht mehr kann.«

Reenie seufzte. »Da hast du recht.«

»Die ersten paar Jahre hab ich mit Leira bei meinen Eltern gewohnt und auf einer anderen Uni meinen Abschluss gemacht. Als meine Eltern dann beruflich nach Südamerika gingen, hat mir ein Bekannter diesen Job hier im Museum vermittelt. Ich bin nach Finley Meadows gezogen, hab mir dieses Haus gekauft … Ich dachte lange, ich würde ihn nie wiedersehen. Aber dann ist er plötzlich hier aufgetaucht.«

»Leiras Vater?«, fragte Reenie. »Wie heißt er eigentlich? Damit ich weiß, über wen wir hier schimpfen …«

Cara schloss für einen Moment die Augen und überlegte fieberhaft.

»Marshall Mellowbee«, sagte sie und wusste im ersten Moment selbst nicht, woher der Name gekommen war. Dann erinnerte sie sich an diesen dämlichen Bericht über den Sensationsfund im Fernsehen.

»Marshall Mellowbee?«, fragte Reenie und sah sie ein wenig zweifelnd an.

Cara verschränkt die Arme.

»Alles klar. Ist okay. Ich versteh schon. Also … Marshall Mellowbee ist dir wieder über den Weg gelaufen.«

»Ja.«

»Ich hoffe, du hast ihm in den Arsch getreten.«

»Ich habe mich wochenlang geweigert, mehr als das Allernötigste mit ihm zu sprechen.«

»Als das Allernötigste? Oh …« Reenie sah sie mit großen Augen an. »Du hast ihn beruflich getroffen, nicht wahr?«

Cara nickte.

»Mist.«

»Ja«, seufzte Cara. »Aber er schien sich geändert zu haben. Er fragte nach Leira, auch wenn er noch nicht bereit war, sie zu treffen. Er erzählte mir von seiner kaputten Ehe. Dass er mich nie vergessen konnte, sich aber nicht getraut hatte anzurufen. Dass er nichts im Leben so sehr bereut, wie mich damals verlassen zu haben.«

»Und du hast ihm geglaubt?«

»Zuerst nicht. Aber … wir hatten uns zehn Jahre nicht gesehen. Da war zumindest die Möglichkeit, dass er sich geändert haben könnte ... dachte ich. Er kann unglaublich überzeugend sein. Und ich begann ganz langsam, ihm zu glauben. Er war so aufmerksam, so charmant. Ein Teil von mir wollte es ihm auch glauben, kannst du das verstehen? Ich wollte eine richtige Familie. Ich wollte eine zweite Chance. Leira sollte ihren Vater kennenlernen und ich war ausgehungert ... nach Verständnis, nach Unterstützung und nach Liebe.«

»Also ...«

»Also hab ich mich auf eine Affäre mit ihm eingelassen. Wieder. Er wollte sich scheiden lassen. Hat er mir erzählt. Und ich wollte es glauben, hab einfach alle Warnsignale ignoriert, die es gab.« Cara lachte bitter auf. »Denn er wollte sich nicht mit Leira treffen. Hat gemeint, dass er noch nicht bereit dafür ist. War niemals bei mir zu Hause.« Sie brach ab. »Ich hätte es wissen müssen, aber ich war so dumm. Und dann wurde ich wieder schwanger. Ich weiß, wie das klingt. Aber wir haben verhütet, Reenie. Es hätte nicht passieren dürfen. Und trotzdem war es so. Ich dachte, diesmal wird alles anders. Ich dachte wirklich, dass er sie freuen würde. Ich war so naiv.«

»Was hat er gesagt?«

»Er war unglaublich wütend. Hat mir vorgeworfen, dass ich nur hinter seinem Geld her bin. Dass ich ihn mit diesem Kind in eine Ehe zwingen will.«

»So ein Arsch.« Reenies Augen funkelten. »Du bist doch gar nicht der Typ dafür. Das hätte er wissen müssen.«

Cara zuckte die Achseln. »Dein Kind, dein Problem. Du willst es, du bekommst es, du belästigst mich nicht damit.'«, murmelte sie tonlos. »Das hat er damals gesagt.«

Die Tür des kleinen Cafés ging auf und eine Gruppe Menschen kam herein. Cara erkannte ein paar Kollegen aus dem Museum und winkte ihnen beiläufig. Es war merkwürdig, über dieses Thema zu reden, während ihre Kollegen hier waren. Wenn sie jemals erfuhren, dass sie und Michael …

»Ich verstehe nicht ganz, warum du dich an seine blöden Regeln hältst. Die Kinder haben doch ein Recht darauf zu erfahren, wer ihr Vater ist. Und dieser Arsch sollte vor der ganzen Welt bloßgestellt werden.«

Cara antwortete nicht gleich. Sie fühlte sich so unendlich müde, wann immer sie über Michael nachdachte. »Ich wollte nicht, dass die Kinder wissen, dass ihr Vater so ein Kotzbrocken ist. Ein Kotzbrocken, der sie nicht in seinem Leben haben will.«

»Und was hast du ihnen erzählt?«

»Dass wir uns auseinandergelebt haben. Und dass ihr Vater im Ausland arbeitet. Ich denke nicht, dass sie daran zweifeln.«

»Trotzdem«, sagte Reenie und runzelte die Stirn. »Er hätte es verdient, dass jeder weiß, wie er sich verhält.«

»Er ist ein bekannter Mann in der archäologischen Welt«, sagte Cara leise.

»Der berühmte Marshall Mellowbee?«, fragte Reenie.

Cara grinste, aber es fühlte sich so an, als säße das Lächeln schief auf ihrem Gesicht.

»Genau«, sagte sie. » Er hat damit gedroht, dass ich meine Stelle verliere. Und dass er alles dransetzten würde, dass ich auch keine neue mehr finde.«

»Ist das realistisch?«, fragte Reenie mit gerunzelter Stirn.

Cara nickte langsam. »Ja. Er könnte es mir wirklich schwer machen, einen Job zu finden. Er kennt eine Menge Leute, weiß du? Inzwischen ist er Museumsdirektor.«

Reenie lehnte sich zurück und seufzte. »Was für ein Mist«, sagte sie, und es klang, als käme es aus tiefstem Herzen. »Siehst du ihn eigentlich noch ab und zu?«

Cara schloss für eine Sekunde die Augen. »Nein«, murmelte sie dann.

Ich sehe ihn jeden Tag, fügte sie still in Gedanken hinzu und sah zu ihren Kollegen hinüber. *Denn er ist mein Boss.*

Dann klingelte ihr Handy.

Kapitel 9

Max saß auf der Untersuchungsliege zwischen den Brüdern – Sam auf einer Seite, Brandon auf der anderen. Ein dünner Vorhang trennte sie vom Gang, doch die Geräusche drangen zu ihnen durch. Sam hoffte, dass die Krankenschwester bald wiederkommen würde. Und wo blieb eigentlich die Ärztin? Wie lange konnte es dauern, ein paar Röntgenbilder auszuwerten? Es war doch einfach nicht zu fassen, wie lahm die Mitarbeiter hier waren!

Er sprang von der Liege und begann, auf und ab zu laufen.

»Ich hab Durst«, murmelte Max undeutlich, denn seine Lippe war mittlerweile stark angeschwollen.

Sam setzte an, etwas zu sagen, aber der Anblick des Kleinen ließ ihn verstummen. Wie hatte er nur zulassen können, dass so etwas passierte? Er war ein Idiot. Er hatte Caras Vertrauen missbraucht. Das Leben eines kleinen Kindes gefährdet. Er war wirklich nicht besser als sein Vater.

»Du darfst leider noch nichts trinken«, sagte Brandon. »Wir müssen vorher auf die Untersuchungsergebnisse des Röntgens warten, weißt du noch?«

Die Untersuchungsergebnisse. Sam kämpfte gegen den Drang diesen verfluchten Vorhang zur Seite zu zerren und sich auf die Suche nach der Ärztin zu machen. Und Gnade ihr Gott, wenn sie gerade irgendwo Kaffee trank, statt zu arbeiten.

»Setz dich hin, Brüderchen«, sagte Brandon sanft. »Du machst uns ganz nervös.«

Sam drehte sich um und sah den verwirrten Ausdruck in Max' Augen.

Er war echt eine Katastrophe mit Kindern.

Vorsichtig ließ er sich wieder auf seinen alten Platz sinken. »Wie geht's deinem Kopf? Schon besser?« Er lächelte Max aufmunternd an.

Der nickte und zuckte zusammen. Dann sah er fast ehrfürchtig zu Brandon hinüber: Dass ein echter Polizisten in echter Uniform nur wegen ihm ins Krankenhaus gekommen war, schien den Unfall deutlich weniger schlimm zu machen.

Hektische Schritte erklangen draußen auf dem Gang und einen Moment später wurde der Vorhang zur Seite gerissen. Caras Gesicht war weiß, ihre Augen weit aufgerissen.

Als ihr Blick auf Max fiel, wurde sie noch ein wenig blasser. Ohne auf Brandon oder Sam zu achten, schloss sie Max in ihre Arme. Er begann wieder zu weinen und auch in ihren Augen standen Tränen.

Unter Schluchzern erzählte er von der Garage, von Batman und dem Auto. Cara verstand sicher kein einziges Wort, aber sie nickte und murmelte seinen Namen, während ihre Hände ruhelos über ihn wanderten – über seinen Kopf, seine Arme, seinen Rücken. Als müsste sie sichergehen, dass er wirklich hier war. Dass es ihm soweit gut ging. Dass sie ihn nicht verloren hatte.

Die Panik in ihren Augen war mehr, als Sam ertragen konnte. Er war dafür verantwortlich, er hatte ihr und Max wehgetan.

Wut auf sich selbst überrollte ihn. Warum, verflucht noch mal, hatte er nicht besser auf Max aufgepasst?

Ein Räuspern ließ ihn aufblicken. Die Ärztin stand vor ihnen, ein Klemmbrett unterm Arm. Neben ihr trat Reenie ein wenig verlegen von einem Bein aufs andere.

Sam hatte sie vorher gar nicht bemerkt, sie musste wohl mit Cara gekommen sein.

»Es sieht so aus, als hätte Max Glück gehabt«, sagte die Ärztin und blätterte durch die Papiere. »Es ist nichts passiert. Die Nase ist nicht gebrochen, er hat keine inneren Verletzungen ... vielleicht eine leichte Gehirnerschütterung. Alles in allem nichts, worüber wir uns Sorgen machen müssen. Sind Sie seine Mutter?«

Cara nickte.

»Ich möchte, dass Sie ihn über Nacht im Auge behalten. Wecken Sie ihn bitte einige Male – falls er nicht reagiert, rufen Sie den Rettungswagen. Auch wenn er plötzlich fiebert oder verwirrt wirkt ...«

Als sie die Angst in Caras Gesicht sah, hielt die Ärztin inne. »Das ist nur eine Vorsichtsmaßnahme«, sagte sie beruhigend. »Ich bin sicher, morgen springt er schon wieder herum. Ich verschreibe Ihnen noch eine Salbe für die Wunden in seinem Gesicht.«

Cara nickte stumm.

»Wenn es keine Fragen mehr gibt, dann können Sie nach Hause. Ich bereite die Entlassungspapiere vor, bitte warten Sie hier.« Die Ärztin nickte noch einmal, dann war sie schon wieder verschwunden.

»Ich hab Durst«, quengelte Max.

»Ich auch«, sagte Brandon mit einem Seitenblick auf Sam und Cara. »Wollen wir uns was holen, du und ich? Ich hab draußen auf dem Gang einen Automaten gesehen. Da gibt es sicher auch Saft.«

Max nickte ehrfurchtsvoll und Brandon hob ihn vorsichtig hoch. Max sah aus, als platze er gleich vor Stolz. Ein echter Polizist in Uniform lud ihn auf Saft ein. Sein Gesicht verfärbte sich rot vor Aufregung – auch wenn das unter den ganzen Schwellungen und Abschürfungen schwer zu sehen war.

Cara schien etwas sagen zu wollen, aber dann schlang sie nur ihre Arme um sich. Vielleicht fiel es ihr schwer, Max aus den Augen zu lassen.

Als Brandon und Max draußen waren, drehte sie sich zu Sam um.

»Was ist denn passiert?«, fragte sie leise.

»Wisst ihr was, ich hab plötzlich auch Durst«, murmelte Reenie.

Und dann waren sie allein.

Sam holte Luft. »Wir haben ferngesehen. Zeichentrick-Batman. Das hat Max anscheinend auf die Idee gebracht, mal mein Auto nach Geheimfunktionen zu durchsuchen ...« Sam hob hilflos die Schultern. »Es tut mir so leid, Cara. Ich hatte keine Ahnung. Ich hätte besser aufpassen müssen.«

Cara sah ihn nur stumm an, ihre Augen immer noch tränennass.

»Ich habe telefoniert, da muss er in die Garage gegangen sein. Und plötzlich war da dieser Krach ... Ich bin sofort reingelaufen, aber da war es schon passiert.«

»Was ist passiert?« flüsterte Cara. Sie knetete ihre Hände, schien es aber selbst gar nicht zu bemerken.

»Max hat wohl den Schlüssel mitgenommen. Damit öffnet sich das Auto von allein, das wusste er sicher. Er ist ja schon ein paarmal mit mir mitgefahren.« Sam rieb sich den Nacken und starrte auf die Wand hinter Cara, weil er ihren Gesichtsausdruck nicht ertragen konnte. »Er muss die Bremse betätigt haben. Der Wagen schaltet sich ein, aber der Motor ist komplett lautlos.« Er seufzte. »Elektroauto«, fügte er hinzu. »Max hat sicher nicht gewusst, wie gefährlich das Ganze war.«

Cara antwortete nicht. Ihre Augen waren starr auf den Mülleimer gerichtet, der neben der Liege stand und voller blutiger Tücher war.

»Er hat gesagt, dass er versucht hat, den Superheldenmodus zu finden. Dabei hat er vermutlich den Hebel neben dem Lenkrad betätigt, der den Gang einlegt. Und als er dann aufs Gaspedal gestiegen ist …« Sam brach ab. Der Gedanke daran, dass sein Wagen in drei Sekunden auf hundert beschleunigen konnte, würgte ihm beinahe die Luft ab. Das hier hätte viel schlimmer ausgehen können.

Sie hob den Kopf, ihre Augen dunkel. »Wenn es so war, wie du sagst … dann hast du lange telefoniert.« Sie begann, auf und ab zu laufen. »Mit wem hast du telefoniert, Sam? Und was war denn so wichtig, dass du nicht auf Max aufpassen konntest?«

Er fuhr sich mit der Hand übers Gesicht.

»Mit einer alten Freundin«, sagte er gequält.

Cara hielt mitten in der Bewegung inne.

Er konnte die Gedanken beinahe sehen, die in ihrem Kopf hin und her schossen.

»So ist es nicht«, sagte er lahm, aber sie drehte ihm den Rücken zu. »Cara!«

Doch sie reagierte nicht mehr. Sie schob den Vorhang zur Seite und ließ ihn allein zurück.

***

Es war spät. Sam saß wie betäubt auf seiner Veranda, die Bilder des heutigen Tages wie scharfkantige Splitter in seinem Kopf.

Durch die geöffneten Fenster von Caras Haus erklangen die alltäglichen Geräusche einer Familie. Teller und Besteck klirrten, die Dusche wurde eingeschaltet. Bald ging das Licht im Kinderzimmer an. Sam konnte am Tonfall hören, wie aufgedreht Max war: Die Aufregung steckte ihm immer noch in den Knochen.

Als Cara die Gutenachtgeschichte vorlas, trug der Sommerwind Fetzen davon herüber. Sam lauschte einer Welt, zu der er nicht länger gehörte oder nie gehört hatte oder ... was auch immer. Sehnsucht breitete sich in ihm aus, füllte unaufhaltsam sein Herz, bis er meinte, nicht mehr atmen zu können.

Mach dich nicht lächerlich, dachte er. *Du bist erwachsen. Manche Dinge sind nicht für dich bestimmt. Du wirst nie Astronaut oder Stuntman. Und eben auch nie Vater. Wo ist der Unterschied?*

Aber seine Worte klangen hohl und er wusste es. Denn da saß dieser Wunsch tief in ihm, dieser Wunsch nach einer Familie. Nach einem Zuhause, nach Menschen, denen er vertrauen konnte, die er liebte.

Er schüttelte den Kopf über sich selbst.

Was für ein Witz, dass nicht einmal seine Kindheit diese Sehnsucht zu ersticken vermocht hatte.

Aber vielleicht brannte sie gerade deshalb mit dieser Intensität in ihm. Doch manche Dinge konnte man nicht nachholen. Das Leben war weder ein Wunschkonzert noch ein Ponyhof, das hatte er früh festgestellt.

Wütend schob er den Gedanken von sich. Es war keine gute Idee gewesen, Cara und ihre Kinder in sein Leben zu lassen. Was hatte er sich nur dabei gedacht? Die Sache zwischen Cara und ihm ... Nun, das machte alles nur noch schlimmer. Frustriert rieb er sich über den Nacken.

Warum brach sein Leben um ihn herum zusammen, während doch bis vor Kurzem noch alles in Ordnung gewesen war?

Denn es lag nicht nur an Cara. Sein wohlgeordnetes Leben hatte auch vor ihr schon feine Risse gezeigt. Er erinnerte sich an jenen Morgen mit Olivia, der nur ein paar Wochen zurücklag und trotzdem zu einem anderen

Leben zu gehören schien. Er erinnerte sich an ihre Bemerkungen, an seine eigene Unruhe.

Und während er dasaß und Caras Stimme lauschte, wanderten seine Gedanken. Suchten Erklärungen.

Es dauerte lange, bis Max eingeschlafen war. Schließlich ging das Licht aus, und Sam dachte an die Taschenlampe mit dem Batman-Logo, die sicher neben Max und Bruce im Bett lag. Sie war ein fester Bestandteil seines Lebens geworden und würde es bleiben – auch wenn Sam schon bald keine Rolle mehr spielen würde.

Und obwohl er wusste, dass es besser so war, schmerzte dieser Wunsch auch auf eine Weise, die tief in ihm Wurzel geschlagen hatte, die durch sein Wesen wucherte und nicht auszurotten war.

Ganz still saß er da und wartete. Er wusste, sie würde kommen.

Als die Tür des Nachbarhauses aufging, setzte sein Herz für einen Schlag aus. Cara war so verflucht wunderschön, und er fand es unbegreiflich, dass er sich nicht schon viel früher in sie verliebt hatte.

Denn das war er wohl – verliebt.

Brandon hatte, wenn schon nicht mit allem, so doch in diesem einen Punkt recht gehabt, das wusste Sam plötzlich mit absoluter Klarheit.

Seine Gefühle für Cara ließen sich mit nichts vergleichen, das er jemals erlebt hatte. Er erwachte mit dem Gedanken an sie, verbrachte den Tag mit ihrem Bild in seinem Geist, schlief mit unbändigem Verlangen nach ihr ein. Und es war nicht nur ihr Körper, den er begehrte: Er genoss es, mit ihr zu reden, wollte ihr alles erzählen, liebte ihre Klugheit, ihren Witz.

Sie war die perfekte Frau. Und er konnte sie nicht haben.

Als sie näher kam, sah er die Spannung in ihrem Körper.

Ihre Bewegungen waren eckig, ihr Gang war nicht so geschmeidig wie sonst.

Sie war wütend, das wusste er, noch bevor er ihr Gesicht sehen konnte. Langsam erhob er sich und ging ins Haus, ließ die Tür hinter sich offen.

Cara trat leise ein.

»Ich will es sehen«, sagte sie. Ihre Stimme klang nur mühsam beherrscht.

Er nickte.

Als er die Tür zur Garage aufzog, folgte sie ihm. Für einen kurzen Moment standen sie in der Dunkelheit, dann drückte Sam auf den Lichtschalter.

Unbarmherzig fiel das Licht der Neonröhren auf die Verwüstung. Die zerborstenen Regale, das verbeulte Auto, das Chaos an Kisten, Gartengeräten, Sportequipment. Der kleine Krater in der Wand, der abgeplatzte Putz.

Einen Moment lang stand sie ganz still da.

Als sie sich zu ihm umdrehte, sprühten ihre Augen vor Zorn.

»Was hast du dir nur dabei gedacht?«, schrie sie ihn an, ihr Gesicht verzerrt.

Sam wusste, dass all die Angst, all der Schmerz und die Panik des heutigen Tages sich ihre Bahn brachen. Und er wusste auch, dass er es verdient hatte.

»Es tut mir leid«, murmelte er.

Sie starrte ihn ungläubig an. »Es tut dir leid?!«

Sie trat auf eine der Kisten ein, ihre Hände zu Fäusten geballt. Ihr Blick fiel wieder auf das verbeulte Auto.

»Ich kann hier nicht denken«, sagte sie rau und ging an ihm vorbei ins Haus.

Er folgte ihr. Drinnen blieb er stehen und schob seine Hände in die Hosentaschen, weil er nicht wusste, wohin damit.

»Hast du nichts dazu zu sagen?«, fauchte sie. »Was ist nur los mit dir? Wie kann dir das alles so gleichgültig sein?«

Er zuckte mit den Schultern. Wie sollte er ihr auch sagen, was er empfand? Das spielte keine Rolle mehr. Denn dass dieser Tag kommen würde, hatte von Anfang an festgestanden. Er hatte nicht damit gerechnet, dass es so schnell passieren würde. Hatte gehofft, dass es nicht so wäre.

Aber es hatte auch keinen Sinn, das Unvermeidliche hinauszuzögern. Also schwieg er.

***

Cara starrte ihn an. Die Wut peitschte das Blut durch ihre Adern, rauschte in ihren Ohren und machte ihr das Denken schwer. Oh, wie er dastand, so lässig an die Wand gelehnt, die Hände in den Hosentaschen.

Als würde ihn das alles hier nichts angehen.

Und vermutlich sah er das auch so: Sie und die Kinder waren ein kurzes Intermezzo gewesen, bevor er wieder in sein altes Leben zurückkehrte.

Sie ballte die Fäuste und machte ein paar Schritte auf ihn zu.

»Du könntest wenigstens so tun, als wäre es dir nicht egal«, fauchte sie, und die Bilder der zerstörten Garage wirbelten durch ihren Kopf, mischten sich mit den blutigen Tüchern im Krankenhaus und dem Schluchzen ihres Sohnes.

Sam stand ganz ruhig da und sagte nichts.

»Für dich macht das keinen Unterschied, oder? Morgen wird für dich wieder alles so sein, wie es immer war. Du bist wahrscheinlich froh, wenn du uns los bist.« Sie spuckte die Worte aus wie etwas Verdorbenes.

Irgendetwas in seinem Blick flackerte, aber er schwieg. Vielleicht irrte sie sich ja und sie tat ihm Unrecht. Aber sie war viel zu wütend, und sie hatte auch keine Lust, ihn zu verstehen. Wenn er Verständnis wollte, dann sollte er verdammt noch mal den Mund aufmachen.

Er hatte mit einer seiner Tussis telefoniert. Wahrscheinlich war es ihm lästig gewesen, auf Max aufzupassen.

Nun, sein Wunsch würde sich erfüllen.

Sie würden sich niemandem aufdrängen.

Cara biss sich auf die Lippe. Er hatte es selbst immer wieder gesagt, oder nicht? Er wollte keine Familie. Keine Verpflichtungen. Für ihn war das hier nur ein Spiel. Ein Spiel, das ihm scheinbar lästig geworden war.

Und plötzlich war die Luft raus. Sie war wieder an diesem Punkt angelangt. Der Punkt, an dem sie feststellte, dass Männer und Familie nicht zusammenpassten. Oh sicher, im Leben anderer Frauen schien es zu klappten.

Aber nicht bei ihr.

Denn sie suchte sich immer wieder Männer aus, die von vornherein sagten, dass Kinder nicht in ihrem Lebensplan standen. Und war erstaunt, wenn es plötzlich schmerzte wie die Hölle.

»Es ist meine Schuld«, sagte sie heiser. »Ich hätte niemals zulassen dürfen, dass zwischen uns etwas passiert. Mir hätte klar sein müssen, dass du zu jung bist – du bist ja selbst fast noch ein Kind.«

Sein Gesicht zuckte, aber er schwieg. Und sein Schweigen brachte die Wut zurück. Warum, verdammt noch mal, sagte er denn nichts?

Sie wollte, dass er sich verteidigte.

Sie wollte … Sie wusste nicht, was sie wollte.

Aber das hier war falsch. Seine Passivität, seine Ruhe.

Am liebsten hätte Cara ihn geschlagen, doch sie ballte nur ihre Fäuste.

»Für dich ist das alles nur eine Lappalie, hab ich recht? Wolltest du einmal Familie spielen? Wolltest du herausfinden, wie es wäre, wenn ...?« Sie starrte ihn an, zitterte, so wütend wie noch niemals zuvor. »Ich hab dir vertraut. Und du ... du telefonierst mit einem deiner Betthäschen, während Max sich in der Garage beinahe umbringt.« Ihre Stimme überschlug sich und Tränen strömten über ihre Wangen. »Aber damit ist es vorbei, Sam. Du brauchst dich nicht länger mit uns zu belasten. Du kannst zurück in dein Leben, wo du nur auf der faulen Haut liegst und das Geld deiner Eltern ausgibst. Das ist es doch, was du willst, nicht wahr? Das Einzige, was dich interessiert, bist du. Und dein Vergnügen.«

Er atmete hörbar aus, seine Augen starr und glänzend. Für einen kurzen Moment schien es so, als wären da Worte, die sich mit Klauen in Sam nach oben kämpften, die ans Licht wollten, die er nicht kontrollieren konnte.

Doch dann kehrte der gleichgültige Ausdruck zurück.

Sie fühlte sich, als hätte er sie bestohlen.

»Werd erwachsen, Kleiner«, sagte sie müde. »Oder du wirst dein Leben lang einsam sein.«

Damit drehte sie sich um und ging zur Tür.

Als sie den Rahmen berührte, räusperte er sich.

»Es tut mir leid«, sagt er leise.

»Was tut dir leid, Sam?«

Er schluckte.

»Es tut mir leid wegen Max.«

Cara drehte sich zu ihm, aber Tränen ließen ihren Blick verschwimmen. Sie presste die Lippen aufeinander. Ohnmächtige Wut auf ihn, auf das Leben, auf das Schicksal mischte sich in ihren Schmerz.

Sie wollte ihn verletzen, wollte, dass er wenigstens das mit ihr teilte, wenn sie ihm schon sonst egal war.

»Du bist kein Superheld, Samuel Stark. Du bist ein kleiner Junge, dem man die Taschenlampe weggenommen hat und der sich vor den Schatten an den Wänden seines Kinderzimmers fürchtet«, schleuderte sie ihm entgegen – und bereute es in der Sekunde, in der sie es gesagt hatte.

Aber es war zu spät. Er stand da wie eine Statue, und nur sein heftiger Atem verriet, dass er überhaupt noch am Leben war.

Also verließ sie sein Haus in dem Wissen, dass sie von heute an nichts mehr für einander sein würden.

Keine Liebenden.

Keine Freunde.

Nichts mehr, das zählte.

***

Zwei Wochen später saßen die Brüder auf der Terrasse hinter dem Haus. Es war Abend und Schäfchenwolken glühten in den letzten Strahlen der untergehenden Sonne. Vögel zwitscherten. Ein weit entfernter Flieger zog seine Spur über den Himmel.

Diese Idylle war einfach zum Kotzen. Sam schloss die Augen. Am liebsten hätte er sich auch noch die Finger in die Ohren gesteckt und die ganze Welt ausgesperrt, aber er würde seinem Bruder keine Munition für blöde Späße liefern.

»Wie geht's Max?«, fragte Brandon beiläufig und schnippte den Verschluss der Flasche auf das niedrige Tischchen vor sich.

»Gut, denke ich«, brummte Sam.

»Redest du immer noch nicht mit ihr?«

Die Worte vibrierten in Sams Magen.

Mit ihr.

Cara.

Sams Augen wanderten wie von selbst über den niedrigen Gartenzaun hinweg zu dem Haus dahinter. Die Fenster waren erleuchtet, der Wind wehte Musik herüber. Ab und zu huschten Schatten an einem der Fenster vorbei.

»Vielleicht ist sie ja nicht mehr sauer«, sagte Brandon. »Du könntest dich noch mal entschuldigen.«

»Halt dich da raus.«

»Du bist offensichtlich verliebt, kleiner Bruder. Und wenn ich nicht ganz falschliege, dann liebt Cara dich auch. Du bist ein Idiot, wenn du nicht versuchst, das wieder hinzukriegen.«

»Hab ich schon erwähnt, dass du dich raushalten sollst?«

»Das tue ich nicht«, sagte Brandon ungerührt. »Denn du machst einen Fehler, und ich bin hier, um dich immer wieder darauf hinzuweisen. Immerhin bin ich dein großer Bruder. Das ist so was wie meine Job-Beschreibung.« Er grinste und nahm einen Schluck Eistee.

»Ach ja? Aber du denkst nur, dass du alles weißt. In Wahrheit hast du keine Ahnung.«

»Dann lass mich dir mal sagen, was ich weiß: Du bist in sie verliebt, das kann ein Blinder sehen. Und sie ist verliebt in dich. Ihr seid perfekt füreinander, und du wirfst das weg, nur wegen irgend so einem Scheiß, den unser alter Herr mal gesagt hat. Das ist doch lächerlich.«

»Wie du meinst.« Sam biss die Zähne zusammen, bis es knirschte.

»Ich meine es ernst.« Brandon lehnte sich näher, sein Blick eindringlich. »Du bist nicht wie unser Vater. Und du wirst es nie sein. Du bist kein Spieler und du hast kein Alkoholproblem. Du würdest niemals eine Frau so behandeln, wie unser Vater Mum behandelt hat. Also soll ich dir sagen, was ich denke?«

»Nein.«

»Ich denke, du hast einfach nur Angst. Du hast Angst davor, verletzt zu werden. Alles andere ist nur ein Vorwand.«

Sam stand so heftig auf, dass sein Stuhl nach hinten auf den Boden knallte.

»Na, da bin ich ja froh, dass du die Weisheit gepachtet hast«, schnauzte er seinen Bruder an. »Aber dann sag mir doch mal eines: Wenn wir Stark-Männer so wahnsinnig gut in Beziehungen, Familie und all dem sind – warum hast du dann nicht längst Frau und Kinder?«

Es war ein gemeiner Tiefschlag und Sam wusste es. Für den Bruchteil einer Sekunde stand roher Schmerz in den Augen seines Bruders, doch dann wurde sein Gesichtsausdruck wieder neutral.

»Vielleicht will ich dich nur davor bewahren, die gleichen Fehler zu machen wie ich«, sagte Brandon ruhig. »Denn genau das tust du. Du wirfst ein tolles Leben mit einer tollen Frau weg. Aus Angst davor, verletzt zu werden. Aber dein Plan funktioniert nicht. Du leidest jetzt schon wie ein Hund.«

Sam drehte seine Flasche in der Hand. Vielleicht hatte sein Bruder recht. Vielleicht aber auch nicht. Doch Sam hatte nicht vor, das auf Kosten von Cara und den Kindern herauszufinden.

»Mist«, murmelte er.

Brandon nickte und nahm einen Schluck. »Und jetzt«, sagte er, »können wir über dein anderes Projekt reden, wenn du magst.«

»Na endlich.« Sam seufzte, hob den Stuhl auf und ließ sich wieder darauf sinken.

Seit zwei Wochen hatte er sich beinahe Tag und Nacht damit beschäftigt. Er hatte sich mit seinem Anwalt getroffen, einen Businessplan erstellt, freie Mitarbeiter engagiert: Grafiker, Texter, PR-Leute, eine paar Studenten fürs Backoffice. Alles war besser, als nachzudenken.

»Hast du schon eine Namen?«

»Ich dachte an *StarkSupport.*«

Brandon nickte. »Klingt gut. Wann wirst du richtig loslegen?«

»Vermutlich erst in ein paar Wochen. Es gibt noch viel zu tun. Wir brauchen eine Website, dann die Plattform für die Spender ... und die Organisation muss gegründet werden.« Er zog sein Handy zu sich und öffnete die To-do-Liste. »Ich dachte, wir starten mit einem bombastischen Charity-Event. Mir fehlt nur noch die perfekte Location.«

»Ich hätte da so eine Idee.«

Sam blickte auf.

»Wie wär's mit dem renommiertesten Museum für amerikanische Frühgeschichte? Das soll doch zufällig in Arrows Point liegen, hab ich gehört.«

»Haha. Sehr witzig«, brummte Sam. Aber sein Gehirn begann bereits zu arbeiten. Das Museum böte tatsächlich den perfekten Rahmen: Es verband amerikanischen Geschichte mit Wissenschaft und Wohltätigkeit, denn es unterstützte auch die Ausgrabungen in der Umgebung.

»Die Idee ist gut, hab ich recht?«, fragte Brandon grinsend und streckte sich. »Du musst es nicht mal zugeben. Ich seh es dir an der Nase an.«

Sam machte sich nicht die Mühe, seinem Bruder zu antworten. Egal, wie gut die Idee auch war, er würde Cara nicht fragen. Er konnte es ja nicht einmal über sich bringen, ihr in die Augen zu sehen.

»Ich geh dann mal.« Brandon stand auf. »Ich muss morgen früh raus.«

Sam erhob sich ebenfalls. Vor der Haustür umarmten sich die Brüder.

»Mach's gut«, sagte Brandon.

»Mach's besser.«

Als Brandon nach dem Fahrrad griff, das an der Garagentür lehnte, nahm Sam aus den Augenwinkeln eine Bewegung wahr. Er blickte auf.

Cara stand ganz still im hell erleuchteten Türrahmen ihres Hauses.

Er konnte ihr Gesicht nicht erkennen, denn sie war nur eine Silhouette.

Was dachte sie? Sollte er etwas sagen?

Vermutlich wollte sie lieber nichts von ihm hören.

Vielleicht würde sie wütend werden.

»Hi, Cara«, rief Brandon betont fröhlich und wedelte mit der Hand. »Wie geht's Max?«

Für einen Moment reagierte sie nicht.

Dann hob sie langsam die Hand und winkte zurück.

»Gut, danke. Wieder ganz der Alte«, rief sie.

Damit schloss sie hastig die Tür, als wäre da draußen ein Monster in der Nacht.

»Entschuldige dich bei ihr. Sei kein Idiot«, sagte Brandon und klopfte Sam auf die Schulter. Dann schwang er sich auf sein Fahrrad. Sam ging langsam zu seinem Haus zurück. Er schloss die Tür, tippte den Code der Alarmanlage ein und stand dann unschlüssig im Flur.

Und zum ersten Mal, seit er hier wohnte, schien ihm die Stille im Haus unerträglich.

***

Cara stopfte sich eine Handvoll Chips in den Mund, dann noch eine weitere. Als sie gerade wieder zur Schüssel greifen wollte, zog Leira sie ihr unter der Nase weg. »Hey, lass mir auch was übrig!«

»Ja, ja«, murrte Cara. Im TV lief irgendeine Model-Casting-Show. Nicht, dass Cara wirklich zugesehen hätte. Sie konnte es nur nicht ertragen, allein zu sein.

Genau genommen konnte sie gar nichts mehr: nicht arbeiten, nicht schlafen … nichts. Denn da war diese offene Wunde in ihrem Inneren. Diese Wunde, die Sams Namen trug. Die jede Energie in sich aufsog, jeden Gedanken, jede Emotion. Die nichts von ihr übrig lassen würde, als eine trockene Hülle.

Cara versuchte, sich wieder auf den Fernseher zu konzentrieren. Als die überspannte Frau auf dem Bildschirm wegen einer Handtasche einen Nervenzusammenbruch bekam, verdrehte Cara die Augen. Diese Art von Problemen hätte sie gern.

»Chips«, sagte sie zu Leira, die die Schüssel nur widerwillig zurückschob.

»Du interessierst dich doch gar nicht für die Show. Du siehst ja nicht mal richtig zu. Warum bleibst du also hier und futterst mir alles weg? Geh und rette ein paar Artefakte aus dem Wüstensand oder mach sonst was Sinnvolles«, beschwerte sich ihre Tochter.

Cara zuckte mit den Schultern. Was sollte sie auch antworten? Leira hatte recht. Und trotzdem wollte sie nicht gehen, nicht allein sein und vor allem: nicht nachdenken.

Doch wie zum Trotz glitten ihre Gedanken zu jenem Abend vor ein paar Tagen zurück, als sie Sam vor seinem Haus gesehen hatte. Litt er unter der Trennung? Vermisste er sie, so wie sie ihn vermisste?

Bilder von Sam und ihr drangen mit aller Kraft in ihr Bewusstsein, brachen durch die Dämme, die sie gebaut hatte. Aber sie konnte jetzt nicht daran denken. Nur nachts, wenn sie allein im Bett lag, erlaubte sie sich das. Und zu weinen, bis sie irgendwann erschöpft einschlief.

»Was ist eigentlich los mit dir und Sam?«, fragte Leira, ohne den Blick von den Models zu lösen, die den Laufsteg entlangmarschierten.

»Wieso?« Cara warf ihrer Tochter einen Seitenblick zu.

»Na, weil er bis vor zwei Wochen jeden Tag hier war. Selbst ein Blinder mit Krückstock hätte bemerkt, dass ihr ineinander verknallt seid. Und jetzt kommt er nicht mehr rüber, du hast deine Liebe für Reality-TV entdeckt … und futterst meine Chips«, zählte Leira an ihren Fingern ab. »Habt ihr Zoff?«

Cara schüttelte den Kopf. »Wir sind nicht verliebt. Und wir haben auch keinen Zoff.«

»Deswegen hast du auch so oft bei ihm übernachtet, in letzter Zeit. Weil ihr nur Freunde seid.«

»Er hat eine Klimaanlage«, murmelte Cara und wusste selbst, wie idiotisch das klang.

»Das ist nicht dein Ernst, oder? Hättest du dir nicht eine bessere Ausrede einfallen lassen können? Die Klimaanlage?« Leira schüttelte den Kopf und steckte ihre Hand in die Schüssel. Sie tastete umher. Als sie feststellte, dass alles aufgefuttert war, setzte sie sich auf.

»Hey«, sagte sie, »das gilt nicht.«

»In der Küche gibt's noch Eis. Bring mir auch eins mit.«

»Wenn du so weitermachst, siehst du bald aus wie ein gestrandeter Wal.« Leira sah sie mitleidslos an. »Und dann will Sam dich vielleicht nicht mehr, wenn ihr euch wieder vertragen habt. Oder nur noch platonisch. Und das wäre doch eine Schande.«

»Leira!«, sagte Cara und versuchte, entrüstet zu klingen.

»Ist schon gut. Ich weiß. Da ist nichts zwischen euch. Nur die Klimaanlage. Deswegen hast du auch Liebeskummer, nicht wahr? Ein häufiger Nebeneffekt, wenn man sich erst mal an kalte Luft gewöhnt hat.«

Cara griff sich ein Kissen und warf es nach ihrer Tochter.

»Ich gehe ja schon.« Sie hob lachend die Hände. Dann machte sie ein paar Schritte und blieb mitten im Raum stehen. »Das wollte ich dir schon längst erzählen … Wir haben uns doch gefragt, wovon Sam eigentlich lebt, richtig? Schon bevor das alles passiert ist. Also das, worüber wir nicht reden.« Leira wedelte grinsend mit ihrer Hand in der Luft herum.

Als ihre Mutter stumm blieb, sprach sie einfach weiter: »Ich hab ihn gegoogelt«, sagte sie stolz und hielt für einen Moment inne, als erwarte sie eine Auszeichnung für diese Idee. Aber Cara weigerte sich, auch nur einen Finger zu rühren oder den Blick zu heben.

Leira fuhr achselzuckend fort: »Jedenfalls hab ich herausgefunden, wieso er so stinkreich ist. Willst du es wissen?«

»Nein«, murrte Cara. »Das interessiert mich nicht.«

»Sollte es aber.«

Cara schob die Unterlippe vor und starrte auf den Fernseher. Es war klar, dass Leira sie nicht in Ruhe lassen würde, solange sie hier war. »Weißt du was? Ich hab ganz vergessen, dass ich noch diese Sache erledigen muss. Arbeit«, sagte sie und stand auf. »Du musst das Eis leider allein essen.«

Damit ging sie hinüber in ihr Arbeitszimmer. Sie sank auf den Stuhl vor ihrem Schreibtisch, und wie von selbst wanderte ihr Blick zu der Pfeilspitze, die harmlos in der Vitrine lag. Bilder fluteten ihren Kopf. Bilder von jenem Tag, an dem sie sich zum ersten Mal geküsst hatten. Der Tag, an dem alles begonnen hatte.

Cara blinzelte krampfhaft und stemmte sich gegen das Meer an Traurigkeit.

Aber es gelang ihr nicht und Tränen traten in ihre Augen. Als wären die Erinnerungen hier in diesem Raum konserviert, war da das Gefühl von Sams Haut auf ihrer Haut, von seinen Lippen auf ihren. Seine Art zu lächeln.

Sie griff nach ihrem Laptop und floh.

Auf der Treppe vor ihrem Büro ließ sie sich nieder und klappte den Rechner auf. Weiß leuchtete die Startseite ihres Browsers, ein einsames Suchfenster in der Mitte.

Sie seufzte. »Samuel Stark«, tippte sie dann ein.

Ein paar Sekunden später spuckte die Suchmaschine hunderte Ergebnisse aus: *Samuel Stark verkauft Unterneh-*

men für 300 Millionen Dollar! Eklat bei der Preisverleihung zum Jungunternehmer des Jahres! Samuel Stark verlässt New York!

Die Liste schien sich endlos fortzusetzen. Sie klickte auf den ersten Eintrag, ohne recht zu wissen, was sie da eigentlich tat.

»Heute kam es zum Vertragsabschluss zwischen dem Jungunternehmer Samuel Stark und dem Softwarekonglomerat *Softcorp. StarkTrek,* ein auf mobile Applications spezialisiertes Unternehmen, wechselt damit nach langwierigen Verhandlungen den Besitzer. Gut informierten Quellen zufolge wird Mr. Stark für den Verkauf 300 Millionen Dollar erhalten, die höchste jemals gezahlte Summe für ein Start-up. Auf Anfrage stand Mr. Stark nicht für ein Interview zur Verfügung.«

Cara klickte benommen auf den nächsten Link.

Ein Porträtfoto tauchte auf. Und es war unzweifelhaft Sam, der da in die Kamera lächelte. Auch wenn seine Haare kürzer und ordentlich frisiert waren. Fremd sah er aus, wie er da im Anzug an seinem Schreibtisch lehnte. Und erfolgreich.

Cara las den Artikel daneben. *In einer überraschenden Wendung sorgte Samuel Stark für einen Eklat bei der Gala, die ihm zu Ehren veranstaltet wurde: Er weigerte sich, den Preis als Jungunternehmer des Jahres anzunehmen. In seiner emotionalen Rede bezichtigte er Softcorp der Vertragsbrüchigkeit. Der Softwarekonzern hatte vor Kurzem Starks Start-up StarkTrek erworben und das Unternehmen in den Konzern eingegliedert. Dabei verloren hundertdreiundzwanzig Mitarbeiter ihren Arbeitsplatz. Stark pochte darauf, dass Softcorp ihm den Weiterbestand der Arbeitsplätze vertraglich zugesichert habe und nun ein juristisches Schlupfloch ausnutze, um die Mitarbeiter auf die Straße zu setzen. Der Pressesprecher von Softcorp äußerte sich zu den*

Anschuldigungen nur insofern, dass keine Gesetze gebrochen worden seien und Softcorp das unumschränkte Vertrauen seiner Mitarbeiter, Kunden und Geschäftspartner genieße. Der Softwarekonzern erwägt rechtliche Schritte.

Cara starrte einen Moment lang auf Porträtfoto. Sie konnte das Bild von dem Sam, den sie kannte, einfach nicht mit jenem Sam in Verbindung bringen, der ihr kühl vom Bildschirm entgegenlächelte. Und während sie auf den nächsten Link klickte, fiel ihr siedend heiß ein, was sie ihm in ihrer Wut an den Kopf geworfen hatte.

Du liegst nur auf der faulen Haut, verschwendest dein Leben ... und gibst das Geld deiner Eltern aus, hab ich recht?

Nein, sie hatte nicht recht gehabt. Sie hätte sogar nicht mehr danebenliegen könnten. Cara stützte die Stirn auf ihre Handfläche, weil ihr plötzlich übel war. Wie hatte sie nur so voller Vorurteile sein können? Sie hatte sich einfach nie die Mühe gemacht, ihr Bild von Sam zu korrigieren, nicht mal, als sie ihn besser kennengelernt hatte.

Und dabei waren doch alle Anzeichen da gewesen, nicht wahr? Er hatte Verantwortung übernommen, als niemand es von ihm verlangt hatte. Er war freundlich gewesen und zuvorkommend. Er hatte sich Gedanken gemacht.

Sie war wirklich eine Idiotin. Der Extraklasse. Eine oberflächliche dumme Kuh mit Vorurteilen. Cara überflog den nächsten Artikel. Er berichtete darüber, dass Sam eine Auszeit zu nehmen gedachte und in eine Kleinstadt ziehen wollte, um in der Nähe seines Bruders zu sein. Welches Projekt er als Nächstes plante, war nicht bekannt.

Cara scrollte nach oben und las das Datum des Artikels – er war drei Jahre alt. Ungefähr zu der Zeit war Sam nebenan eingezogen.

Warum hatte er kein neues Projekt gefunden? Oder hatte er damals schon geplant, sich für immer zur Ruhe zu setzen?

Du drückst dich, dachte sie. *Das macht doch jetzt gar keinen Unterschied, warum er hiergeblieben ist oder warum seine Auszeit nun schon drei Jahre dauert. Du weißt, was du tun musst.*

Und sie wusste es. Aber sie konnte sich nicht dazu überwinden. Die Scham saß zu tief. Wie sollte sie ihm in die Augen blicken? Er war sicher zu recht stinksauer auf sie. Wenn er nach all dem Drama überhaupt noch mit ihr sprechen wollte.

Steh auf, dachte sie. *Geh hinüber und sprich mit ihm.*

Aber ihre Beine wollten sich nicht bewegen. Cara zog das Handy aus ihrer Hosentasche und wählte.

Reenie meldete sich nach dem ersten Klingeln.

»Ist etwas passiert?«

»Nein, wieso?«

»Schau mal auf die Uhr.«

Cara runzelte die Stirn. War es schon so spät?

»Sorry«, murmelte sie. »Ich brauch deine Hilfe.«

»Schieß los.«

»Stell dir vor, eines deiner Kids hätte einen riesigen Mist gebaut. Gewaltig. Bis zum Mond und wieder zurück.«

»Uh-uh.«

»Und jetzt will dieses Kind sich nicht entschuldigen. Also eigentlich will es schon, es traut sich nur nicht.«

»Okay?«

»Was würdest du zu ihm sagen?«

Reenie lachte.

»Sam?«, fragte sie.

»Warum geht eigentlich immer jeder davon aus, dass da irgendwas zwischen Sam und mir ist?«

»Weil der Rest der Welt nicht blind ist.«

Cara brummte.

»Okay«, erklang Reenies Stimme streng durch den Lautsprecher. »Was hast du angestellt, junge Dame? Raus damit!«

»Könnte sein, dass ich ihn angeschrien und lauter blöde Dinge gesagt habe, die ich lieber nicht gesagt hätte.«

Reenie schwieg für einen Moment. »Dann gehst du jetzt rüber und entschuldigst dich bei ihm oder du bekommst Hausarrest und darfst zwei Wochen nicht im Internet surfen. Und keine Spiele am iPad.«

Cara seufzte.

»Muss ich?«, fragte sie. »Vielleicht vergisst er es ja ...«

»Was hast du ihm denn an den Kopf geworfen?«

»Na ja ...« Cara schluckte. »Ich hab ihm vorgeworfen, dass er faul ist und auf Kosten seiner Eltern lebt und noch nie etwas gearbeitet hat ...«

»Ui«, sagte Reenie. »Aber er ist doch so ein Selfmademan, oder?«

»Und warum hast du mir das nicht erzählt?«

»Ich dachte, das wüsstest du. Ist kein großes Geheimnis.« Sie schwieg. »Also ... ich würde sagen, dass es unwahrscheinlich ist, dass er das vergisst. Dafür ist er bei Weitem nicht alt und senil genug.«

»Da wäre noch was. Was diese Alterssache angeht ... Ich hab ihn Kleiner genannt.«

Reenie lachte auf. »Dir ist schon klar, dass er mehr als einen ganzen Kopf größer ist als du?«

»Ja«, murrte Cara. »Ich war einfach so wütend, und dann hab ich all diese Dinge gesagt ...«

»Ich fürchte, dir bleibt nichts anderes übrig, als zu ihm hinüberzugehen, wenn du willst, dass ihr noch eine Chance habt.«

»Eine Chance als Freunde.«

»Was immer du sagst.«

»Okay.« Cara seufzte. »Ich mach's morgen.«

»Nichts da. Du gehst jetzt gleich, und ich bleib in der Leitung, bis ich sicher bin, dass du an seiner Tür geklingelt hast. Hopphopp, junge Dame, bevor ich es mir anders überlege und deinen Hausarrest aufstocke.«

»Du genießt das hier, oder?«

»Immens.«

Mühsam stand Cara auf. Reenie hatte recht. Es hatte keinen Sinn, dieses Gespräch hinauszuschieben. Je länger sie es tat, desto größer würde ihre Angst werden. Sie musste ins kalte Wasser springen.

»Bist du schon unterwegs?«, fragte Reenie.

»Jaahaa«, sagte Cara in perfekter Imitation eines genervten Teenagers. Sie trug ihren Laptop zurück ins Arbeitszimmer. Als ihr Blick auf die Vitrine fiel, hielt sie abrupt inne.

Sie griff nach der Pfeilspitze.

»Drückst du dich? So groß ist euer Haus auch wieder nicht. Du müsstest eigentlich längst draußen sein.«

»Bin ja schon unterwegs«, maulte Cara. Sie zog die Haustür auf und ging quer über ihre Einfahrt, dann über das manikürte Stück Rasen vor Sams Haus.

»Okay«, sagte sie leise. »Ich bin vor seiner Tür.«

»Klingeln«, befahl Reenie.

Cara gehorchte.

»Viel Glück«, sagte Reenie in ihr Ohr. »Sam ist echt nett. Und ihr seid ein tolles Paar. Schmeiß das nicht weg.«

Bevor Cara etwas erwidern konnte, war die Leitung tot. Stirnrunzelnd sah sie auf den schwach leuchtenden Bildschirm. Sie hatte doch noch fragen wollen, ob –

Aber ein Geräusch ließ sie aufblicken, und sie sah ihn die kühlen Augen von Samuel Stark.

Kapitel 10

Sam schob Olivia die Papiere hinüber und zog einen Ordner aus dem Regal hinter sich.

»Was denkst du über die Entwürfe?«

»Mir gefällt das hier.« Olivia tippte auf eines der Logos. »Es sieht elegant aus und trotzdem dynamisch. Ich denke, es passt perfekt.«

Er nickte. »Ist auch mein Favorit.« Dann schlug er die Mappe auf.

»Okay«, sagte er. »Lass uns noch mal die Ideen für das Event durchgehen. Was brauchen wir noch? Wir haben eine Gästeliste, wir haben ein paar Termine im Auge, Ideen für das Programm, wir wissen, wer das Catering übernehmen wird ...«

»Bleibt nur noch die Frage der Location.« Olivia trommelte mit ihrem Stift auf dem Schreibtisch.

Sam zog ein Blatt Papier aus dem Ordner und starrte darauf. Die frustrierend wenigen Einträge waren durchgestrichen und der Rest der Seite gähnend leer.

Und wann immer er überlegte, fiel ihm einfach nichts ein. Nun, nichts bis auf diese eine Idee, die ihm Brandon in den Kopf gesetzt hatte. Diese eine Lösung, die perfekt gewesen wäre ... und trotzdem unmöglich.

Fast hätte er bitter gelacht bei dem Gedanken – denn wie passend, nicht wahr? Alles, was mit Cara zu tun hatte, schien viel zu gut, um wahr zu sein. Und war nicht für ihn bestimmt.

»Weißt du was? Mir ist heiß, ich springe schnell in den

Pool. Kommst du mit?«, fragte Olivia. In ihren Augen lag eine andere vorsichtige Frage.

Sam schüttelte den Kopf. Olivia war zweifellos sexy, aber für den Moment hatte er mehr als genug von Frauen. Irgendwann einmal würde er vielleicht auf Olivias Angebot zurückkommen. Wenn er sich wieder besser fühlte, sein Innerstes nicht mehr so wund war.

Sie lächelte ihn an. Dann stand sie auf und zog ihr Kleid über den Kopf. Darunter trug sie einen winzigen Bikini, der nur das Notwenigste verdeckte. Sie schenkte ihm noch ein Lächeln, dann verschwand sie auf leisen Sohlen.

Sam beugte sich über die Papiere auf seinem Tisch und zog dann den Laptop zu sich. Er war schon wieder tief in der Arbeit versunken, als ihn die Türglocke aus seinen Gedanken riss.

Auf seinem Weg in den Flur überlegte er, ob er wohl mit Olivia sprechen sollte. Sie war nicht in ihn verliebt, das wusste er. Gleichzeitig hätte sie gegen eine Fortsetzung ihres Arrangements sicher nichts einzuwenden. Verdiente sie eine Erklärung, warum Sam nicht interessiert war?

Er entschied sich dagegen. Wenn er der Frau, die er liebte, schon nicht erklären konnte, was er fühlte, warum dann einer anderen?

Als er die Tür aufzog, traf ihn ihr Anblick wie ein Schlag in die Magengrube. Cara blickte ihn an, als sähe sie ihn zum ersten Mal, ihre Augen groß und voller … Angst?

Sie rang mit den Worten und Sams Blick glitt wie von selbst über sie. Ihr Haar, ihre Augen, ihre Lippen – das alles war so verführerisch wie immer.

Und dann erinnerte er sich daran, was sie beim letzten Mal zu ihm gesagt hatte. Sein verletzter Stolz bäumte sich auf, Zorn erfüllte ihn.

Wie konnte sie nur so von ihm denken? Sie hätte ihn doch besser kennen müssen, als anzunehmen, dass er anderen nur auf der Tasche lag. Dass er ein reiches Söhnchen war. Nicht ernst zu nehmen.

Adrenalin raste durch seine Adern und er war dankbar dafür. Denn der Zorn maskierte die Hitze, die darunter kochte, das Verlangen, seine Sehnsucht nach ihr.

»Bist du herübergekommen, um mich anzuschweigen?«, fragte er und versuchte, möglichst gelangweilt zu klingen.

Sie verzog ihren Mund ein wenig, doch die Vertrautheit dieser Geste stachelte seinen Zorn nur noch mehr an. Er *wollte* wütend auf sie sein. Hatte Angst, die Kontrolle zu verlieren. Wollte, dass sie ging.

»Oder möchtest du mir heute wieder ausgesuchte Schimpfworte an den Kopf werfen? Es tut mir unendlich leid, was mit Max passiert ist. Wenn ich könnte, würde ich die Zeit zurückdrehen.« Er holte tief Luft. »Aber ich werde mich nicht dafür entschuldigen, wer ich bin, Cara. Ich hab nie ein Geheimnis daraus gemacht. Wenn du damit ein Problem hast ... nun, dann ist es genau das: dein Problem.«

Er verschränkte die Arme und lehnte sich an den Türrahmen. Sie blickte zur Seite und biss sich auf die Lippen. Als sie ihren Blick wieder ihm zuwandte, wirkte sie jung und verletzlich.

»Ich bin hier, um mich zu entschuldigen«, sagte sie leise. »Ich war eine Idiotin, Sam. Es tut mir leid. Was ich da gesagt habe ... ich hatte kein Recht dazu, und ich hätte mich nicht mehr irren können. Ich ...«

Er starrte sie an. Diese Frau trieb ihn in den Wahnsinn. Was war geschehen? Krampfhaft versuchte er, die Cara vor ihm mit der Cara in Einklang zu bringen, die ihn vor zwei Wochen genau hier, an dieser Stelle, angebrüllt hatte.

Sam rieb sich mit den Fingern über die Nasenwurzel. Konnte es eine Frau geben, die komplizierter war als diese hier? Was immer auch in ihrem hinreißenden Kopf vor sich ging, Sam hatte ständig das Gefühl, einen Schritt hinterherzuhinken. Ein Puzzleteilchen zu wenig zu haben.

Und weil er nicht wusste, was er sagen sollte, schwieg er einfach. Aber sein Zorn ließ nach, als er die stumme Bitte in ihren Augen las ... und Gefühle drängten nach oben, an die er lieber nicht denken wollte.

»Ich weiß, wer du bist. Und wie erfolgreich du warst. Und ich wollte dir sagen, dass *ich* mich wie ein Kind benommen hab. Nicht du. Du warst die ganze Zeit über der Erwachsene von uns beiden. Du hast dich um Max und mich gekümmert, als ich es nicht konnte. Und du hast nie etwas dafür erwartet, während ich mich wie ein Teenager verhalten habe.«

Sie zuckte mit den Schultern und blickte zu Boden. Als sie den Kopf wieder hob, glänzten Tränen in ihren Augen. Sam presste die Arme fest gegen seinen Brustkorb. Er würde sie nicht umarmen. Nicht trösten. Er wusste, wo das enden würde. Und er war nicht bereit, dieses Risiko noch einmal einzugehen.

Cara war wie ein Virus, den er in sich trug. Er lernte gerade erst, damit zu leben, so wie ein unheilbar Kranker sich mit seinem Schicksal abfinden muss. Denn nur eine Umarmung, und er würde rückfällig werden, da war er sicher.

»Es tut mir leid, Sam. Auch was ich wegen Max gesagt habe. Ich habe ihn schon oft für ein paar Minuten aus den Augen gelassen – so wie wahrscheinlich alle Eltern. Er hätte jedes Mal auf eine Idee wie diese kommen können. Ich weiß, wie flink er ist. Ich war einfach so aufgeregt und hatte panische Angst ... Und dann, als du gesagt hast, dass du mit einer Frau telefoniert hast ...« Sie schluckte.

Dann sah sie ihm fast trotzig in die Augen. »Ich war eifersüchtig, Sam. Wie ein Teenager. Und wieder warst du der Erwachsene von uns beiden.« Eine Träne rollte über ihre Wange. »Ich kann nicht sagen, wie leid mir der ganze Schlamassel tut. Ich hoffe, du kannst mir irgendwann verzeihen«, flüsterte sie.

Er konnte sich einfach nicht erlauben zu reagieren. Also presste er die Lippen aufeinander, denn er hatte Angst, was er sagen würde, sobald er sie öffnete. Spannte die Muskeln seiner Arme an, aus Angst, Cara an sich zu ziehen. Aus Angst, sie zu küssen, bis sie nicht mehr weinte und die Dinge wieder in Ordnung waren.

Aber dafür war kein Platz in dieser Welt.

Sie drehte sich langsam um und hielt dann noch einmal inne.

»Ich habe gelesen, dass du ein neues Projekt gesucht hast, nachdem du deine Firma verkauft hast. Und ich habe überlegt, warum du noch keines gefunden hast«, murmelte sie. »Vielleicht brauchst du einfach nur Glück, Sam.«

Plötzlich war sie ganz nah bei ihm und ihre Hand griff nach seiner. Wie in Trance beobachtete er, wie sich sein Körper widerstandslos von ihr führen ließ, wie seine Muskeln sich unter ihrer Berührung entspannten.

Sie öffnete seine Handfläche und drückte etwas hinein.

»Es gehört zu den wertvollsten Dingen, die ich besitze«, flüsterte sie, während sie seine Finger wieder schloss. »Ich hoffe, dass sich all deine Träume erfüllen, Samuel Stark. Ich wünsche mir, dass du glücklich wirst.«

Damit drehte sie sich um und hetzte zu ihrem Haus zurück, als wären wieder diese Monster hinter ihr her, die in seinem Vorgarten lauerten.

Benommen folgte Sam ihr mit seinem Blick. Das Gefühl ihrer Finger lag wie Glut auf seiner Haut. Als er die Hand öffnete, sah er die Pfeilspitze darin.

Das erste Artefakt, das Cara jemals selbst ausgegraben hatte. Ihr Glücksbringer, der sie an ihren Traum erinnerte.

Auf Autopilot schloss er die Tür und ging zurück in sein Arbeitszimmer. Dort ließ er sich in seinen Sessel fallen und starrte das glänzende Stück Stein in seiner Hand an.

So saß er noch, als Olivia zurückkam.

»War jemand hier?«, fragte sie, in seinen Bademantel gehüllt, die Haare nass.

»Ja«, murmelte Sam.

Olivia sah zuerst ihn, dann die Pfeilspitze in seiner Hand stinrunzelnd an. »Wenn ich es nicht besser wüsste, würde ich sagen, du bist unglücklich verliebt«, sagte sie nachdenklich.

Er drehte seine Hand. Das Artefakt glitt mit einem wispernden Geräusch über seine Haut und fiel leise klappernd auf die Tischplatte.

Er lachte heiser. »Ach was«, sagte er. »Du kennst mich doch: der ewige Junggeselle. Nur auf Spaß aus. Bloß keine Verantwortung.«

Mit ein paar schnellen Schritten war Olivia bei ihm und glitt auf seinen Schoß. Sie legte ihre Hände an seine Wangen.

Dann neigte sie ihren Kopf und küsste ihn.

Als ihre Lippen seine trafen, flackerte irgendetwas in ihm schwach auf: Hormone? Männlicher Stolz?

Aber Olivia war nicht Cara, und Sam kam es so vor, als hätte er die Sonne gesehen und müsste sich jetzt mit einer Kerze zufriedengeben.

Nicht unangenehm. Aber auch nicht zu vergleichen.

Olivia löste sich wieder von ihm und grinste ihn an. Dann fuhr sie mit ihren Fingern über seine Lippen. »Nur ein Test. Um sicherzugehen.«

Sie stand auf, zog den Bademantel gerade und ließ sich wieder auf ihrem alten Platz nieder.

»Du kannst mich ja anlügen, so viel du willst. Aber ich hoffe, du bist zu dir selbst ehrlich«, sagte sie. »Das wird nicht einfach so verschwinden, weißt du?«

Als er nicht antwortete, griff sie seufzend nach ihrer Tasche. »Ich denke, es ist genug für heute. Sobald ich die Liste an potenziellen Sponsoren beisammenhabe, melde ich mich bei dir. Und vergiss nicht, mir eine Liste an geeigneten Projekten zu schicken. Ich möchte die Erste sein, denn ich will noch die freie Auswahl.«

Sie küsste ihn auf die Stirn, dann verließ sie den Raum. Sam saß unbeweglich an seinem Schreibtisch und lauschte auf die Geräusche, die aus dem Flur zu ihm drangen, als sie sich anzog. Irgendwann schloss Olivia die Eingangstür hinter sich und der Klang ihrer Absätze auf dem Asphalt drang zu ihm herein. Sie lief die Einfahrt hinunter bis zur Straße, ihre Schritte wurden leiser und leiser in der Nacht. Dann sprang ihr Wagen an, und sie fuhr langsam weg.

Sam ließ seinen Kopf auf den Tisch sinken.

Warum nur klappte nicht mal mehr die Sache mit Olivia so wie früher? Wann waren sie dazu übergegangen, persönliche Dinge zu besprechen? War plötzlich jede Frau der Welt darauf aus, seine Grenzen niederzureißen?

Und wieso nur ließ sich ihr Kuss nicht mit dem von Cara vergleichen?

Doch schon als er sich die Frage stellte, kannte er die Antwort: Olivias Küsse berührten seine Lippen, aber Caras gingen viel tiefer – sie berührten seine Seele, sein Herz.

Und nun, da er den Unterschied kannte, fragte er sich, wie er verflucht noch mal mit diesem Wissen leben sollte.

***

Sam saß an diesem Abend lange in seinem Büro, doch er arbeitete nicht. Sein Kopf war wie leer gefegt, sein Körper eine viel zu dünne Hülle für all das, was in ihm brodelte.

Schließlich stand er auf und ging in die Garage. Er hatte die Spuren des Unfalls beseitigt und trotzdem fluteten die Bilder von Max' blutigem Gesicht sein Bewusstsein.

Er griff nach der Pfeilspitze, die Cara ihm gebracht hatte. Einen Moment lang sah er sie nur an, wie sie glänzend in seiner Hand lag. Dann spannte er sie in seine Werkbank ein.

Vorsichtig bearbeitete er die Seiten der Pfeilspitze mit einer Feile, bis eine dünne Vertiefung am oberen Ende entstanden war. In einer der Kisten fand Sam ein Lederband. Er schlang es um die Pfeilspitze und verknotete es. Dann legte er es um seinen Hals.

Als die Pfeilspitze auf seiner Brust lag, griff er danach. Caras Geschenk würde ab jetzt immer bei ihm sein. Es würde ihn daran erinnern, wer er war. Und wer er nie sein würde.

Als er die Garage verließ, leuchteten im Flur die kleinen Kontrolllampen des Computersystems wie glühende Augen. Temperatur, Alarmanlage, Raumklima: Alles lief, wie es sollte.

Wenigstens etwas unter Kontrolle, dachte Sam und ging in die Küche. Er öffnete den Kühlschrank, sah nichts Interessantes und schloss ihn wieder.

Stattdessen entschied er sich für einen Tequila. Da er keine Zitronen finden konnte, verzichtet er auch aufs Salz und stürzte den Inhalt des Schnapsglases einfach so hinunter. Der Alkohol zog eine brennende Spur durch die Speiseröhre, und für einen kurzen Moment hatte er etwas, auf das er sich konzentrieren konnte. Etwas, das nichts mit Cara zu tun hatte und mit dem Scherbenhaufen, den sie in seinem Inneren hinterlassen hatte.

Als das Brennen schwächer wurde, beäugte Sam die Flasche. Noch einen? Aber er wollte sich nicht betrinken. Er würde sich nicht in den Alkohol flüchten, würde die Realität ertragen wie ein Mann.

Vielleicht konnte ihm Sport helfen. Wenn er sich auspowerte, würde er danach möglicherweise Schlaf finden. Und Cara vergessen, wenn auch nur für ein paar Stunden.

Er zog seine Badeshorts an und durchquerte das Wohnzimmer. Das Schwimmbecken draußen im Garten lag dunkel da. Chlorgeruch stieg ihm in die Nase, als er auf die Terrasse trat. Er löschte das Licht im Wohnzimmer und schob die Tür bis auf einen kleinen Spalt zu, dann ging er über die noch sonnenwarmen Steinplatten zum Pool.

Mit einem Satz sprang er ins Becken und tauchte, bis seine Lungen irgendwann nach Sauerstoff verlangten.

Als sein Kopf die Wasseroberfläche durchbrach, saugte er die warme Nachtluft ein. Für einen Moment ließ er sich treiben und sah hinauf in die Sterne – aber auch die hielten nur Bilder von Cara bereit.

Also drehte er sich auf den Bauch und begann zu kraulen. Die Schläge seiner Arme, sein prustender Atem, das Rauschen des Wassers in seinen Ohren – schon bald fand er den Rhythmus, und er schwamm, bis seine Muskeln vor Erschöpfung brannten. Doch noch waren da Gedanken in seinem Kopf, noch war er nicht annähernd erschöpft genug. Also schwamm er weiter und immer weiter.

Irgendwann später drückte Sam sich mit zitternden Muskeln am Rand hoch und kletterte aus dem Pool. Caras Haus lag dunkel da, nur im Wohnzimmer schien Licht. War sie noch wach? Was tat sie gerade? Lag sie auf der Couch, eingekuschelt mit einem Buch? Nicht, dass ihn das etwas anging.

Er fuhr sich mit der Hand durchs Haar und Wasser lief kühl über seinen Rücken hinab. Das Band mit der Pfeilspitze klebte an seiner Haut. Da er das Handtuch vergessen hatte, lief Sam tropfnass zurück zum Haus.

Die Tür öffnete sich unter dem Druck seiner Finger. Innen war es dunkel und angenehm kühl, die Klimaanlage lief auf Hochtouren. Er war gerade auf halbem Weg durchs Wohnzimmer, als er ein leises Lachen hörte.

Mit einem Mal war sein Puls auf hundertachtzig.

»Cara?«, fragte er, obwohl er wusste, dass sie es nicht war.

»Nein, nein, kein Caralein. Enttäuscht?«, fragte eine Männerstimme, und Sams Nackenhaare sträubten sich. Wenn ihn seine Kindheit eines gelehrt hatte, dann, Gefahr instinktiv zu erkennen.

»Wer sind Sie?«, bellte er. »Und was machen Sie hier in meinem Haus? Ich rufe die Polizei!«

Er griff automatisch nach seiner Hosentasche, um das Handy herauszuziehen – aber merkte dann, dass er in einer wachsenden Pfütze stand, nur mit einer Badehose bekleidet und tropfnass.

Verflucht.

»Aber, aber«, erklang die Stimme des Mannes aus dem Dunkel. »Wer wird denn so unhöflich sein? Wo wir doch alte Bekannte sind.«

Leise näherte sich ein Geräusch und Sam kniff die Augen zusammen. Ein Knirschen und Knarzen, ein Schaben und Rollen. Er kannte dieses Geräusch, aber woher? Woher? Und während er sich den Kopf zermarterte, kam es näher.

Ein Klick, und die Lampen im Wohnzimmer flammten auf. Mitten im Türrahmen stand Sams lederner Chefsessel, und darin lehnte lässig ein Typ, den er irgendwo schon einmal gesehen hatte. Dann stieß er sich mit den Füßen an der Wand ab und rollte weiter in Sams Richtung. Seine Schuhe hinterließen schwarze Abdrücke auf der Wand.

Der Fremde sprach nicht, seine Augen unablässig auf Sam gerichtet, ein schiefes Grinsen in seinem Gesicht.

Und da war es wieder, dieses Geräusch: das Knirschen der Rollen, die unten am Stuhl befestigt waren.

Wie war er hier hereingekommen? Die Alarmanlage war doch aktiviert? Und plötzlich sah Sam die Terrassentür vor sich: einen Spalt offen, während er im Pool schwamm.

»Erkennst du mich nicht?«, fragte der Mann.

Sam runzelte die Stirn. Ja, er kannte ihn. Aber woher? Und was wollte er hier?

Da zog der Fremde eine schwarz glänzende Waffe hinter seinem Rücken hervor und zielte auf Sam. Schweiß brach aus seinen Poren hervor und überzog seine Haut mit einem kalten Film.

»Ich hab keine Wertsachen im Haus«, sagte Sam, »keinen Safe. Bis auf ein paar technische Spielereien werden Sie hier nichts finden. Und vielleicht hundert Dollar in meiner Geldbörse.«

Der Eindringling seufzte und wedelte mit der Pistole herum. »Du hast meine Frage nicht beantwortet, Stark.«

Welche Frage? Welche Frage? Was will der Typ hier?

Der Mann schlenkerte fast nachlässig mit der Hand und ein Schuss peitschte durch den Raum. Vor Sams Füßen explodierte der Boden. Sam sprang fluchend zurück. Rauchgeruch lag in der Luft. Fassungslos starrte Sam auf das Loch im Boden vor ihm, während sein Körper blind in den Panikmodus schaltete. Er trat einen Schritt zurück, ohne nachzudenken. Und dann noch einen. Er musste raus hier, das war alles, was er wusste. Der Typ war wahnsinnig.

»Denk nicht mal dran«, sagte der Mann. »Ich warte nicht gern. Und beim nächsten Mal ziele ich ein wenig höher.«

Sam hielt inne. Während Adrenalin durch seine Adern raste und sein Herz hämmerte, versuchte er krampfhaft, seine Gedanken zu ordnen.

Da fiel es ihm plötzlich ein.

»Du bist der Arsch, der Cara bedroht hat«, sagte er, bevor er sich selbst stoppen konnte, und kramte in seinem Gedächtnis nach dem Namen, aber da war nichts.

Der Mann sah ihn für einen Moment lang unbewegt an, nur ein Muskel neben seinem Auge zuckte. Dann fuhr er mit der Pistole in der Luft Sams Umrisse nach.

»Ene, mene, muh ... und raus bist du«, sagte er, und Sams Magen zog sich bei den Worten zusammen.

Der Fremde feuerte. Heiß brüllte Schmerz in Sams Oberschenkel auf, unerwartet und intensiv. Sam brach zusammen.

Keuchend lag er auf dem Boden, während Schmerz durch seinen Körper pulsierte und ihn blind für alles andere machte. Einen Moment lang vergaß er den Fremden, die Pistole, die Welt. Da war nur noch dieser Schmerz, der aus seinem Oberschenkel ausstrahlte und alles in sich aufsaugte wie ein schwarzes Loch, bis die Welt nur noch aus Dunkelheit bestand. Instinktiv presste er die Hand auf die Wunde. Warm und klebrig rann etwas über seine Finger. Für einen Moment war Sam verwirrt.

Er hob seine Hand, und sie glänzte rot vor Blut.

»Ich mag es nicht, wenn man mir keinen Respekt zeigt«, presste der Mann zwischen seinen Zähen hervor. Dann rollte er mit dem Stuhl ein wenig näher, und dieses verfluchte schabende, knirschende Geräusch kroch über den Boden direkt in Sams Kopf, als würde der Typ über ihn hinwegfahren.

Sam unterdrückte ein Würgen. Der Typ kam immer näher.

Neben Sam hielt er an, streckte die Beine von sich und schlug sie an den Knöcheln übereinander. Er rutschte hin und her, als suche er eine bequeme Position, dann zielte er mit der Pistole auf Sams Kopf. In seinen Augen brannte blanker Hass.

Sam stöhnte und presste die Hände fester auf seinen Oberschenkel. Ein Zittern stieg tief aus ihm auf und erfasste seinen gesamten Körper. Er biss die Zähne zusammen und versuchte, es zu unterdrücken.

Keine Schwäche zeigen. Du darfst keine Schwäche zeigen.

»Der große Samuel Stark«, sagte der Mann höhnisch. »Liegt vor mir auf dem Boden und hechelt wie ein räudiger Hund.«

Er trat ohne Vorwarnung gegen Sams Brustkorb. Hart wurde die Luft aus Sams Lunge gepresst und er schnappte nach Luft. Der Fremde lachte.

»Vor langer, langer Zeit, da war einmal ein Haustechniker namens Jaz«, sagte der Typ. Er stand auf und Sam zuckte unwillkürlich vor der plötzlichen Bewegung zurück. Ein Grinsen umspielte die Lippen des Mannes. Dann begann er, im Raum umherzulaufen.

»War ein guter Mann. Hat manchmal zu viel getrunken, aber wer tut das nicht? Doch dann musste sein Chef, der Klugscheißer, einfach so die Firma verkaufen. Und Jaz hat den Job verloren.«

Sam hatte Mühe, den Worten zu folgen. Aber als sie durch seine nebelhaften Gedanken drangen, hallte der Name in seinem Kopf wider. Jaz? Nur langsam formte sich ein Bild in seinem Kopf, und es blieb unscharf.

Der Typ kam zurück zu Sam und hockte sich neben ihm nieder. »Weißt du, was das mit einem Mann macht? Wenn er keine Arbeit mehr hat? Wenn er deswegen wieder zu trinken beginnt und seine Frau verliert? Seine Kinder nicht mehr sehen darf?«

Sam stöhnte. »Ich wollte das nicht.« Er rang nach Luft, als sich seine alten Schuldgefühle unter den Schmerz mischten. »Ich hatte eine Garantie verlangt, dass die Arbeitsplätze erhalten bleiben, aber die neuen Eigentümer haben mich ausgetrickst.«

»Ich glaube dir kein Wort«, zischte der Fremde, und Sam versuchte, eine Ähnlichkeit zwischen ihm und Jaz zu erkennen, aber da war nichts. »Wegen dir hat er wieder angefangen, Drogen zu nehmen. Du bist schuld am Tod meines Bruders.«

Dann trat ihm der Typ ohne Vorwarnung in die Nieren. Die Welt wurde zu Schmerz und Sam verlor das Bewusstsein.

Als er wieder zu sich kam, saß er auf dem Schreibtischstuhl. Er versuchte zuerst, den Kopf zu drehen, dann, die Arme zu bewegen – aber er konnte es nicht. Der Typ hatte ihn mit silbergrauem Panzertape gefesselt, sodass Sam gerade mal wenige Millimeter Bewegungsfreiheit hatte. Selbst seine Beine klebten in einem unnatürlichen Winkel an den Streben des Stuhles. Sam zog und zerrte, aber nichts geschah, außer dass das Klebeband schmerzhaft in seine nackte Haut schnitt, und frisches Blut aus der Wunde sickerte, während der Schmerz sich durch sein Fleisch fraß.

»Ist das der Stuhl, den du in deinem Büro hattest? Dein Chefsessel? Der Stuhl, auf dem du die Entscheidung getroffen hast, die Firma zu verkaufen?«, zischte der Typ hinter ihm.

Sam schluckte und überlegte fieberhaft, was wohl die richtige Antwort wäre. Der Drehstuhl war neu, er hatte ihn für sein Arbeitszimmer hier im Haus gekauft. Aber was wollte dieser Wahnsinnige hören?

»Ist auch egal. Man muss nehmen, was man kriegt. Sehen, wo man bleibt. Denn natürlich ist es nicht deine Schuld. Nichts ist jemals die Schuld von Typen wie dir. Nur dass ihr dann mit dreihundert Millionen in einer Villa sitzt, während wir Normalos auf der Straße verrecken«, höhnte der Mann.

Seine Schritte wurden leiser. Er hantierte im Flur und plötzlich stieg der Geruch von Benzin in Sams Nase.

Er drückte den Kopf mit aller Kraft gegen das Klebeband, aber es gab kaum nach – und der Schmerz in seinem Oberschenkel wurde durch die Anstrengung unerträglich.

Die Schritte kamen wieder näher.

»Ich habe es wirklich nicht gewusst. Ich war furchtbar wütend, als ich erfuhr, dass nach der Übernahme alle gefeuert wurden«, sagte Sam, doch der Typ reagierte überhaupt nicht.

Sam schloss für einen Moment die Augen. Panik fraß sich durch seinen Körper. Das konnte doch nicht wirklich geschehen. Er würde gleich aufwachen, nicht wahr? Alles würde wieder normal sein und die ganze Nacht nur noch Erinnerung, Albtraum, schräge Fantasie.

Eine Hand strich plötzlich über Sams Haar und blieb kühl in seinem Nacken liegen. Sam schauderte.

»Mein Bruder ist wochenlang immer wieder zur Firma gefahren und hat einfach nur auf die Eingangstür gestarrt. Dann ist er nach Hause und hat gesoffen.«

Sam schüttelte den Kopf. »Es tut mir leid. Ich hätte geholfen, wenn ich davon gewusst hätte«, sagte er heiser.

»Leidtun reicht mir nicht. Du wirst bereuen. Und du wirst erfahren, was es heißt, vor einer Tür zu sitzen und sie um nichts in der Welt erreichen zu können.«

Da war wieder diese Lachen. Sam würgte. Er schmeckte Blut in seinem Mund. Der Mann vergrub seine Finger in Sams Haar und zog ihn samt Chefsessel in Richtung Terrassentür.

Eine Brise wehte herein. Grillenzirpen lag in der Luft.

Da draußen war die normale Welt, die Welt, in der solche Dinge nicht passierten. Er musste hier raus, wenn er überleben wollte, denn der Typ war völlig wahnsinnig.

»Ich brauche einen Krankenwagen«, stieß Sam hervor.

»Und ich brauche Rache, Stark«, zischte der Typ. »Und leider sieht es so aus, als würde nur einer von uns beiden bekommen, was er braucht.« Er lachte höhnisch, dann zog er sein Opfer noch ein kleines Stück näher zur Tür, so dass Sam nur die Hand hätte ausstrecken müssen, um sie zu berühren – wenn er seinen Arm hätte bewegen können. Dann trat der Typ auf die Terrasse hinaus und hockte sich vor ihm nieder. Ein Muskel in seinem Augenwinkel zuckte.

»Du wirst in deinen letzten Momenten an mich denken und an meinen Bruder. Du wirst bezahlen, Stark. Du wirst winseln. Du wirst leiden, bevor es vorbei ist. Und dieses eine Mal wird ein Kapitalistenschwein wie du geradestehen müssen für das, was er getan hat.«

Damit zog er ein Feuerzeug aus der Tasche. Es klickte, und die Flamme tanzte über dem silbernen Metall, warf flackernde Schatten in das Gesicht des Mannes. Sam musste nicht aufblicken, um die Dunkelheit in seinen Augen zu sehen – denn der Typ trug sie wie einen Mantel, strahlte sie aus.

»Wie dir vielleicht aufgefallen ist, hab ich das Benzin nur im vorderen Teil des Hauses verteilt. Im Flur, in der Garage, der Küche, deinem Arbeitszimmer«, sagte der Mann so sanft, als würde er Sam eine Gutenachtgeschichte vorlesen. »Und hier im Wohnzimmer – nicht einen Tropfen. Du fragst dich vielleicht, wieso.«

Der Mann tätschelte Sams Kopf, fuhr mit seinen Fingern fast spielerisch durch sein Haar.

Sam schauderte. Er wollte nicht, dass der Typ ihn berührte, drückte sich von ihm weg, aber es war sinnlos.

»Hören Sie«, sagte er, »es tut mir leid, was mit Ihrem Bruder passiert ist. Wirklich. Ich habe mir so oft gewünscht, ich hätte damals besser verhandelt. Die Käufer haben mich über den Tisch gezogen. Mir waren meine Mitarbeiter wichtig, viele davon waren meine Freunde. Ich hätte sie niemals absichtlich dem allen ausgesetzt, ich wollte, dass ihre Arbeitsplätze sicher sind.«

Die Finger des Mannes gruben sich schmerzhaft in Sams Haar, als der Mann seinen Kopf nach hinten zwang. Sein Gesicht war nur wenige Zentimeter über dem von Sam, sein Atem roch nach Bier.

»Dann hättest du die Firma nicht verkaufen sollen, Klugscheißer. Dann wären die Arbeitsplätze sicher gewesen.«

Sam stöhnte und versuchte, seinen Kopf zur Seite zu drehen.

»Du bist nicht der Hellste, hm? Spar dir doch diese erbärmlichen Versuche. Ich weiß, wie man Menschen fesselt.« Der Mann grinste, dann tätschelte er Sams Wange.

Dann hielt er das Feuerzeug hoch, fast ehrfurchtsvoll – wie ein Priester seiner Gemeinde ein heiliges Objekt zeigt.

Andächtig ließ er das Feuerzeug vor Sams Gesicht auf- und zuschnappen.

Auf. Ein Funken. Tanzende Flammen.

Klack. Und zu.

Auf. Ein Funken. Tanzende Flammen.

Klack. Und zu.

Dann begann er zu sprechen, getragen durch den klickenden Rhythmus.

»Aber kommen wir zu meiner Frage zurück: Warum hab ich das Benzin nicht auch hier im Wohnzimmer verteilt … Bin ich vergesslich? Oder hat das vielleicht einen anderen Grund?«

Sam konnte seinen Blick nicht vom Feuerzeug lösen, wie gebannt starrte er darauf.

»Keine Antwort? Mein Dad hat immer gesagt: Wer nichts zu sagen hat, der muss eben das Maul halten.« Der

Mann zog eine Rolle Klebeband aus seiner Hosentasche, riss ein Stück ab und klebte es über Sams Mund.

Sam versuchte auszuweichen, aber es war zwecklos. Er wollte dem Mann sagen, dass er damit aufhören sollte, wollte ihn anschreien. Aber es drangen nur mehr unartikulierte Laute aus seinem Mund. Sam hatte das Gefühl, keine Luft mehr zu bekommen.

Lächelnd sprach der Mann weiter.

»Also, du kleiner Scheißer. Warum hab ich das gemacht? Na? Na? Das hab ich nur für dich gemacht, Stark. Damit du ausreichend Zeit hast, zu bereuen.« Er hob seine Hand und beschrieb damit einen großen Bogen wie ein Geschichtenerzähler. »Zuerst wird der vordere Teil des Hauses brennen und das Feuer wird sich ausbreiten. Die Hitze und der Rauch werden dich zuerst erreichen, und sie werden so intensiv sein, dass es dich beinahe um den Verstand bringt. Aber du wirst nicht ohnmächtig werden. Und wenn die Flammen endlich bei dir ankommen, dann wirst du dir den Tod bereits wünschen.« Er lachte laut und heiser, als hätte er einen großartigen Witz gemacht.

Sam wusste plötzlich mit absoluter Sicherheit, dass er sterben würde. Es gab keinen Ausweg. Niemanden, der ihm helfen konnte. Nichts, das er selbst tun konnte. Das hier war das Ende.

Der Typ neigte sich näher, bis sein Kopf neben dem von Sam war. »Fahr zur Hölle, Stark«, murmelte er.

Dann trat er an Sam vorbei ins Haus, und Sam musste hilflos zuhören, wie seine Schritte sich entfernten.

Mit überdeutlicher Klarheit hörte er das letzte Klicken des Feuerzeugs. Der metallische Laut, als es auf dem Boden landete. Und das Auflodern der Flammen.

Sam drückte seinen Kopf verzweifelt gegen die Fesseln. Er wollte etwas sagen – irgendwas. Aber es kamen nur undeutliche Geräusche aus seinem Mund und das Klebeband drückte ihm die Luft ab.

»Ich würde ja gern bleiben«, sagte der Mann ganz nah hinter ihm. »Aber ich will überleben. Du verstehst das Problem.«

Er schob sich an Sam vorbei, der Schein der Flammen auf seinem Gesicht.

»So«, sagte er, »Zeit, sich zu verabschieden, Mistkerl.«

Damit verschwand er mit hämischem Grinsen in der Nacht.

Sam warf sich nach vorn. Er kämpfte gegen seine Fesseln an, bis sie ihm ins Fleisch schnitten. Er drückte mit seinem gesamten Gewicht gegen die Klebebänder, aber der Chefsessel war schwer und bewegte sich kaum spürbar.

Hitze floss um ihn herum wie flüssiges Feuer. Sam hörte, wie sich die Flammen durch den vorderen Teil des Hauses fraßen.

An der Decke stauten sich schwarze, giftige Rauchwolken, zogen knapp über ihm vorbei und durch die Terrassentür ins Freie. Sam wusste, dass schon wenige Atemzüge von diesem Rauch ihn auf der Stelle töten würden.

Der Typ hatte an alles gedacht – die offene Tür würde ihn am Leben halten. Zumindest eine Zeit lang, bis die Hitze zu groß wurde oder ihn die Flammen erreichten.

Halb betäubt von dem rasenden Schmerz in seinem Bein, warf sich Sam wieder mit aller Kraft gegen seine Fesseln. Aber es half nichts – der Chefsessel schwankte ein wenig, doch er rollte nicht vorwärts. Die Terrassentür war nur wenige Zentimeter von ihm entfernt, aber sie war so unerreichbar, als wäre sie auf einem anderen Kontinent.

Schwarze Punkte tanzten vor seinen Augen. Sam rüttelte er an seinen Fesseln und versuchte zu schreien, aber das Klebeband schnitt ihm die Luft ab, und das Toben der Flammen erstickte jeden Laut.

Seine einzige Verbindung zur Welt da draußen war die leise Brise, die durch die offene Tür wehte, ganz sanft über seine Haut strich ... bevor ihr Sauerstoff das Inferno hinter ihm anfachte.

Es wurde heißer und immer heißer, als das Feuer schließlich das Wohnzimmer erreichte. Schweiß rann in Strömen über Sams Haut, und die Luft trocknete seine Kehle aus, seine Lippen. Die schwarzen Schwaden an der Decke wurden immer dicker. Er konnte spüren, wie sie sich ihm unaufhaltsam näherten.

Bald würde die Temperatur im Raum so heiß sein, dass sich die Gase explosionsartig entzündeten. Sam hoffte, dass er dann bereits ohnmächtig war, dass ihm ersparte blieb, dieses Inferno mitzuerleben. Wenn auch nur für ein paar Sekunden – er konnte sich kaum vorstellen, wie schmerzhaft es war, lebendig zu verbrennen.

Sam schloss die Augen und suchte in sich nach einem Ort, an dem er die nächsten Minuten überstehen konnte, nach einer Zuflucht für das, was ihm bevorstand.

Und Sam dachte an Cara. Ihr Lachen, ihren Humor, ihre Liebe.

Er würde mit ihrem Bild in sich sterben, sie würde das Letzte sein, woran er dachte.

Doch Hitze und Rauch brachten Ohnmacht und rafften die Bilder von Cara hinweg, wie Sonnenstrahlen die letzten Erinnerungen an einen Traum.

Kapitel 11

Ein Klingeln holte Cara aus den Tiefen das Schlafes an die Oberfläche, und für eine Weile trieb sie wie ein Korken zwischen Traum und Wachen.

Dann brach das Klingeln ab und Cara seufzte erleichtert. Gerade als sie wieder tiefer in die Dunkelheit sank, läutete es erneut. Das Geräusch arbeitete sich eindringlich in ihr Bewusstsein vor.

Mit halb geöffneten Augen tastete Cara nach dem Störenfried. Unbekannte Nummer? Cara brummte und ließ das Handy fallen. Sie hob ja selbst am Tag nicht ab, wenn sie den Anrufer nicht kannte – und mitten in der Nacht schon gar nicht.

Als das Handy schwieg, drückte sie ihr Gesicht aufseufzend ins Kissen. Endlich Ruhe.

Und dann begann es wieder zu läuten. Wer immer da dran war, versuchte wirklich dringend, sie zu erreichen.

Einen Moment lang starrte sie den elektronischen Quälgeist wütend an. Dann zog sie das Handy wieder zu sich, rollte sich auf den Rücken und hielt es ans Ohr.

»Hallo?«, murmelte sie.

Ein Knistern in der Leitung. Sonst nichts.

Na großartig. Ein Scherzanruf. Genau was ihr noch gefehlt hatte.

»Hallo?«, murrte sie genervt.

Wieder war nur Schweigen in der Leitung zu hören. Cara wollte gerade auflegen, als sie eine Frauenstimme vernahm, die ihr irgendwie bekannt vorkam.

»Sie sollten mal rüber zu Ihrem Nachbarn sehn. Er braucht Hilfe.«

Cara rappelte sich hoch, mit einem Mal wach.

»Wer ist da?«, fragte sie.

»Is doch egal. Gehn Sie rüber. Bisschen plötzlich, wenn Sie wollen, dass er überlebt.«

Mit einem Mal wusste Cara, woher sie die Stimme kannte.

»Mandy? Bist du das?«

Doch die Leitung war schon tot. Cara sprang aus dem Bett und lief zum Fenster hinüber. Als sie den Vorhang zur Seite schob, erstarrte sie für einen Moment. Dann rieb sie sich die Augen. Träumte sie noch?

Da war flackerndes Licht im Inneren seines Hauses. Drang Feuerschein durch die Fensterscheiben.

Oh mein Gott. Ist Sam noch da drin? Schläft er?

Nur mit Slip und Shirt bekleidet, rannte Cara die Treppe hinunter. Im Flur hielt sie ihr Handy ans Ohr und rief Brandon an. In Gedanken sandte sie ein Stoßgebet zum Himmel, dass er abheben würde.

Als er es tat, klang er verwundert.

»Sams Haus brennt«, schrie sie in den Hörer. »Feuerwehr, Krankenwagen, Polizei. Schnell!«

Sie hörte sein »Okay« in dem Moment, als sie ihre Haustür aufriss und das Handy fallen ließ. Barfuß rannte sie durch die Einfahrt und über den Rasen zu Sams Eingangstür. Der leichte Wind trug Brandgeruch heran.

Cara versuchte, die Klinke hinunterzudrücken, aber das Metall war glühend heiß. Fluchend schüttelte sie ihre Hand.

Sie warf sich mit ihrer Schulter gegen die Tür und dann noch einmal, aber das Holz gab keinen Millimeter nach.

Sie lief zum Fenster von Sams Arbeitszimmer, nur ein paar Schritte entfernt. Die Vorhänge brannten bereits lichterloh, gaben keinen Blick auf den Raum dahinter frei.

Das hier war gefährlich. Aber sie musste da rein. Wenn Sam noch da drinnen war …

Denk nach! Cara fuhr sich über die schweißnasse Stirn, während sich das Prasseln des Feuers in ihre Gedanken fraß. *Denk nach!*

Das Schlafzimmer! Vielleicht hatte ihn das Feuer überrascht und er war eingeschlossen? Cara rannte um die Ecke und versuchte, durchs Fenster zu sehen, aber auch hier leckten Flammen bereits gierig an den Scheiben.

Das Haus brannte lichterloh.

Für einen Moment wallte Panik in ihr auf, aber Cara kämpfte sie nieder.

Sie würde Sam nicht sterben lassen.

Nicht hier und nicht heute und schon gar nicht, wenn sie etwas dagegen tun konnte.

Irgendwo splitterte Glas durch die Hitze, und in der Ferne erklangen Sirenen durch die Nacht.

Cara duckte sich unter einem Funkenregen hindurch und rannte weiter am Haus entlang, schirmte ihren Kopf mit den Händen gegen die Hitze ab.

Weiter hinten schien das Feuer nicht so stark zu wüten, denn als sie durch das Fenster sah, konnte sie zumindest noch das Wohnzimmer erkennen. Zwar brannten bereits Möbel, aber noch war der Raum nicht ein einziges Inferno wie die Zimmer vorn im Haus.

Und dann dachte sie an die Terrassentür. Vielleicht konnte man sie öffnen? Es war nur eine schwache Hoffnung, aber Cara rannte los. Brennende Holzteilchen regneten auf sie herab. Sie sprintete um die Hausecke und blieb plötzlich wie angewurzelt stehen. Ascheteilchen glühten rund um sie in der Luft, setzten sich auf ihre Arme und hinterließen kleine Brandwunden. Aber Cara bemerkte es kaum. Alles, was sie sehen konnte, war die Gestalt auf dem Bürostuhl vor ihr.

Sam saß im Wohnzimmer, direkt vor der Terrassentür, seine dunkle Silhouette eingerahmt von den Flammen hinter ihm. Über ihm quollen dicke, schwarze Wolken aus dem Raum, stiegen in einer toxischen Säule zum Himmel, während sich das Feuer rasend schnell im Zimmer ausbreitete.

Ohne nachzudenken, rannte Cara über die Terrasse zu ihm.

»Sam!«, schrie sie über das Tosen der Flammen hinweg, doch er reagierte nicht. Wie tot hing er da in dem Ledersessel.

Sie schüttelte ihn, doch da war überall Klebeband – auf seinen Armen, seinen Beinen, seinem Gesicht. Was war hier los? Die Zimmerdecke im Wohnzimmer knackte bedrohlich. Sie musste ihn hier rausbringen, und zwar mitsamt dem Stuhl – denn sie würde die Fesseln niemals rechtzeitig lösen können.

Cara holte tief Luft, hielt den Atem an und schob sich hinter den Stuhl. Die Hitze war unerträglich. Schwarze Flecken tanzten vor ihren Augen, alles in ihr schrie danach wegzulaufen.

Cara duckte sich, und stellte fest, dass die Hitze weiter unten ein klein wenig erträglicher war.

Mit aller Kraft schob sie am Stuhl, doch er war schwer. Nur mühsam setzte er sich in Bewegung. Schon nach wenigen Zentimetern prallte er gegen den Türschwelle.

Cara sprang an Sam vorbei ins Freie und sog frische Luft in ihre Lungen. Dann griff sie mit einer Hand nach der Armlehne des Chefsessels und stemmte die andere mit aller Kraft gegen den Türrahmen. Der Geruch von verbranntem Fleisch stieg in ihre Nase, Panik und das Fauchen der Flammen machten ihr das Denken schwer.

Immer wieder zog sie an der Armlehne. Doch der Stuhl steckte fest. Und die Flammen kamen immer näher, immer unerträglicher wurde die Hitze.

Cara fluchte und das Feuer schien wie zur Antwort noch ein wenig lauter zu werden. Die Decke über Sam knarrte und ächzte, als würde das Haus selbst stöhnen.

Mit der Kraft der Verzweiflung zog sie wieder am Stuhl, aber nichts geschah. Sie schluchzte, während sie immer wieder am Sessel riss. Sam war so still, viel zu still. Nur sein Kopf bewegte sich ein wenig hin und her, seine Augen waren geschlossen.

Und plötzlich rumpelte der Stuhl über die kleine Metallschwelle.

Cara starrte ihn für eine Sekunde nur an, jeder Gedanke war aus ihrem Kopf verschwunden.

Dann kam wieder Leben in sie. Sie sprang hinter den Stuhl, packte die Lehne und drückte mit aller Kraft. Knarzend und scheuernd setzten sich die Plastikrollen in Bewegung, eierten mühsam über die heißen Steinplatten der Terrasse.

Als sie schon fast am Ende der Terrasse angelangt waren, war da plötzlich eine gewaltige Explosion. Die Druckwelle donnerte über sie hinweg und Cara warf sich instinktiv über Sam. Glassplitter prasselten auf sie nieder, rissen blutige Wunden in Caras Haut.

Benommen schüttelte sie den Kopf und drehte sich um: Wo die großen Glasscheiben gewesen waren, klafften jetzt scharfzackige Löcher, und das Feuer brüllte seine Macht ungehindert in die Nacht hinaus.

Das Zimmer war ein einziges Inferno, die Luft selbst schien Feuer gefangen zu haben. Nur einen Augenblick länger und … Panik setzte jede Faser ihres Nervensystems in Brand.

Sie musste weg hier. Ihre Hände fanden wie von selbst die Lehne, und sie schob den Stuhl immer weiter und weiter, ohne innezuhalten. Nur weg von hier, so weit wie möglich weg vom Feuer.

Am Ende der Terrasse stemmte sie den Drehstuhl über die kleine Schwelle hinweg zu den Steinplatten, die zum Pool führten. Auf halbem Weg brach eine der Rollen und der Stuhl kippte. Caras Herz blieb für einen Moment stehen.

Mit einem dumpfen Geräusch landete er seitlich im Gras. Cara sank neben Sam auf die Knie. Sie schüttelte ihn leicht, rief seinen Namen. Ihre Finger liefen wie von selbst über ihn. Sam blutete. Seine Haut war rußbedeckt, seine Haare versengt.

Und er war ganz still, viel zu still.

Dieses verfluchte Klebeband verlief quer über seine Arme, seine Beine, seinen Kopf. Blut quoll aus einer Wunde auf seinem Oberschenkel, die Cara unter der dicken Schicht Panzertape nicht sehen konnte. Was war hier geschehen? Wer hatte ihm das angetan?

»Sam?« Cara schüttelte ihn, zog vorsichtig das Klebeband von seinem Mund, aber er reagierte nicht. Das Tosen der Flammen machte es unmöglich zu hören, ob er atmete. Cara kniff die Augen zusammen, dann legte sie ihre Hand auf seinen Brustkorb. Aber sie konnte nicht sagen, ob er noch atmete.

Oh bitte! Sie schluchzte auf. *Nicht Sam. Bitte nicht Sam.*

Sie strich über sein Haar und küsste ihn und flüsterte immer wieder seinen Namen, während sie seinen Kopf hielt. Er durfte nicht sterben, durfte einfach nicht sterben.

Da flatterten seine Lider und er schluckte. Cara begann, hemmungslos zu heulen.

»Es wird alles gut«, murmelte sie.

Gequält schnappte er nach Luft. Die Fesseln schnitten tief in seine Haut.

Sie musste ihn befreien. Aber wie? Cara versuchte, das Klebeband abzuziehen, doch es war in zu vielen Lagen um ihn gewickelt. Sam röchelte wieder, rang keuchend nach Luft.

Das Glas! Vielleicht konnte sie ein Stück finden, das groß genug war ... Cara rappelte sich hoch und lief zurück zum Haus, schrie auf, als sie auf etwas Spitzes trat. Sie kämpfte gegen ihren Instinkt der immer nur ein Wort in ihrem Kopf schrie: *Lauf!*

Kurz vor der Terrasse fand sie, was sie brauchte. Eine scharfkantige Scherbe, gerade groß genug.

Zurück bei Sam sank Cara neben ihm ins nasse Gras und schob das Glasstück vorsichtig unter die Fesseln. Als Erstes durchschnitt sie mit zitternden Fingern das Klebeband, das seinen Hals fixierte, dann die vielen Schichten um seine Brust.

Nur mühsam atmete er ein und aus, jeder Atemzug kam abgehackt.

Da legte plötzlich jemand seine Hand auf Caras Schulter. Sie schrie auf, wirbelte herum und starrte auf ein riesiges, gepanzertes Insekt: eine Gasmaske, ein Sauerstoffschlauch, ein verspiegelter Helm, in dem statt einem Gesicht nur Flammen zu sehen waren. Rasselnde Atemgeräusche drangen unter der Maske hervor.

Cara hob das Glasstück zur Abwehr.

»Wir sind hier, um zu helfen, Ma'am. Befinden sich noch Personen im Haus?«, schnaubte das Monster.

Erst nach einer Sekunde wurde ihr klar, dass ein Feuerwehrmann vor ihr stand.

Sie ließ die Scherbe sinken und schüttelte den Kopf.

Und plötzlich wimmelte es um sie herum von Menschen. Schläuche wurden ausgerollt, Feuerwehrmänner schrien und Wasserpumpen dröhnten mit Sirenen um die Wette.

Irgendwelche Leute drängten sich an ihr vorbei zu Sam, schoben sie beiseite. Aber Cara wollte nicht weg von ihm.

Sie musste doch seine Fesseln aufschneiden und sie hatte das Glasstück.

Cara schluchzte und rief Sams Namen, aber Hände griffen nach ihr und hielten sie fest. Cara schrie.

»Sie kümmern sich um ihn, Cara. Sie kümmern sich um ihn. Aber du musst sie ihren Job machen lassen. Sieh mich an. Sieh mich an. Ich verspreche dir, sie tun ihr Bestes. Das sind gute Leute, Cara.«

Die Stimme klang vertraut und Cara blickte auf. Brandon Gesicht war ganz nah vor ihr. Doch der Lärm um sie herum machte es ihr immer schwerer, seinen Worte zu folgen. Sie war müde, und ihr war schwindelig, und ihr Hals tat weh. Außerdem war dieser Nebel in ihrem Kopf, der ihre Gedanken abprallen ließ wie ein wattiges Trampolin. Sie ließ sich von Brandon führen, nach vorn, zu dem Krankenwagen.

***

Die Hitze der vergangenen Tage hatte das Land ausgetrocknet. Cara hielt den Gartenschlauch ein wenig höher und lenkte den Wasserstrahl gleichmäßig über die Blumentöpfe. Platschend landeten die Tropfen auf Blättern, Blüten, dem staubigen Boden. Der Geruch von feuchter Erde stieg auf.

Cara atmete tief ein. Denn da war immer noch dieser andere Geruch, dieser Gestank nach Brand und Zerstörung. Egal, wie oft sie ihre Haare wusch – er saß fest. Und nicht nur in ihrem Haar. Er schien auch in ihrer Lunge festzuhängen, sie schmeckte ihn im Mund. Als hätte der Brandrauch sie aufgefüllt, von ihr Besitz genommen und würde nun in ihr bleiben. Durch ihre Haut dringen wie eine Mahnung.

Cara hasste den Geruch. Und sie hasste die Träume, die sie jede Nacht heimsuchten: Träume von Sam in den

Flammen, von der Hitze und dem sicheren Tod, der auf sie gewartet hatte.

Brandon hatte ihr gesagt, dass das ganz normal war. Dass es vielen Brandopfern so ging. Dass es mit der Zeit besser werden würde.

Sie seufzte und ging weiter, zog den Schlauch hinter sich her. Und während sie die Blumen goss, wanderte ihr Blick immer wieder hinüber zu Sams Grundstück. Zu diesem schwarzen Gerippe, das einmal sein Haus gewesen war. Nur wenig war davon übrig geblieben, das meiste war in Rauch aufgegangen. Auch der Garten bot einen traurigen Anblick: Wasser, Feuer, das schwere Gerät und die Stiefel der Feuerwehrleute hatten nichts als Schlamm zurückgelassen.

Mittlerweile glich der Garten einer verkrusteten Wüste.

Und diese Wüste erstreckte sich bis in Caras Garten – denn die Feuerwehrmänner hatten den niedrigen Zaun durchbrochen, als der Weg durch die Flammen an Sams Haus vorbei zu gefährlich gewesen war.

So hatte sich die Katastrophe auch in Caras Garten, Caras Leben ergossen – eine Spur der Verwüstung, die von Sams Haus zu ihr führte.

Cara schauderte. Das Gras würde mit der Zeit wieder wachsen. Aber beinahe hätte sie mehr verloren, als sie ertragen konnte. Denn beinahe hätte sie Sam verloren.

Doch was würde die Zukunft bringen? Morgen wurde Sam aus dem Krankenhaus entlassen. Und obwohl Cara ihn jeden Tag besucht hatte, hatte sie sich scheu und befangen gefühlt. Als wären sie ... Bekannte. Es war ihr schwergefallen, Worte zu finden für das, was sie staunend in sich selbst entdeckt hatte.

Denn sie liebte Sam, das wusste sie seit jener Nacht vor zwei Wochen. Ohne jeden Zweifel und kristallklar füllte dieses Wissen sie aus, war diese Wahrheit tief mit ihrem

Inneren verwachsen, ein Teil von ihr selbst, ihrem ureigenen Wesen.

Sie wusste nicht, wie es passiert war. Und warum sie so lange gebraucht hatte, um es zu begreifen. Spätestens, als sie so eifersüchtig gewesen war, hätte ihr doch ein Licht aufgehen müssen.

Aber nein, sie war viel zu beschäftigt gewesen. Mit ihren Vorurteilen, ihrem Leben und damit, die Welt und sich selbst davon zu überzeugen, dass da einfach nichts war.

Sie rollte den Schlauch langsam auf und trug ihn zurück an seinen Platz. Mit Eistee in der Hand ließ sie sich Minuten später auf der alten Bank vor ihrem Haus nieder. In ihrem Kopf war es still und leer, sie saß einfach nur so da.

Irgendwann kam Max mit dem Kübelchen voll Straßenmalkreiden, das ihm Sam geschenkt hatte, Bruce unter seinem Arm.

»Dürfen wir ein Bild für Sam malen?«, fragte er und deutete auf die Einfahrt. Cara nickte.

Als Brandons Polizeiwagen unten an der Straße hielt, war bereits die gesamte Einfahrt mit Zeichnungen bedeckt. Mittendrin saß Max, die Zunge zwischen die Lippen geklemmt. Bunte Kreidestriche liefen über sein Gesicht und seine Kleidung und auch Bruce sah nicht wesentlich besser aus. Dieser Bär hatte die Waschmaschine schon so oft von innen gesehen, dass es ein mittleres Wunder war, wie gut sein Fell noch aussah.

Cara lächelte, winkte Brandon zu und verschwand im Haus, um Eistee und ein Sandwich für ihn zu holen.

Sicher war er müde, hungrig und durstig nach seinem Dienst. Während sie das Brot herauszog, überlegte sie, wie einfach es mit Brandon war: Er war in den vergangenen Wochen ihr sprichwörtlicher Fels in der Brandung gewesen. Schon in der Nacht des Feuers hatte er sich um

Leira und Max gekümmert, hatte ihnen am nächsten Tag Frühstück gebracht und mit ihnen gemeinsam Cara abgeholt, die nach einer Nacht im Krankenhaus wieder nach Hause gedurft hatte.

Er hatte Sams Versicherung informiert und mit den Sachverständigen der Feuerwehr gesprochen. Als Cara in den ersten Tagen nach dem Brand nicht Auto fahren konnte, weil die Wunden an ihren Händen und Fußsohlen dick verbunden waren, hatte er die Einkäufe erledigt und sie mit ins Krankenhaus genommen, wenn er Sam besuchte.

Einmal hatte er sie in Reenies Diner eingeladen. Und als es Zeit war, Caras Zeugenaussage aufzunehmen, hatte er das gemacht, hatte geduldig gewartet, bis sie zwischen den immer wiederkehrenden Tränen ihre Geschichte erzählt hatte.

Es war einfach mit ihm, wo es mit Sam schwierig geworden war: Bei ihren Besuchen im Krankenhaus fühlte sie sich so gehemmt, tat sich schwer, ein Gespräch in Gang zu bringen. Sie war froh, dass Max den Raum mit seinem Plappern füllte. Cara fühlte sich, als könnte ihr jeder ansehen, dass sie Sam liebte. Als wüssten alle genau, warum sie hier war.

Denn so sicher sich Cara ihrer Gefühle auch war, so unsicher war sie sich darüber, was sie nun tun sollte.

Da war immer noch die Tatsache, dass Sam keine Familie wollte, richtig? Außerdem hatte er nie Andeutungen gemacht, niemals gesagt, dass er mehr in ihr sah als eine flüchtige Affäre.

Cara seufzte und klappte das Sandwich zu. Sie legte es auf den Teller, füllte ein Glas mit Eistee und trug beides hinaus. Vor der Tür fand sie Brandon neben Max in der Hocke.

»Was malst du?«, fragte Brandon gerade.

»Ein Bild für Sam.« Max blickte auf das zerstörte Haus nebenan. Dann zuckte er ein wenig ratlos die Schultern und runzelte die Stirn. »Damit Sam nicht so traurig ist, dass sein Haus jetzt eine Rosine ist, borgen wir ihm unser Zuhause. Und ich male ein großes Bild für ihn.«

Brandons Mundwinkel zuckten. »Das da ist also die Ruine und das euer Haus. Und das hier? Bist das du?«, fragte er und deutete auf ein kleines Strichmännchen mit Batman-Umhang.

Max nickte. »Das da ist Sam, da ist Mama und Leira. Und du bist da.« Er deutete auf ein anderes Strichmännchen mit Sheriffstern und Polizeikappe. Brandon grinste. »Das ist echt toll geworden. Du bist ein richtiger Künstler.«

Der Junge schüttelte den Kopf. »Ach, das ist doch nur ein Hobby«, sagte er mit einer wegwerfenden Handbewegung, die er wahrscheinlich bei Leira aufgeschnappt hatte. »Ich werde in echt Superheld. Dann muss ich immer Menschen retten und hab gar keine Zeit mehr zum Malen.«

Brandon lachte auf. »Oder du wirst Polizist, so wie ich. Da kannst du auch Menschen retten.«

Max sah ihn nachdenklich an. »Hast du Geheimoperationen in deinem Auto?«, fragte er. »Solche, die es in normalen Autos nicht gibt?«

»Klar«, sagte Brandon.

Die Augen den Jungen leuchteten auf. »Darf ich die mal sehen?«

»Wie wär's, wenn ich sie dir morgen zeige? Ich bin hergekommen, um zu fragen, ob ihr mich begleiten wollt, wenn ich Sam aus dem Krankenhaus abhole.«

»Im echten Polizeiauto?«, fragte Max ehrfurchtsvoll.

Brandon lachte wieder. »Im echten.«

»Das ist nett von dir, Brandon«, sagte Cara. »In echt«, fügte sie grinsend hinzu.

Sie hielt Sandwich und Eistee hoch und er kam zu ihr herüber. Als er das Glas entgegennahm, stutzte er. Wie immer, wenn sein Blick auf ihre Hände fiel.

Cara fragte sich, was er wohl dachte. Die frisch verheilten Brandwunden leuchteten rot auf ihrer Haut, ein wirres Netz an zackigen Linien.

Doch Brandon sagte nichts, und so ließen sie sich auf der Bank nieder, während Max wieder zu der Zeichnung zurückkehrte.

Sie schwiegen, während Brandon sein Sandwich aß, aber es war keine unangenehme Stille.

»Hab ich schon erzählt, dass den Kollegen in Florida heute ein netter Fang ins Netz gegangen ist?«, fragte er dann beiläufig, doch seine Augen funkelten vor Vergnügen.

Cara drehte sich zu ihm. »Haben sie ...?«

»Ja.« Er nickte. »Scheinbar ist unser Feuerteufel zu schnell gefahren, und bei einer Verkehrskontrolle haben die Kollegen festgestellt, dass er landesweit gesucht wird. Als dann auch noch die Frau auf dem Beifahrersitz auf der Fahndungsliste stand ... muss wie Weihnachten gewesen sein.«

Er grinste.

»Was geschieht mit ihr? Mit Mandy?«

Brandon zuckte mit den Schultern. »Sie wird sich, so wie ihr Freund, vor Gericht verantworten müssen. Dass sie dich gewarnt hat, wird sicher berücksichtigt werden.«

Cara schüttelte ein wenig benommen den Kopf. Da war Erleichterung. Erleichterung darüber, dass dieser Wahnsinnige nicht mehr da draußen herumlief, dass er keine Gefahr mehr für Sam darstellte. Oder für ihre Kinder. Und auch Erleichterung darüber, dass Mandy nicht mehr als Nanny arbeiten würde. Aber ein Teil von ihr fühlte auch mit dem Mädchen. Sie war noch jung und sie hatte sich offensichtlich von ihrem Freund beeinflussen lassen. Cara hoffte, dass sie ihren Weg finden würde. Und dass dieser Weg den ihren nie wieder kreuzen würde.

»Da ist noch etwas, das ich mit dir besprechen wollte«, sagte Brandon. »Weißt du, warum ich Sam nicht gefragt habe, ob er bei mir wohnen will, bis sein Haus wiederaufgebaut ist?«

Cara schüttelte den Kopf. Sie hatte gar nicht darüber nachgedacht. Max hatte Sam bereits bei seinem ersten Besuch im Krankenhaus angeboten, bei ihm zu Hause zu wohnen. Sam hatte die Einladung nach einem fragenden Blick auf Cara angenommen, und damit war die Sache beschlossen gewesen.

»Sam liebt dich«, sagte Brandon.

Erstaunt hob Cara den Blick.

»Ich bin mir sicher, dass du die Richtige für ihn bist. Du musst ihm nur Zeit geben. Ich wollte, dass er Gelegenheit hat, das selbst herauszufinden – jeden Tag, wenn er bei dir wohnt.«

Cara seufzte und drehte ihm den Kopf zu. »Warum denkst du das?«, fragte sie leise. »Und auch wenn es so ist – wieso denkst du, dass er seine Meinung zu Familie und Kindern ändern wird? Liebe allein reicht nicht. Er muss bereit sein, eine Familie zu haben. Mich gibt es nur mit meinen Kindern.«

Brandon hob den Kopf und blickte in den Himmel. »Sam liebt Kinder. Und ich denke, er sehnt sich nach einer Familie. Aber es gibt einen idiotischen Grund, warum er denkt, dass er als Vater eine Katastrophe wäre … dass er Kinder sogar in Gefahr bringen würde. Deswegen hat er schon vor langer Zeit beschlossen, niemals selbst Kinder zu haben. Ich hoffe, er wird dir die Gründe irgendwann mal erzählen.«

Cara runzelte die Stirn. »Du meinst …« Sie brach ab und starrte vor sich hin. »Aber er ist so toll mit Max und mit

Leira. Wie kommt er auf die Idee, dass er …« Plötzlich fiel ihr der Abend nach dem Unfall in der Garage ein. »Deswegen«, flüsterte sie, mehr zu sich selbst als zu Brandon. »Deswegen war er nach Max' Unfall so merkwürdig. So kühl, so still.« Sie legte ihre Hand auf Brandons Arm. »Es hat ihn in seiner Meinung nur bestätigt, oder? Dass er mit Kindern nicht umgehen kann. Und ich Idiotin dachte, er ist froh, uns los zu sein.«

Und wieder hatte sie sein Verhalten komplett falsch gedeutet, hatten ihr die Vorurteile den Blick verstellt. Sie hätte sich selbst am liebsten in den Hintern getreten. Sie war echt eine unsensible Kuh.

Brandon wiegte langsam den Kopf. »Er spricht nicht darüber, auch mit mir nicht. Das macht es nicht einfacher. Ich hab es immer wieder versucht … Aber es gab bisher auch keinen Grund für ihn, sich zu ändern.« Er grinste sie an. »Bis du in sein Leben geplatzt bist.«

Cara verzog ein wenig den Mund. »Darin bin ich gut«, sagte sie. »Im Reinplatzen und Chaosstiften.«

Brandon lachte leise. »Ein wenig Chaos kann Sam nur guttun.«

Er leerte sein Glas und streckte sich. Dann stand er auf.

»Lass ihn nicht gehen, auch wenn er dich wegstößt«, sagte er.

»Danke«, murmelte sie.

»Morgen um zehn? Ich hole euch ab.«

Cara nickte. »Morgen um zehn.«

***

Am nächsten Tag bezog Sam das Gästezimmer in Caras Haus. Ihn hier zu haben fühlte sich schnell so natürlich an, als wäre er immer schon Teil dieser Familie gewesen, und die sonderbare Verlegenheit verlor sich im Alltag. Die ersten Tage schlief er viel, doch seine Träume schienen voll von Flammen zu sein, denn Cara hörte ihn stöhnen. Sie weckte ihn dann und hielt ihn, bis er wieder sicher in der Wirklichkeit angekommen war. Dieser Wirklichkeit, in der keine Wahnsinnigen hinter ihm her waren. In dem das Haus um ihn herum nicht brannte.

Bald schon wurde er wieder aktiver und begann, an seinem Projekt zu arbeiten. Seine Schusswunde schmerzte noch, und das Gehen fiel ihm schwer, aber die Arbeit schien ihm gutzutun. Auch wenn er Cara mit keinem Sterbenswörtchen verriet, worum es dabei eigentlich ging.

Max war begeistert. Er krabbelte jeden Morgen, bevor es Zeit für den Kindergarten war, vorsichtig auf Sams Bett und konnte sich nur schwer von ihm trennen.

An den Tagen, an denen Leira Max vom Kindergarten abholte, fand Cara alle drei beim Nachhausekommen gemütlich auf dem Sofa, manchmal in Diskussionen über Superhelden verwickelt, manchmal in einen Zeichentrickfilm vertieft.

Es wirkte so friedlich, doch Cara sah, wie Sams Blick immer wieder zu Max wanderte. Sie wusste, dass der Unfall in der Garage ihm noch immer in den Knochen steckte. Der Ausdruck in seinen Augen machte ihr Angst: Da war diese Leere, diese Verzweiflung. Eine Mattigkeit, die ihn auszufüllen schien.

Cara wünschte sich, er würde mit ihr reden, aber sie wollte ihn nicht drängen. Also wartete sie und hoffte, dass die Zeit ihm helfen würde.

Brandon kam ab und zu zum Frühstück, manchmal zum Abendessen – wie sein Dienstplan es erlaubte. Er und Sam kabbelten sich, und es war offensichtlich, wie sehr die Brüder aneinander hingen. Doch auch hier schien etwas anders zu sein, wie ein paar falsche Töne in einem Musikstück ... denn obwohl Sam flapsig antwortete, war er nicht bei der Sache, und sein Grinsen erreichte seine Augen nicht.

Auch Reenie stand häufig vor der Tür. Sie schnaufte und ihr Kugelbauch war ständig im Weg. Als Cara einmal vorsichtig andeutete, dass sie sich vielleicht nicht so anstrengen sollte, lachte Reenie nur. Sie lieferte stapelweise Bücher und Zeitschriften über *Star Trek*, mit besten Grüßen von ihren Söhnen – die offenbar ebenso große Nerds waren wie Sam. Doch er rührte sie nicht einmal an.

Abends, wenn alle Besucher gegangen waren und Max bereits schlief, huschte sie zu Sam ins Zimmer und kuschelte sich zu ihm aufs Bett.

Er lehnte sich bei ihr an, und Cara erzählte. Von ihrer Kindheit, die sie mit ihren Eltern auf unzähligen Ausgrabungsstätten verbracht hatte. Dass sie von klein an immer nur einen Berufswunsch gehabt hatte: wie ihre Eltern Archäologin zu werden. Von ihrer Arbeit im Museum und von der Zeit, als die Kinder noch ganz klein gewesen waren. Wie sehr ihre Eltern sie damals nach der Geburt von Leira unterstützt hatten.

Sam schien sich auf diese Abende ebenso zu freuen wie sie. Anfangs schlief er meist ein, und Cara küsste ihn, bevor sie das Licht ausmachte und in ihr Bett ging.

Als er langsam wieder zu Kräften kam, redeten sie bis tief in die Nacht hinein. Sam sprach von seiner Zeit in New York und von der winzigen Wohnung. Davon, wie schwer es anfangs gewesen war, Investoren aufzutreiben. Wie er an sich gezweifelt hatte. Und davon, wie später der Erfolg gekommen war und mit ihm die Anerkennung.

Und dann, eines Abends, erzählte Cara auch von Michael, dem Kotzbrocken. Sie wollte nicht lügen. Nach der Erfahrung mit Reenie wusste sie, dass sie ohnehin nicht besonders gut darin war. Also erzählte sie die ganze Geschichte, ließ nichts aus – bis auf ein kleines Detail.

Sie war noch nicht bereit, ihm zu erzählen, welche Rolle Michael heute in ihrem Leben spielte. Vor allem, weil Michaels Gegenwart in ihrem Leben so viel schwerer zu ertragen geworden war ... Reenies Reaktion auf die Geschichte wirkte in Cara nach. Wieso hatte sie selbst nicht erkannt, wie grausam diese Situation wirklich war? Michaels herablassendes Grinsen, seine Kommentare, seine Schikanen.

Cara spürte immer deutlicher, dass sie nicht mehr bereit war, das alles hinzunehmen. Dass sie eine Veränderung wollte. Aber noch war die Idee vage, hatte keine Form angenommen.

Außerdem war die vertrackte Situation mit Michael ihr Problem, nicht seines. Und sie war doch fast ehrlich zu ihm gewesen, nicht wahr? Er wusste alles über ihre beiden Affären mit Michael und wie er sie verlassen hatte. Cara hatte auch nicht ausgespart, wie naiv sie gewesen war. Dass Michael ihr Boss war ... Nun, das ließ sich im Moment nicht ändern. Eines Tages würde sie Sam alles erzählen. Aber nicht heute und nicht morgen. Sie hoffte, dass sie bis dahin genug Mut hätte, denn sie ahnte, dass er die Neuigkeiten nicht gut aufnehmen würde.

Also schob sie die Gedanken weit von sich und beruhigte sich damit, dass auch Sam ein Thema ausließ.

Denn er sprach niemals über seine Eltern oder seine Kindheit. Sein Leben schien erst begonnen zu haben, als er sich mit Brandon während des Studiums eine Wohnung teilte. Aber was war vorher gewesen? War hier vielleicht der Grund zu finden, aus dem er beschlossen hatte, selbst niemals eine Familie zu haben?

Cara bohrte nicht nach. Sie hätte sich selbst vormachen können, dass das rücksichtsvoll von ihr war oder geduldig oder beides. Aber in Wahrheit plagte sie ihr schlechtes Gewissen.

Manchmal schien es ihr fast wie ein Tanz: Sie redeten über Gott und die Welt, und doch schwiegen beide über das eine Thema, das so zentral für ihr Leben war.

Als müssten sie erst Mut schöpfen, erst lernen, einander zu vertrauen.

Dann drehte Sam eines Abends den Kopf zu ihr und sah sie forschend an.

»Ich denke, ich muss dir etwas erklären«, sagte er.

Und Cara hielt den Atem an.

Kapitel 12

Sein Traum war aus Flammen geboren und quälte ihn mit Bildern von irren Augen und Gelächter, bis er meinte, verrückt zu werden. Dann schreckte er auf und lag schwer atmend und schweißnass in den Kissen.

Cara, dachte er und griff automatisch nach der Pfeilspitze, die er um den Hals trug – seit jenem Abend, an dem er fast gestorben wäre.

Er drückte sich hoch. Er war hier, in ihrem Haus. Es war Nacht. Alles lag ruhig da. Keine Flammen. Keine Gefahr.

Der Gedanke daran, dass Cara in Sicherheit war, ließ seinen Herzschlag ruhiger werden. Langsam sank er zurück in die Kissen und starrte an die Decke.

Cara.

Er stellte seine Liebe zu ihr nicht infrage. Dieses Wissen war ein Teil von ihm – als hätten jene Flammen die Gefühle für Cara in seine Seele gebrannt.

Staunend wie ein Kind stand er vor der Tatsache, dass Cara ihn auch liebte. Sie hatte es niemals ausgesprochen, aber er spürte es in ihren Blicken, ihren Gesten und der Art, wie sie seine Nähe suchte.

Ihr Mut, ihre Liebe, ihre Fürsorge – das alles war mehr, als Sam fassen konnte. Ein Geschenk, von dem er sich fragte, warum es gerade ihm in den Schoß gefallen war.

Und war es nicht fast wie ein Hohn? Denn mit seiner Liebe war auch der Wunsch in ihm gewachsen, zu dieser Familie zu gehören.

Doch nichts hatte sich geändert. Er war immer noch der, der er nun mal war.

Er würde scheitern, so wie er das immer tat.

Denn er hatte wenig Erfahrung, was längere Beziehungen anging. Wann immer es zu ernst geworden war, wann immer eine der Frauen vorsichtig Heirat und Kinder angedeutet hatte, hatte Sam die Notbremse gezogen.

Und nun fühlte er sich wie ein Nichtschwimmer im offenen Meer. Beziehung, Familie, Kinder: Das war nichts, was er konnte, das war wie eine Fremdsprache, wie ein geheimnisvoller Code, den andere Menschen mit Leichtigkeit entzifferten – und der für ihn kryptisch blieb.

Er dachte an seine Kindheit und an dieses grenzenlose Unglück, wie es nur in Kinderseelen Platz findet. Durfte er das riskieren? War es nicht allzu wahrscheinlich, dass das alles hier in einem Desaster enden würde? Und überhaupt: Hatte der Vorfall mit Max nicht deutlich gezeigt, wie wenig man ihm in dieser Hinsicht vertrauen konnte?

Je länger er diese Gedanken wälzte, desto mehr kam er zu dem Schluss: Er liebte Cara, und er hätte seinen rechten Arm dafür gegeben, mit ihr zusammen zu sein. Aber es wäre selbstsüchtig, nicht an die Konsequenzen zu denken. Und die Wahrscheinlichkeit, zu scheitern, war einfach zu groß.

Als er den Blick in Caras Augen sah, brach es ihm fast das Herz.

»Ich liebe dich«, sagte er leise, »und wenn die Dinge anders wären, dann wäre ich ein verfluchter Idiot, dich nicht zu bitten, dein ganzes Leben mit mir zu verbringen.«

Er fuhr sich durchs Haar und starrte dann auf ihre zierlichen Hände, die er in seiner hielt. Alles, nur um nicht in ihre Augen sehen zu müssen.

»Mein Vater war ein Arsch«, begann er stockend zu erzählen. »Außerdem war er auch ein Spieler, ein Trinker, und er hat unsere Mutter geschlagen. Wir hatten niemals genug Geld, und oft musste Mum ihre Schwester am Monatsende wegen ein paar Dollar anbetteln, um Essen für uns zu kaufen. Aber das Schlimmste war, dass Brandon und ich zusehen mussten, wie er Mum schlug. Immer wieder. Als wir noch klein waren, hatten wir zu viel Angst, um etwas dagegen zu unternehmen.«

Er brach ab, weil die Erinnerungen in ihm wirbelten wie dicker schwarzer Rauch. Cara sagte nichts. Er wagte nicht, sie anzusehen, und hätte doch so gern gewusst, was sie dachte. Hielt sie ihn für einen Schwächling? Einen Versager? Jemanden aus der Gosse?

»Eines Abends, ich war acht oder neun … da war es besonders schlimm. Er kam nach Hause, völlig betrunken. Er hatte beim Spielen verloren und war wütend. Als Mum ihn fragte, ob sie Geld für Einkäufe haben könnte, ist er völlig ausgerastet.« Und für einen Moment waren die Erinnerungen in ihm so real, als geschähe es wieder, hier, in diesem Moment: das unartikulierte Brüllen seines Vaters, die dumpfen Schläge, das Stöhnen seiner Mutter, als er sie durch die Wohnung schleifte. Das Geräusch ihrer Schuhe, die über die Holzschwelle zwischen Wohnzimmer und Küche rumpelten. Die blutige Spur auf dem Fußboden.

»Ich bin dazwischengegangen, aber er war zu stark. Er hat mich verprügelt, bis ich mich nicht mehr bewegen konnte. Ich hab einfach auf dem Boden gelegen und geheult, während er immer weiter auf Mum eingeschlagen hat.«

Sam schwieg für einen Moment, versuchte, ruhig genug zu werden, um weiterreden zu können.

»Brandon war klüger als ich. Er hat die Polizei gerufen und sie haben unseren Vater mitgenommen. Mum und ich mussten ins Krankenhaus. Er hat Mum den Schädel gebrochen und sie hatte innere Blutungen. Sie ist zwei Tage später daran gestorben.«

Tränen traten in seine Augen, als das blutige, verschwollene Gesicht seiner Mutter aus seinem Gedächtnis auftauchte. »Ich hab sie nicht genug verteidigt«, flüsterte er. »Ich hätte ihr helfen müssen.«

»Du warst doch noch ein Kind«, murmelte Cara. »Das war nicht deine Schuld, Sam. Niemand hätte das von dir erwarten können, oder von Brandon.«

Sam biss die Zähne zusammen, bis es schmerzte. »Als die Sanitäter mich in den Krankenwagen schoben, da führte die Polizei gerade meinen Vater ab. Vor mir ist er stehen geblieben. Ich denke, er wollte etwas sagen. Vielleicht eine seiner üblichen Entschuldigungen, wie immer, wenn er langsam wieder nüchtern wurde.«

Sam ballte seine Fäuste. »Aber ich wollte nichts mehr hören. Ich wollte seine Entschuldigung nicht. Also hab ich ihn angeschrien. Ihm gesagt, wie sehr ich ihn hasse. Dass er der schlimmste Vater ist, den man haben kann – und das immer schon, mein ganzes verfluchtes Leben lang.«

Tränen rannen über seine Wangen, aber es war ihm egal. Der Schmerz, den er so lange in sich getragen hatte, brach mit einer Wucht aus ihm hervor, die er nicht kontrollieren konnte.

Cara saß ganz still neben ihm, streichelte seine Hände und ließ ihn einfach weinen.

»Er hat nur gelacht, Cara. Und dann, als er gesprochen hat … Es war fast, als könnte er in meine Zukunft sehen«, stieß Sam gepresst hervor.

Und tonlos wiederholte er die Worte, die sich tief in sein Gedächtnis gebrannt hatten:

»Die Stark-Männer taugen nicht zum Vater. Es liegt uns einfach nicht im Blut. Das ist, was wir sind: Hurensöhne, Säufer und Spieler. Und das ist auch alles, wozu du taugst.«

Sam starrte vor sich hin, die Worte so endgültig, so wahr, als sie in der Luft zwischen ihnen hingen.

Plötzlich waren da Caras Arme um ihn und er ließ sich in ihre Umarmung fallen.

»Es tut mir so leid«, murmelte sie, während sie mit den Fingern langsam durch sein Haar fuhr. »Was ist dann geschehen?«

»Mein Vater wurde zu dreißig Jahren Gefängnis verurteilt. Vor ein paar Jahren ist er dort gestorben.«

»Hast du ihn besucht?«

Sam schüttelte den Kopf. »Unsere Tante hat Brandon und mich aufgenommen. Ich denke, sie hatte ein schlechtes Gewissen, weil sie uns nicht früher geholfen hat. Aber sie wollte uns nicht wirklich bei sich haben, wir waren eine Belastung für sie. Also sind wir nur so lange geblieben, bis wir alt genug waren, um uns eine eigene Wohnung zu suchen. Brandon hat nach seiner Ausbildung begonnen, als Cop zu arbeiten, und ich habe studiert. Wir wollten mit niemandem aus der Familie mehr etwas zu tun haben.«

Er drehte seinen Kopf langsam zu ihr und sah in ihre tränennassen Augen. Sie hatte mit ihm geweint, hatte seinen Schmerz mit ihm geteilt, und aus irgendeinem Grund wurde die Last auf seinem Herzen dadurch leichter. Ganz vorsichtig nahm er ihr Gesicht in seine Hände.

»Verstehst du, warum ich nicht bei euch sein kann? Ich liebe dich mehr als mein Leben. So sehr, dass ich manchmal nicht einmal mehr atmen kann. Ich würde alles dafür geben, dass die Dinge anders wären. Aber sie sind, wie sie sind. Ich kann nicht riskieren, dass mein Vater recht hatte. Gerade, weil ich dich liebe. Weil ich nichts mehr will, als dass ihr glücklich seid.«

»Aber du bist nicht wie dein Vater«, sagte Cara, und eine Träne rann ihre Wange hinab. »Du bist Sam. Du bist liebevoll und geduldig, du hast Humor und … du bist ein toller Dad.«

Er schüttelte langsam den Kopf und dachte an die Mitarbeiter, die wegen ihm den Job verloren hatten. An die Frauen, deren Herz er gebrochen hatte. An jedes einzelne verfluchte Mal, wenn sich die Prophezeiung seines Vaters als allzu richtig erwiesen hatte. Sam war für Beziehungen nicht geeignet, er war wie sein Vater: verantwortungslos.

»Ich kann nicht«, sagte er heiser, und es fühlte sich an, als müsste er sich die Worte aus dem Herzen reißen. »Ich kann einfach nicht.«

***

Die nächsten Tage brachten keine Änderung, und Cara wusste nicht recht, wie sie reagieren sollte. Sie war wütend auf Sams Vater, weil er seiner Familie das angetan hatte – und auf Sam, weil er sich weigerte zu sehen, wie wenig dieser Vergleich zutraf. Und gleichzeitig fühlte sie mit ihm, sah den Schmerz in seinen Augen. Er hatte sich ihr geöffnet, hatte ihr etwas anvertraut, über das er vermutlich kaum jemals gesprochen hatte – nur um sie dann gleich wieder auszuschließen.

Denn die alte Unbeschwertheit, die Nähe zwischen ihnen war endgültig dahin. Sams Gegenwart war an manchen Tagen so schmerzhaft, dass Cara sich beinahe wünschte, er würde gehen. Ihn hierzuhaben, zu wissen, dass er sie liebte, ebenso wie sie ihn ... Cara hatte nicht gewusst, wie sehr man jemanden vermissen konnte, den man jeden Tag sah.

Auch Sam litt. Er war still und in sich gekehrt. Seine Augen hatten den Ausdruck eines Mannes, der am Verhungern war. Nach dem Gespräch hatte Cara noch ein paarmal versucht, abends mit ihm zu reden – aber stets war es in seinem Zimmer schon dunkel gewesen.

Sie ahnte, dass er nicht schlief, sondern nur mit offenen Augen dalag und auf ihr Klopfen lauschte. Und so war sie in ihr eigenes Bett gekrochen, so einsam wie niemals zuvor.

Auch am Tag ging Sam ihr aus dem Weg, schien jede Begegnung mit ihr fast zu fürchten.

Dazu kam, dass sich draußen vor der Tür schwere Baumaschinen durch die Brandruine fraßen. Lärm und Staub lagen in der Luft, und das Skelett, das einmal Sams Haus gewesen war, verschwand Stück für Stück.

Im Museum schlug die Arbeit in hohen Wellen über Cara zusammen. In wenigen Wochen schon würde die geplante Sonderschau eröffnet werden und noch immer war kein Hauptsponsor gefunden. Mr. Kotzbrocken weigerte sich seit Wochen, die Ausstellung abzusagen, sondern vertröstete Hausbank und beauftragte Unternehmer stets weiter und servierte dem Aufsichtsrat immer neue, geschönte Zahlen. Cara wusste, dass das Museum die offenen Forderungen nicht mehr aus eigener Kraft würde begleichen können, denn die Rechnungen türmten sich höher und höher ... und Mr. Kotzbrockens Laune wurde täglich schlechter.

Denn sollte Cara keinen Sponsor finden, dann stand die Zukunft des Museums selbst auf dem Spiel. Doch sosehr sie sich auch anstrengte, es fand sich niemand. Sie war sicher, dass er irgendwo da draußen war: der Sponsor, der nach einem Projekt wie ihrem suchte. Der sein positives Image stärken wollte und für den eine Sonderschau wie die ihre genau das Richtige wäre. Aber es war, als suche man die Nadel im Heuhaufen.

Also saß Cara auch an diesem Abend in ihrem Arbeitszimmer und zermarterte sich den Kopf. Ihr Laptop stand aufgeklappt vor ihr, sie hatte die Stirn auf ihre Hand gestützt. Es war zum Verrücktwerden.

Da betrat Sam den Raum.

»Geht's voran mit deiner Suche?«, fragte er.

Sie schüttelte den Kopf, ganz erstaunt, dass er hier war, mit ihr, allein. Er schien ihre Gedanken zu erraten.

»Ich bin hier, weil ich dir danken will, Cara. Für alles, was du für mich getan hast – viel mehr, als du vielleicht selbst weißt. Du hast mir gezeigt, dass ich wieder eine sinnvolle Aufgabe in meinem Leben brauche. Dass ich nicht fürs Nichtstun geschaffen bin. Du hast mir gezeigt, dass ...« Er brach ab und sah aus dem Fenster.

... ich dich liebe, vervollständige Cara seinen Satz in Gedanken und presste die Lippen zusammen. Sie sah, wie Sams Wangenmuskeln sich bewegten, wie stark seine Halsschlagader pulsierte. Und sie wusste, es schmerzte ihn ebenso wie sie. Das hier war Irrsinn.

»Sam«, flüsterte sie und stand auf. Sie griff nach seiner Hand.

Er drehte sich zu ihr um, und Cara versank für einen Moment in seinen Augen, in jenem tiefen Blau mit den feinen grauen Sprenkeln am Rand, das aus irgendeinem Grund eine direkte Verbindung zu ihrem Inneren hatte. Sam konnte in ihr lesen wie sie in ihm.

Fast unmerklich kam er näher und dann trennten sie nur noch Millimeter.

»Es bringt mich um, dich jeden Tag zu sehen«, sagte er heiser. »Dich jeden Tag zu sehen, aber nicht zu berühren. Nicht zu küssen. Nicht ...«

Er verstummte, aber Caras Körper reagierte, als hätte er es gesagt. Ihre Lippen öffneten sich, sie konnte spüren, wie ihr Atem darüberstrich.

Der Fokus der Welt zog sich zusammen, bis nur noch Sam und sie existierten – mit einer Klarheit, die ihr die Tränen in die Augen trieb.

Sie streckte ihre Hand aus und strich mit zitternden Fingern über seine Lippen, seinen Hals, seine Brust.

»Cara«, murmelte er.

Aber sie wollte nichts mehr hören. Keine Diskussionen mehr, keine Argumente, keine Vergangenheit. Sie schlang ihre Arme um seinen Nacken und zog ihn an sich, und als ihre Lippen auf seine trafen, presste sich sein Körper an sie, waren seine Hände plötzlich so hungrig wie sein Mund.

Sam küsste sie und in seinem Kuss lagen wildes Verlangen, Liebe und Schmerz. Er hob sie hoch und Cara schlang ihre Beine um ihn. Gemeinsam stolperten sie vorwärts, ihre Hände in seinem Haar.

Und sie küsste ihn, als wäre es das letzte Mal. Sie konnte nicht mehr denken, da waren nur noch blindes Verlangen und Hunger. Cara konnte einfach nicht genug vom Gefühl seines Körpers, seiner Haut auf ihrer Haut bekommen.

Trunken vom Geschmack seiner Lippen und vom Geruch seines Aftershaves, ließ Cara ihren Kopf zurückfallen, und er küsste ihren Hals, während seine Hände ihren Po kneteten.

Dann war da plötzlich eine Wand und Cara schrie leise auf – die harte, kalte Mauer hinter ihr und vor ihr Sam: so voller Hitze, so voll rasendem Verlangen.

Sie wollte ihn. Sie wollte Sam. Sie würde sterben, wenn sie ihn nicht spüren konnte. Ihre Hände rutschten tiefer, sie griff nach seiner Gürtelschnalle. Er stöhnte und stützte einen Arm neben Cara ab. Seine Augen fanden ihre und für einen Moment hielt sie inne.

»Ich liebe dich«, sagte er.

Statt einer Antwort küsste sie ihn und seine Zunge antwortete tief und fordernd.

»Uuups«, sagte jemand hinter ihnen, und dann erklangen hastige Schritte, als sich dieser Jemand zurückzog. »Die Kinder warten«, klang Brandons Stimme zu ihnen herein, ein deutliches Grinsen schwang in seiner Stimme mit. »Ich wollte nur nachsehen, wo ihr bleibt. Aber lasst euch nicht stören. Die Kids und ich, wir spielen eine Runde Ball oder so.«

Sam schloss die Augen und hielt für einen Moment ganz still, nur sein heftiger Atem erfüllte den Raum, als kämpfte er mit sich selbst.

Dann lockerte sich sein Griff und setzte sie behutsam ab.

Cara trat ein paar wackelige Schritte weg von ihm.

»Es tut mir leid«, sagte er heiser. »Das hätte nicht passieren dürfen.«

»Das hätte nicht passieren dürfen?«, murmelte Cara, und die Frustration in ihr wurde zu Wut, angefacht durch ihren Schmerz. »Was hast du erwartet? Du und ich, wir sollen zusammen sein. Und nichts spricht dagegen, Sam. Nichts.«

Er rieb sich über die Stirn.

»Weißt du, was du machst? Du erlaubst deinem Vater, dich selbst jetzt noch zu kontrollieren. Was, wenn er nicht recht gehabt hat? Was, wenn er das nur gesagt hat, um dich zu verletzten?«, schleuderte sie ihm entgegen. »Dein Vater bestimmt dein Leben, als wäre er noch am Leben. Als ob du immer noch ein Kind wärst. Du musst deine eigenen Entscheidungen treffen, Sam.«

Er schluckte. »Ich kann nicht«, murmelte er dann leise. »Du weißt nicht, was es heißt, einen Vater wie ihn zu haben. Ihm ausgeliefert zu sein. Ich könnte es nicht ertragen, euch zu verletzten.«

»Aber das tust du«, sagte Cara, während Tränen über ihre Wangen liefen. »Du verletzt uns, um uns Schmerz zu ersparen. Das ist doch verrückt.«

Er schüttelte langsam den Kopf. »Es tut mir leid. Ich wünschte, ich könnte etwas daran ändern.«

Cara war mit ein paar schnellen Schritten bei ihm und stieß hart gegen seinen Brustkorb. Er taumelte kurz.

»Das war dafür, dass du mich immer wieder zurückstößt. Dass du die Vergangenheit der Gegenwart vorziehst. Dass du mir die Chance nimmst, mit dir gemeinsam Entscheidungen zu treffen!«, schrie sie ihn an.

Dann schluchzte sie heiser. Er zog sie in seine Arme und hielt sie fest. Cara weinte, bis nichts mehr in ihr war, bis die Leere in ihrem Inneren alles betäubte.

Als er wieder sprach, klang es so, als hasse er sich selbst dafür. »Ich werde mir morgen ein Hotelzimmer nehmen. Du hast recht. So kann das hier nicht weitergehen. Das hier ist nicht fair – nicht für dich, und nicht für mich.«

Cara wandte ihren Kopf ab. Sie war zu müde, um wütend zu sein, und zu verletzt, um irgendetwas zu spüren.

»Aber vorher muss ich dir noch etwas zeigen«, sagte er. »Mein Projekt ist fertig. Ich …« Er schwieg für einen Moment. »Ich will es mit dir teilen. Deswegen bin ich hergekommen.«

Sam hielt ihr die Hand hin, doch Cara zögerte.

Dann schüttelte sie den Kopf. »Geh schon mal vor«, sagte sie. »Ich brauche noch eine Minute.«

Er nickte. »Alle warten auf der Terrasse.«

Alle? Cara fühlte sich nicht danach, Menschen zu sehen. Wie ferngesteuert lief sie ins Badezimmer und spritzte sich kaltes Wasser ins Gesicht. Ihr Gesicht war rot und verquollen, ihr Haar eine einzige Katastrophe. Sie bürstete es und band es in einem strengen Zopf zurück.

Nach ein paar Atemzügen versuchte sie sich selbst Mut zuzulächeln, aber es klappte nicht. Ihr Innerstes war taub. Sie hatte Sam verloren, das wusste sie. Er würde seine Meinung nicht ändern, und sie konnte nichts tun … und sie hatte auch keine Kraft mehr, um zu warten oder zu kämpfen.

Mit wackeligen Knien ging sie hinaus auf die Terrasse. Dort war eine große Leinwand aufgebaut. Ein Projektor stand davor.

Was sollte das alles hier?

Vor ihr sprang Max aufgeregt mit einem Partyhütchen herum. Cara sah sein glühendes Gesicht und wusste, dass es zu spät für Sam war, um ihr Leben für immer zu verlassen. Er würde den Schmerz verursachen, den er zu vermeiden suchte.

Leira saß mit übereinandergeschlagenen Beinen und einem leicht gelangweilten Gesichtsausdruck neben dem Tisch, auf dem das Essen wartete: ein Tortenkarton mit dem Logo des Diners, in dem Reenie arbeitete, daneben Hamburger und Pommes, unzweifelhaft aus derselben Quelle. Es roch lecker, aber Caras Magen revoltierte beim Gedanken an Essen. Sie zwang sich dazu, ihre Kinder anzulächeln.

Am Ende des Tisches saß Brandon zurückgelehnt in einem Gartenstuhl. Eine Wimpelkette mit dem Logo des Museums war quer über die Szenerie gespannt. Brandon warf ihr einen vorsichtigen Blick zu.

»Setz dich«, bat Sam.

Dann startete er die Präsentation.

Wir helfen helfen, stand da in knallblauen Buchstaben. *Eine völlig neuartige Non-Profit-Organisation.*

»Ist das dein Projekt?«, fragte Cara matt. Sie hätte sich freuen müssen, aber da war nichts. Sie fühlte sich leer, als hätte sie in den vergangenen Wochen ihren ganzen Vorrat an Gefühlen verbrannt.

Die Buchstaben verschwanden und Logos wurden eingeblendet – von großen und kleinen Museen, Charitys und wohltätigen Vereinen.

»Diese Institutionen leisten großartige Arbeit, aber die richtigen Partner aus der Wirtschaft zu finden, stellt oft ein großes Problem dar, und viele gute Projekte werden nie umgesetzt«, erzählte die Stimme aus dem Lautsprecher weiter.

Was er nicht sagt?!, dachte Cara bissig.

Der Bildschirm wurde wieder dunkel, dann leuchteten Logos verschiedener großer Unternehmen und Industriekonzerne auf.

»Unternehmen haben oft unangetastete Förderbudgets, weil es schwierig sein kann, die richtigen Partner und Projekte zu finden. Außenwirkung und Seriosität neuer Projekte sind häufig schwer zu beurteilen.«

»Sie können mir die Budgets gern schicken«, murmelte Cara, mehr zu sich selbst als zu den anderen.

»Und hier kommt *StarkSupport* ins Spiel. Wir vernetzen Unternehmen und Charitys, erstellen Profile der Teilnehmer und überwachen die Projekte als unabhängiger Partner. Mit unserer Hilfe kommt die Hilfe da an, wo sie benötigt wird«, fuhr der Sprecher fort.

Cara runzelte die Stirn und stützte ihren Kopf auf die Hand.

»Auf unserer Internetplattform können sich interessierte Teilnehmer jederzeit eintragen und sich geeignete Projekte vorschlagen lassen. Oder sie kontaktieren einen Mitarbeiter und besprechen ihr Anliegen persönlich.« Der Sprecher schwieg, und Musik setzte ein, während Screenshots der Website eingeblendet wurden.

Cara drehte sich zu Sam.

»Klingt toll«, sagte sie und meinte es ehrlich, doch es klang flach. Kein Stolz, keine Begeisterung, keine Freude. Als sie den Ausdruck in seinen Augen sah, kam sie sich schäbig vor. Sie kratzte den letzten Rest Energie zusammen. »Kann ich mich eintragen?«

Er nickte. »Du hast mich überhaupt erst auf die Idee gebracht, Cara. Deshalb solltest du auch die Erste sein. Dort hinten ist der Laptop.«

Brandon schob das Gerät zu ihnen herüber, und Cara beugte sich vor.

»Brandon sitzt im Aufsichtsrat unserer Organisation«, warf Sam ein. »Ich dachte, einen Polizisten dabeizuhaben, macht klar, wie seriös wir arbeiten.«

Cara hörte nur mit halbem Ohr zu. Ein wenig benommen klickte sie sich durch die Website und tippte Infos zu dem Museum, der geplanten Ausstellung, der Dauer und viele weitere Details ein. Als sie schließlich am Ende der Seite angelangt war, blickte sie auf.

»Und jetzt?«, fragte sie.

»Du klickst auf Absenden und mit ein wenig Glück wirft der Computer einen Vorschlag aus. Ich habe in den letzten Wochen viele alte Verbindungen und Geschäftspartner aus meiner New Yorker Zeit angesprochen – die Datenbank der potenziellen Sponsoren ist bereits gut gefüllt.«

»Okay«, sagte sie, plötzlich doch ein klein wenig nervös. Sie bewegte den Mauszeiger über den Bildschirm, holte tief Luft und klickte auf die Schaltfläche. Nach ein paar Sekunden waren die Ergebnisse geladen, aber nur ein Eintrag blinkte auf.

Cara runzelte die Stirn, als sie den Namen des Unternehmens entzifferte.

»Sagt mir nichts«, meinte sie. »Wem gehört die Firma?«

»Mir«, erklang eine kultivierte Stimme. Cara blickte auf und sah eine Frau vor sich. Dunkelbraunes Haar fiel glatt und kinnlang um ihr Gesicht, ihre Kleidung war teuer. Alles an ihr war perfekt – wäre da nicht die Wärme in ihren Augen gewesen, man hätte sie für eine knallharte Geschäftsfrau halten können. Was sie vielleicht trotzdem war, wer wusste das schon. Cara überlegte kurz, ob sie diese Frau schon mal irgendwo gesehen hatte.

»Mein Name ist Olivia. Ich bin eine der Geldgeberinnen für Sams neues Projekt.« Sie kam lächelnd auf Cara zu und streckte ihre Hand aus. »Ich gebe auch zu, dass wir hier ein wenig getrickst haben. Ich denke, dass vermutlich einige

Sponsoren aus unserer Datenbank interessiert wären. Aber als Sam von dieser Ausstellung erzählt hat, da wollte ich unbedingt die Erste sein, die ein Angebot macht.« Sie grinste entwaffnend.

»Ich kann es kaum glauben. Da versuche ich wochenlang, einen Sponsor zu finden ...« Cara schüttelte den Kopf. Sie wandte sich an Sam. »Danke, Sam«, sagte sie. »Deine Idee ist toll – genauso eine Plattform hat noch gefehlt. Ich kenne viele Kollegen, die begeistert sein werden. Gerade für Archäologen ist es alles andere als einfach, eine Finanzierung für ihre Projekte zu finden.«

»Wir haben Hunger«, maulte Max mit Bruce unter dem Arm. Nach seinem Gesichtsausdruck zu schließen, fand er das Ganze ziemlich langweilig.

»Du hast recht.« Sam wuschelte dem Jungen durchs Haar. »Torte oder Burger?«

»Torte«, sagte Max mit einem verwegenen Grinsen. »Ich esse heute die Nachspeise zuerst.« Er hob seinen Arm und spannte seine Muskeln an. »Superhelden machen nämlich ihre eigenen Regeln.«

Cara knabberte ein paar Pommes und trank Eistee. Während ihr Blick über die Runde schweifte, fühlte sie sich merkwürdig fremd. Als wäre da eine unsichtbare Trennwand zwischen ihr und der Welt. Vielleicht war es gut, dass Sam ins Hotel zog. So konnte es nicht weitergehen. Seine Anwesenheit hier machte es unmöglich für Cara, mit der Situation zurechtzukommen. Sich an den Gedanken zu gewöhnen, dass er aus ihrem Leben verschwinden würde.

Und sie musste auch an Max denken. Er würde ihre Hilfe brauchen, um den Abschied von Sam zu verkraften.

Nach dem Essen verzog sich Leira in ihr Zimmer, Max pustete Seifenblasen im Garten, und Brandon stapelte Teller aufeinander.

»Hast du sie schon gefragt?«, wollte Olivia wissen.

Sam schüttelte den Kopf.

Olivia seufzte und wandte sich dann an Cara. »Wir arbeiten gerade daran, einen Galaabend auf die Beine zu stellen, in dessen Verlauf wir unsere Organisation präsentieren. Dazu wollen wir Sponsoren und Vertreter von interessanten Projekten einladen – vielleicht ergibt sich dann ja schon die eine oder andere Zusammenarbeit.

»Klingt doch gut«, murmelte Cara.

»Brandon hatte die Idee, dass diese Gala im Museum stattfinden könnte«, sagte Sam vorsichtig.

»Und ich dachte, dass wir das Ganze vielleicht sogar mit der Ausstellungseröffnung verbinden könnten. Davon würden sowohl das Museum als auch wir profitieren. Und es wäre gleich ein gutes Beispiel für unsere Organisation und wie die Zusammenarbeit aussehen kann.« Olivia sah sie fragend an.

Cara zuckte mit den Schultern. »Das kann ich nicht entscheiden. Dafür ist mein Chef zuständig. Und er kann leider manchmal etwas schwierig sein. Vor allem, wenn ein Vorschlag von mir kommt, fürchte ich.«

Olivia lachte. »Oh, lass mich das nur machen. Gibst du mir seine Nummer? Als neuer Sponsorin wird er mir wohl kaum einen Wunsch abschlagen.«

»Klar.« Cara diktierte ihr die Ziffern. »Sein Name ist Michael Devenhurst.«

»Dein Chef heißt Michael?«, fragte Sam.

Cara wurde plötzlich wütend. Warum wollte er das wissen? Konnte ihm das nicht egal sein? Warum mischte er sich ein, wenn er kein Teil ihres Lebens sein wollte?

»Ja«, sagte sie kalt. »Er heißt Michael, wie Millionen Männer auf der ganzen Welt.«

Kapitel 13

Sam starrte müde vor sich hin. Wie so oft in letzter Zeit hatte er schlecht geschlafen, hatten ihn diffuse Albträume geplagt. Träume voller Flammen und Schusswaffen und Cara, die er nicht finden konnte.

Nicht, dass es mir tagsüber wesentlich besser geht, dachte er, während er aus dem Fenster des Hotelzimmers hinunter auf die Hauptstraße von Arrows Point starrte. Oder um es genauer zu sagen: auf das Museum für amerikanische Frühgeschichte.

Irgendwo hinter diesen Mauern saß Cara. Vermutlich arbeitete sie gerade an den Vorbereitungen für den Galaabend.

Sam drehte die antike Pfeilspitze in seiner Hand und dachte an den Abend, als Cara bei ihm gewesen war.

Er hatte sie in den vergangenen Wochen kaum gesehen, und wenn, dann nur flüchtig. Doch die Trennung hatte nichts einfacher gemacht, wie er das erwartet hatte. Wenn überhaupt, war die Sehnsucht nach ihr angewachsen, saß der Schmerz tiefer.

Wie ein Virus, dachte er nicht zum ersten Mal. Er trug Cara immer bei sich. Und er vermisste nicht nur sie, sondern auch Max: sein schelmisches Lachen, seine Wortverdreher, seine verrückten Ideen. Und Leira. Ob Cara wohl inzwischen herausgefunden hatte, wer der geheimnisvolle Freund Mr. X war?

Sam fühlte sich ausgestoßen. Allein. Als hätte Cara ihn weggeschickt.

Aber es war seine Entscheidung gewesen.

Und die Tage, an denen er genau das infrage stellte, wurden in beunruhigendem Ausmaß mehr.

Na gut, eigentlich war es an jedem Tag. An jedem Tag, an dem er Cara und die Kinder vermisste. Jedem Tag, den er ohne sie verbrachte.

Jedem Tag, an dem er sich fragte, ob er die einzige Familie, die er jemals gehabt hatte, aus eigener Schuld verloren hatte.

Hatte er richtig gehandelt?

»Drei Tippfehler«, seufzte Olivia hinter ihm. »Einer davon im Namen des Museums. Wir müssen dem Caterer Bescheid geben.«

Sam drehte sich um. Olivia wedelte mit einer Menükarte herum.

»Kümmerst du dich darum?«, fragte sie.

Er nickte. »Klar.«

Sie stützte die Hände in die Hüften.

»Worum sollst du dich kümmern?«, fragte sie.

»Menükarten«, brummte Sam und starrte wieder zum Fenster hinaus. Wie groß war eigentlich seine Chance, sich vor dem Galaabend zu drücken? Konnte er vielleicht einen Doppelgänger organisieren?

»Und was stimmt mit den Menükarten nicht? Ich wette, du hast mir gar nicht zugehört«, sagte Olivia hinter ihm.

Sam blickte auf.

»Welche Menükarten?«, fragte er gereizt. Was machte sie denn immer noch hier? Hatte sie nichts zu tun?

Olivia trat ein paar Schritte näher und warf ihm einen prüfenden Blick zu. »Wann hast du dich eigentlich das letzte Mal rasiert?«

Sam schwieg.

»Du bist ein Wrack«, sagte sie trocken.

»Vielen Dank auch.«

»Und wie es der Zufall so will, scheint es Cara genauso zu gehen.«

Er richtete sich auf, konnte sich aber gerade noch davon abhalten, nachzufragen.

»Ah«, sagte Olivia. »Dachte ich es mir doch. Schon als Cara so verheult aussah, an dem Abend, als ich bei ihr zu Hause war. Sie ist diejenige welche, nicht wahr? Die Frau, die Samuel Starks unbezwingbares Herz erobert hat.«

»War's das mit dem Verhör?«, schoss Sam zurück. »Oder kann ich mich endlich um die …« Er runzelte die Stirn und sah zum Tisch hinüber. Irgendwo hatte er bestimmt eine Liste mit all den Dingen, um die er sich noch kümmern musste. Wenn da nicht immer diese verfluchten Gedanken an Cara wären, die sein Hirn paralysierten.

»Menükarten«, warf Olivia ein. »Du wolltest dich um die Menükarten kümmern.«

»Sag ich doch«, brummte Sam. »Wolltest du nicht gerade gehen und mich in Ruhe arbeiten lassen?«

»Nein«, sagte Olivia. »Es wird Zeit, dass dir mal jemand den Kopf wäscht. Und da wir keine Freunde sind, werde ich das tun. Mir ist nämlich egal, ob du danach böse auf mich bist.«

»Vielleicht ist das ein Grund, warum wir keine Freunde sind?«

»Cara hat nach uns gefragt. Nach dir und mir. Ob wir ein Paar sind.«

Sam erstarrte, während das Blut viel zu laut in seinen Ohren rauschte. »Und?«, fragte er heiser. »Was hast du gesagt?«

»Dass wir ein paarmal aus waren und eine kurze, unbedeutende Affäre hatten. Die lange vorbei ist.«

Sam ging zu seinem Stuhl hinüber und ließ sich darauf fallen.

»Sie scheint es vermutet zu haben. Und sie hat so getan, als wäre es ihr egal. Was ist da los zwischen euch? Warum quält ihr euch so? Ist das eine merkwürdige Art des Vorspiels? Fifty Shades of Enthaltsamkeit?« Olivia grinste. »Du wirkst wie ein Drogensüchtiger auf Entzug und Cara geht es nicht viel besser. Rede mit ihr! Bring das in Ordnung. Mir ist ja egal, ob du glücklich bist ... aber Cara scheint echt nett zu sein, und ich bin mir ziemlich sicher, dass du hier der Problemstifter bist. Außerdem ist deine Arbeitsleistung im Moment unter aller Sau.«

»Bist du fertig?«, fragte Sam.

»Nein. Ich hab dir die letzten Jahre dabei zugesehen, wie du dein Leben verplemperst. Zuerst in New York, wo du nur für deine Arbeit gelebt hast. Dann später, als du einen auf Frührentner gemacht hast. Wie wär's, wenn du mit deinem Leben mal was Sinnvolles anstellst?«

»Du wirst mir sicher auch gleich noch sagen, was das deiner Meinung nach ist.«

»Ja«, sagte Olivia. »Du brauchst jemanden, um den du dich kümmern kannst. Jemanden, für den du arbeitest, mit dem du deinen Erfolg teilen kannst. Eine Familie, Sam. Und soweit ich das verstanden habe, bringt Cara das sogar instant mit.« Sie lehnte sich mit ihrer Hüfte an den Schreibtisch und sah ihn eindringlich an. »Erfolg, Freizeit, Geld ... das alles hat keinen Wert, solange man es mit niemandem teilen kann.«

Sam hätte Olivia am liebsten zur Tür hinausgeschoben. Warum konnte sie nicht einfach still sein? Was wusste sie schon? Die Frau, die seit Ewigkeiten keine Beziehung mehr gehabt hatte, die seit Jahren nur noch für ihre Arbeit lebte?

»So wie du?«, fragte er bissig.

Olivia zuckte zusammen, aber dann schob sie ihr Kinn vor. »Ja, so wie ich. Aber hier geht es nicht um mich. Hier geht es um dich. Und darum, dass du vielleicht gerade deine Chance auf Glück wegschmeißt. Wenn du dich so fühlst, wie du aussiehst, dann hat es dich schwer erwischt. Nicht jeder hat das Glück, mit seiner großen Liebe eine Zukunft zu haben. Oder überhaupt die große Liebe zu finden. Greif danach, Sam! Sei kein Idiot. Und vor allem: Mach Cara nicht unglücklich.«

»Wer sagt dir, dass ich das nicht versuche? Unglück zu verhindern?«

»Ach was«, sagte sie wegwerfend. »Das ist doch nur Gefasel. Du hast die Hosen gestrichen voll, weil du eine Frau gefunden hast, die dir ebenbürtig ist. Die nicht in dein übliches Beuteschema passt. Die von dir verlangt, dass du dich entscheidest, hab ich recht?«

Er ließ den Kopf auf die Tischplatte sinken.

»Ist die Predigt bald vorbei?«, fragte er dumpf.

»Weiß ich nicht. Versprichst du, darüber nachzudenken? Mit Cara zu sprechen? Die Sache einzurenken?«

»Nein.«

»Ich hab bis morgen früh Zeit. Wir können noch die ganze Nacht weiterreden.«

Irgendetwas in Sam zerbrach. »Warum interessierst du dich auf einmal für mein Privatleben?«, schnauzte er sie an. »Wir sind doch nicht mal Freunde, richtig? Warum ist dir nicht egal, was mit mir ist? Kannst du dich nicht verziehen und irgendjemand anderen mit deinen Weisheiten auf die Nerven gehen? Frag Olivia, wenn es um Liebeskummer geht. Sie ist Expertin.«

Olivia sah auf ihre Fingernägel. Es dauerte einen Moment, bis sie sprach.

»Du kannst ein echter Arsch sein, weißt du das?«

Sie griff nach dem Karton mit den Karten und stand auf. »Ich erledige das mit den Menükarten. Und du kannst weiterhin alle Leute vergraulen, die dir nahekommen …

weil du Angst hast. Irgendwann wirst du ganz allein sein. Dann wirst du feststellen, dass der Schmerz, vor dem du dich fürchtest, die ganze Zeit da war. Du kannst vor dir selbst nicht davonlaufen, Sam. Denn der Schmerz liegt in dir.«

Sie küsste ihn flüchtig auf die Wange, dann schlug die Tür hinter ihr zu.

Ihre Worte blieben bei Sam, hallten in seinem Kopf wider und vermischten sich mit Caras Worten, die sie ihm vor so langer Zeit im Zorn an den Kopf geworfen hatte.

Werd erwachsen, Kleiner! Oder du wirst dein Leben lang einsam sein.

Sam schlug mit der Faust auf den Tisch. Aber er wollte doch allein sein! Das hatte er immer gewollt. Allein und in Sicherheit vor all diesen verwirrenden Gefühlen, dem Chaos und dem Schmerz, den andere Menschen verursachten, wenn man sie an sich heranließ.

Er wollte allein sein.

Das hatte er immer gewollt.

Oder?

Und er sah Cara vor sich, und die Kinder.

Mit einem Mal wusste er, dass er sich selbst belog.

Was früher einmal gegolten hatte, war nicht mehr so. Irgendetwas in ihm bewegte sich, als würden sich die Gewichte einer Waage verschieben. Mit einem Mal hing er in der Schwebe: genau in der Mitte zwischen Hoffnung und Angst und weiter von einer Entscheidung entfernt als jemals zuvor.

***

Das Museum war herausgeputzt wie ein Filmstar: Flankiert von lodernden Feuerkörben, führte ein roter Teppich die Treppen hinauf zum Eingang. Gewaltige Stoffbahnen fielen vom Dach des Museums herab und spannten sich als Baldachin über den Eingang. Die Fassade des Museums bot einen atemberaubenden Anblick. Gewaltige Scheinwerfer bohrten ihre Lichtkegel in den Nachthimmel.

Drinnen setzte sich die Opulenz fort: Während im Innenhof eine Tanzfläche errichtet worden war, luden in den Ausstellungsräumen Loungemöbel zwischen den Exponaten und Schaukästen die Gäste zum Ausruhen und Plauschen. Eine Champagnerbar versorgte alle mit guter Laune, und im großen Saal des Museums standen noch zahllose weiß gedeckte Tische, an denen das Gourmetmenü serviert worden war.

Sam und Olivia hatten offenbar ihre Beziehungen spielen lassen, denn viele Prominente waren der Einladung gefolgt, und die Kamerateams und Fotografen waren auf ihre Kosten gekommen. Das Museum würde gute Presse haben, da war Cara sicher.

Sie nickte ein paar Bekannten zu, dann bahnte sie sich ihren Weg durch die Menge. Musik füllte die Luft und die Gäste schienen den Empfang zu genießen. Bisher hatte alles geklappt wie am Schnürchen. Na ja, fast.

Mit Schaudern dachte Cara an die Reden, die sie alle zuvor hatten ertragen müssen: Mr. Kotzbrocken hatte sich in Details verloren und seine Verdienste gelobt, bis einige der Gäste schon ungeniert gähnten. Gott sei dank hatte Olivia ihn dann kurzerhand von der Bühne komplimentiert. Der Bürgermeister von Finley Meadows hatte wieder Schwung in den Abend gebracht: Da sein Amtskollege aus Arrows Point an den Masern erkrankt war, hatte er kurzerhand das Mikro an sich gerissen. Er hielt seine Rede aus dem Stegreif – ein amüsantes Chaos aus Anekdoten, Humor und kleinen Peinlichkeiten. Cara war sicher, dass die Gäste sich noch lange an ihn erinnern würden.

Ihr selbst war es schwergefallen, der Rede zu folgen … denn da, seitlich auf der Bühne, hatte Sam gestanden, und sein Blick war niemals von ihr gewichen.

Während Michaels Rede und während der des Bürgermeisters hatte diese Verbindung es Cara unmöglich gemacht, sich auf etwas Anderes zu konzentrieren. Die Welt schien ihr seltsam traumgleich. Sam schien ihr so nah, obwohl er doch so weit entfernt war, da oben auf der Bühne.

Als er nach dem Applaus hinter dem Vorhang verschwand, fühlte Cara sich wie ein Kompass ohne Norden. Unbestimmt und ziellos war sie durch die Räume gewandert und konnte nur an eines denken: Abstand zu schaffen. Abstand zu Sam und der Art, wie er sie ansah.

Wann immer sie seine hoch aufragende Gestalt von Weitem sah, bog sie ab, verschwand hinter anderen Besuchern, trat den Rückzug an. Auf diese Art schaffte sie es den ganzen Abend lang, ihm auszuweichen.

Cara war klar, wie kindisch das war. Und dass sie ihre Stellung behaupten sollte. Immerhin war das hier ihr Revier.

Aber sie konnte nicht. Denn sie wusste nicht, was sie tun würde, wenn er plötzlich vor ihr stand und sie so ansah.

Er war doch ausgezogen, weil er Abstand brauchte. Weil er nicht Teil ihres Lebens sein wollte. Weil er ihr auf verquere Weise Schmerz ersparen wollte, in dem er ihr Schmerz zufügte – wie auch immer das Sinn ergeben sollte. Warum also sah er sie jetzt so an?

Dazu hatte er kein Recht. Er hatte kein Recht, diese Gefühle in ihr aufzuwirbeln, sich wieder auf diese Art ins Zentrum aller Dinge zu schieben.

Cara strich ihr Kleid glatt, als könnte sie dadurch auch ihre Gedanken ordnen. Dann schlenderte sie langsam durch die Ausstellungsräume. Ein paar Männerblicke folgten ihr und sie lächelte ein wenig bitter. Das Kleid war offenbar wirklich sein Geld wert gewesen. Sie dachte an Reenie und die Shoppingtour und an das Gespräch über Mr. Kotzbrocken.

Es kam Cara so vor, als wäre das bereits ewig her ... So viel war inzwischen geschehen.

Sie begrüßte den einen oder anderen Besucher und hielt immer wieder zu einem Plausch inne. Alle waren begeistert und Cara entspannte sich ein wenig. Sie genoss das Lob.

Diesen Empfang in so kurzer Zeit auf die Beine zu stellen, war eine Höllenarbeit gewesen. Aber sie hatte sich ausgezahlt. Nicht nur, dass Olivia sich als kompetente und verlässliche Partnerin und Sponsorin erwiesen hatte, auch Mr. Kotzbrocken hatte zur Abwechslung mal nichts auszusetzen gehabt. Und das allein war schon Grund genug zu feiern.

Da keine Kongresse anstanden, die Ausstellung jetzt erst einmal lief und Olivia bereits angedeutete hatte, dass sie an einer längerfristigen Zusammenarbeit interessiert war, hatte sich hoffentlich auch das viele Reisen für die nächste Zeit erledigt.

Sollte sie versuchen, Michaels gute Laune ausnutzen? Vielleicht konnte sie ihn heute dazu bewegen, sie in einer anderen Abteilung des Museums einzusetzen. Weg vom ungeliebten Sponsoring, hin zum Kuratieren von Ausstellungen oder zur Forschungsarbeit an Exponaten?

Sie straffte ihre Schultern.

Jetzt oder nie. Wenn er jemals zustimmt, dann heute.

Sie fand Michael an der Champagnerbar. Er war tief ins Gespräch mit einer gut aussehenden Brünetten vertieft und irgendwie wirkte das Ganze nicht gerade beruflich.

Ihre Chancen standen damit abrupt bei null – wenn sie ihn jetzt störte, hatte er garantiert keine gute Laune mehr. Cara wollte sich gerade anschicken zu gehen, als er aufsah.

»Miss Steinman«, sagte er, als hätte er gerade eine Nacktschnecke auf seinem Geburtstagskuchen entdeckt.

»Ich wollte nur kurz mit Ihnen sprechen, Mr. Devenhurst. Aber wenn Sie beschäftigt sind …«

»Nein, das trifft sich gut.« Er lächelte angestrengt. »Ich wollte mich ohnehin mit Ihnen unterhalten. Warum treffen wir uns nicht in einer halben Stunde in Ihrem Büro?«

Cara nickte, lächelte der Brünetten an Michaels Arm zu und drehte sich um. Vom Tablett eines vorbeikommenden Kellners nahm sie ein Glas Champagner, dann ließ sie sich einfach treiben. Irgendwann stand sie vor der Tanzfläche.

Die Dekorateurin, die Olivia empfohlen hatte, war definitiv ihr Geld wert, denn der Innenhof war nicht wiederzuerkennen.

Normalerweise eher spartanisch und hauptsächlich von Schulklassen und Touristen für Pausen genutzt, wirkte er nun wie aus einem Märchen: Laternen schimmerten an zahllosen Schnüren, die hoch über ihren Köpfen kreuz und quer durch die Luft gespannt waren. Blumen quollen aus üppigen Gestecken und Sitzgelegenheiten unter weißen Baldachinen an den Seiten luden zum Verweilen ein. Alles wirkte vornehm und sehr exklusiv.

Auch die Band war gut gewählt. Viele Paare glitten zur sanften Musik über die Tanzfläche. Jeder schien den Abend zu genießen. Da blieb Caras Blick an einem der Paare hängen.

War das Leira? Sie hatte um zwei Tickets gebeten … Aber Cara war davon ausgegangen, dass sie mit Lou hier auftauchen würde. Und dieser Tanz sah definitiv nicht so aus, als würde Leira mit ihrer besten Freundin tanzen.

Aber wer war der Typ? Kannte sie ihn vielleicht? Löste sich endlich das Rätsel um Mr. X?

Cara pirschte sich unauffällig näher, aber das gedämpfte Licht und die anderen Paare machten es ihr schwer, etwas zu erkennen. Sie reckte sich, hüpfte am Rand der Tanzfläche ein klein wenig hoch, um besser sehen zu können – aber immer verdeckte irgendetwas oder irgendjemand das Gesicht des jungen Mannes, mit dem ihre Tochter da tanzte.

Cara schob sich weiter und streckte sich noch ein wenig mehr.

»Brauchst du Hilfe?«, fragte Sam neben ihr. Sie ignorierte das Prickeln auf ihrer Haut, in ihrem Magen und … überall. Stattdessen zog sie ihn am Ärmel und deutete auf die Tanzfläche. »Da ist Leira«, zischte sie. »Und sie tanzt mit einem Jungen. Das ist bestimmt der, in den sie verliebt ist.«

Cara erhaschte einen Blick auf Leiras raspelkurzen Haarschopf, dann war sie schon wieder zwischen den anderen wirbelnden Paaren verschwunden.

»Du siehst wirklich umwerfend aus«, murmelte Sam neben ihr.

Was genau tat er da? Wieso war seine Stimme so heiser, sein Blick so …

Ignorieren. Einfach ignorieren. Bleib freundschaftlich.

»Das Kleid hat Reenie für mich ausgesucht.«

»Ich meinte eher den Inhalt.«

Und Cara machte den Fehler, ihn anzusehen. Für einen kurzen Moment brach die Welt um sie herum weg, war da nichts mehr als Sam. Sie wollte sich in seine Arme werfen. Mit ihm tanzen, ihn spüren, ihn küssen.

Ihm sagen, dass er ein Idiot war.

Er schien ihren Gesichtsausdruck richtig zu deuten, denn er griff nach ihren Händen und hob sie vorsichtig hoch, drehte die Handflächen nach oben. Er starrte auf die hellrosa Narben, die dort ein Zickzackmuster bildeten. Dann neigte er seinen Kopf über Caras Hände und küsste sie sanft, folgte den Linien mit seinen Lippen.

Cara schloss die Augen. Sie hatte nicht gewusst, wie erotisch ein Handkuss sein konnte, doch fühlte es sich fast verboten unanständig an. So als bräuchten sie definitiv mehr Privatsphäre dafür.

Die Musik war ihre Rettung. Der Song endete, Applaus brandete auf und der Bandleader scherzte mit dem Publikum.

Cara konzentrierte sich auf die Stimme des Sängers und zog mit Hilfe ihrer letzten Willenskraft die Hände von Sam zurück.

Bevor sie noch etwas tat, das sie später vielleicht bereuen würde, drehte sie ihren Kopf wieder zur Tanzfläche und presste ihre kribbelnden Handflächen aneinander.

»Da«, flüsterte sie Sam zu. »Da drüben!«

Und tatsächlich, Leira und ihr Partner waren so wie die anderen Paare stehen geblieben. Aber sie blickten nicht zur Bühne, sondern waren in den Augen des anderen versunken.

Cara marschierte los, Sam immer dicht auf ihren Fersen.

»Hat Leira nicht auch ein wenig Privatsphäre verdient?«, fragte Sam, ein Schmunzeln in seiner Stimme.

»*Auch* würde bedeuten, dass ich Privatsphäre habe. Und das hab ich bekanntlich nicht. Außerdem soll sie ja gar nicht mitbekommen, dass ich da bin. Ich will nur wissen, wer der junge Mann ist. Dann gehe ich wieder.« Cara blieb abrupt stehen und drehte sich um. »Die Neugier bringt mich um, weißt du?«, fragte sie leicht verzweifelt.

Sam lachte leise. »Na, dann komm.« Er schob sich an ihr vorbei, sein Brustkorb für einen Moment ganz nah. Cara atmete unwillkürlich tief ein und ihre Knie verwandelten sich in Gelee. Wieso roch er nur immer so gut?

Als sich Sam vor ihr mit seinen breiten Schultern viel effizienter durch die Menschenmenge drängte, als sie es selbst getan hatte, klebte ihr Blick wie gebannt auf seinem muskulösen Rücken. Seinem Hintern. Ihr Mund war plötzlich trocken.

Oh Mann.

Als er stehen blieb, prallte sie gegen ihn.

»Ich denke, wir haben die große Liebe deiner Tochter gefunden«, sagte Sam langsam. Er drehte sich um, eine Mischung aus Lachen und Erstaunen in seinen Augen.

Für kryptische Andeutungen hatte Cara keinen Nerv. Sie schob Sam zur Seite und blieb dann mit offenem Mund stehen. Da war Leira und sie knutschte voller Hingabe ... mit einem Mädchen.

Cara schluckte, viel zu viele Gefühle und Gedanken gleichzeitig in ihrem Kopf. Sie freute sich für Leira. Sie war verwirrt. Hingerissen. Total erstaunt.

»Aber«, sagte sie dann leise, »wie kann das sein, Sam? Dass ich niemals etwas bemerkt habe? Dass Leira ... Mädchen mag?«

Sam zuckte die Schultern. »Ist ja nicht so, als hätte man dann ein Leuchtschild auf der Stirn.«

Caras Gehirn arbeitete auf Hochtouren. »Aber warum hat sie mir nichts gesagt? Denkst du, sie hatte Angst? Sie weiß doch, dass ich kein Problem damit habe.«

»Vielleicht ist es einfach noch neu und ungewohnt«, meinte Sam nachdenklich. »Vielleicht braucht sie Zeit.«

Und während Cara ihre Augen nicht von Leira lösen konnte, hallten Sams Worte in ihrem Kopf wider. Ob er wohl wusste, dass das auch für ihn galt?

»Leira hat einen guten Geschmack«, sagte Cara nach einer Weile. »Ihr Freundin ist ziemlich hübsch.«

»Nicht so schön wie du«, murmelte Sam, und seine Stimme klang belegt. Und dann neigte er sich zu ihr und küsste sie.

Caras Welt implodierte zu jenen wenigen Quadratzentimetern Haut, die seine Lippen liebkosten, die seine Zunge vorsichtig, fast fragend eroberte.

Sie erwiderte seinen Kuss und vergaß für einen Moment, wo sie war. Sam, die Musik, sein Aftershave und die Art, wie seine Hände über ihren Rücken glitten, füllten das ganze Universum, waren alles, was sie noch fühlen konnte.

Verlangen wusch über sie hinweg. Sie wollte Sam. Sie war ausgehungert nach ihm, nach seinem Körper, seiner Liebe. Sein Kuss war tief und fordernd, schmeckte nach Sam und rotem Wein, nach Begierde und langen Nächten. Als seine Hände über ihre Hüften fuhren, stöhnte sie leise in seinen Kuss und drückte sich enger an ihn. Da war definitiv viel zu viel Stoff zwischen ihnen. Sie schlang ihre Arme um seinen Nacken.

»Unverschämt«, schimpfte eine Frauenstimme ganz nah neben ihnen. Cara brauchte einen Moment, bis ihr klar wurde, dass Sam und sie gemeint waren. Ein wenig benommen und sehr atemlos löste sie sich von Sam.

Neben ihr stand eine dick mit Juwelen behängte Mittfünfzigerin, die gerade dabei war, sie mit ihren Blicken zu erdolchen. »Manche Leute wissen eben nicht, was sich gehört«, keifte sie. Dann hängte sie sich bei dem Mann neben ihr ein, der ebenfalls ein hochmütiges Gesicht zur Schau trug.

Cara fuhr sich durchs Haar. Wie machte Sam das nur? Wie schaffte er es innerhalb von Sekunden, dass sie komplett die Kontrolle verlor, vergaß, wo sie war? Sich wie ein Teenager benahm? Sie war süchtig nach ihm, nach seinen Küssen, seinem Körper, vielleicht war es das.

Aber vielleicht war es auch etwas ganz anderes. Das hier war nicht zu verstehen, und Cara dachte, dass sie das vielleicht auch nicht musste.

Oder wollte.

Alles, was sie wollte, war Sam.

Und das war nicht möglich.

Frustriert fuhr sie sich mit ihrer Hand über den Mund.

»Ich muss los«, sagte sie heiser. »Ich hab einen Termin mit meinem Boss. Er wartet in meinem Büro auf mich.«

Kapitel 14

Sam starrte Cara hinterher, wie sie in diesem verflucht sexy Kleid in Richtung Tür verschwand. Ihre Hüften wippten bei jedem Schritt und ihr langes Haar fiel offen bis zur Taille.

Er hätte sie am liebsten in eine einsame Ecke des Museums gezerrt, diesen Rock hochgeschoben und sie geküsst, bis es keine Rolle mehr spielte, wo sie waren oder wie sie sich benehmen mussten.

Aber er war erwachsen, nicht wahr? Und trotzdem setzten sich seine Beine wie von selbst in Bewegung. Er folgte ihr den Flur entlang, durch die Ausstellungsräume, vorbei an zahllosen Bekannten, die ihn grüßten. Er nickte und lächelte und ging weiter, ohne sich aufhalten zu lassen. Wann immer Cara aus seinem Blickfeld verschwand, erfasste ihn Unruhe.

Er wollte in ihrer Nähe bleiben. Wollte sie küssen, wollte ihre weiche Haut unter seinen Händen, wollte … sie.

Aber was hieß das? Hatte er eine Entscheidung getroffen? War er bereit, das Risiko einzugehen? Oder war das hier nur Instinkt, der ihn antrieb?

Als Cara eine Tür öffnete, die zu dem Bereich führte, in dem Büros, Labors und Archive untergebracht waren, hielt Sam inne.

Er sollte hier warten, sie würde sicher bald zurückkehren. Was auch immer ihr Chef besprechen wollte, es konnte nicht lange dauern.

Eine Minute lang starrte er auf den Knauf und versuchte sich davon zu überzeugen, dass er Cara nicht folgen sollte.

Dann zog er die Tür auf. Nach dem Trubel der Party war es hier still. Die Musik und die Stimmen der Gäste klangen gedämpft durch die Tür und wurden mit jedem Schritt leiser. Bald schon schien der Empfang weit entfernt.

Cara war nirgendwo zu sehen, aber von den Vorbereitungen der vergangenen Wochen wusste er, wo Caras Büro zu finden war. Auch wenn er nie den Mut gehabt hatte hineinzugehen.

Er war schon ganz nah, als er ihre Stimme hörte – augenscheinlich stand die Tür weit offen.

»Das kannst du nicht tun, Michael. Nicht New Mexico. Bitte. Wie soll ich mich um meine Kinder kümmern?«, fragte Cara gerade. Es klang so, als müsste sie sich sehr bemühen, ruhig zu bleiben.

»Nicht mein Problem. Du hast mir doch immer damit in den Ohren gelegen, dass du wieder auf Ausgrabungen arbeiten willst? Nun, dann solltest du mir doch jetzt auf Knien danken, Cara. Oder?« Die Stimme ihres Chefs troff vor Arroganz. Sam spürte kalte Wut in sich aufsteigen. *Wie redet der Kerl denn mit ihr?*

»Ich kann nicht, Michael, und das weißt du genau. Zwei Monate weg von daheim – wie soll das gehen?« Verzweiflung lag brüchig in ihrer Stimme.

»Dein Privatleben ist nicht mein Problem«, schnauzte der Mann. »Entweder, du akzeptierst den Posten, für den ich dich einteile, oder du suchst dir einen anderen Job.«

Sam hätte den Typen gern am Kragen gepackt und ihm die Meinung gesagt. Seit er Devenhurst vor ein paar Wochen kennengelernt hatte, war er ihm unsympathisch gewesen. Ein richtiger Schleimer. Aber warum ließ sie sich das von ihm gefallen? Sie sollte sich wehren. Das war so untypisch für sie. Cara konnte doch sonst jeden Mann in den Boden starren, ihren Willen durchsetzen. Was war nur los mit ihr?

»Es sind auch deine Kinder, Michael«, sagte Cara so leise, dass Sam im ersten Moment nicht sicher war, ob er richtig gehört hatte. »Es kann dir doch nicht egal sein, wie es ihnen geht.«

Sam griff nach der Mauer und stützte sich ab. Devenhurst, ihr Chef, war ... *der* Michael? Der Arsch, der sie zweimal sitzen gelassen hatte? Der als Professor Caras Naivität ausgenutzt hatte und später ihre Sehnsucht nach einer Familie?

Und sie arbeitete für ihn? Er hatte ihr das Leben in den letzten Jahren bestimmt zur Hölle gemacht. Und niemand hatte ihr geholfen.

Auch er nicht.

Ganz benommen stand Sam da, die Stimmen von Devenhurst und Cara weit weg.

Olivia hatte recht, dachte er, und der Gedanke traf ihn mit der Wucht einer Abrissbirne. Er hatte Ausreden gesucht. Hatte Cara verletzt. Zugelassen, dass andere sie verletzten. Und warum? Aus Angst. Er war ein verfluchter Feigling gewesen. Er hatte Cara im Stich gelassen.

Aber damit war jetzt Schluss. Er konnte nicht kontrollieren, wie andere Menschen sich verhielten. Aber er konnte verflucht noch mal versuchen, der Mann zu sein, den sie brauchte.

»Du scheinst es immer noch nicht zu verstehen, Cara«, drang Devenhursts Stimme aus dem Büro. »Du bist mir egal. Die Kinder sind mir egal. Aber was ich nicht ertrage, ist, dein Gesicht jeden Tag zu sehen. Du bist nicht nur ein Sicherheitsrisiko, du erinnerst mich auch daran, zweimal den gleichen Fehler gemacht zu haben. Zweimal auf deine Tricks reingefallen zu sein. Daran, wie du jetzt auf meine

Kosten lebst.« Devenhurst lachte höhnisch auf. »Es liegt bei dir. Du betreust die Ausgrabung oder ich erwarte deine Kündigung morgen früh.«

Es waren nicht seine Worte, die Sam ausrasten ließen – es war Caras Schweigen danach.

Sam preschte durch die Tür und blieb vor Devenhurst stehen. Und bevor der noch etwas sagen konnte, holte Sam aus und verpasste ihm einen kräftigen Schlag auf die Nase.

Der Arsch fiel zu Boden wie ein Stein.

Mit ein paar Schritten war Sam bei Cara, die ihn anstarrte, als sei er ein Geist.

»Was tust du hier?«, fragte sie, ihre Augen viel zu groß für ihr Gesicht.

»Was du schon lange hättest tun sollen: ihm eine verpassen.« Sam schüttelte die Hand ein wenig, denn das schmerzte doch mehr als gedacht.

Cara verschränkte die Arme. Wütende Funken stoben aus ihrem Blick.

»Sie haben mir die Nase gebrochen«, wimmerte eine Stimme hinter ihnen am Boden.

»Ach ja?«, schnappte Cara, ohne auf Michael zu achten. »Was bildest du dir eigentlich ein, Sam? Ich kann meine Angelegenheiten ganz gut allein regeln. Hab ich immer gemacht, schon lange bevor du in mein Leben getreten bist. Ich brauche deine Hilfe nicht.«

Sam starrte sie finster an. »Er hat dich behandelt wie Dreck«, sagte er.

Hinter ihm rappelte sich Devenhurst auf, die Hand an seine Nase gepresst. »Das werden Sie büßen«, jammerte er. »Und du …« Er deutete mit einem blutigen Finger auf sie. »Du bist gefeuert. Falls du auf die Idee kommst, jetzt an die Öffentlichkeit zu gehen, dann solltest du dir das lieber noch mal überlegen. Ich bin sicher, du wirst eine

Anzeige wegen Körperverletzung gegen deinen Freund hier nicht riskieren?«

Und plötzlich entgleisten seine überheblichen Gesichtszüge.

»Mr. Stark«, stammelte er und sah aus, als würde er gleich einen Herzinfarkt erleiden. Dann wanderte sein Blick zu Cara. Und wieder zurück zu Sam.

Devenhurst schniefte. »So ist das also«, sagte er langsam. »Hast du dir den nächsten reichen Mann geangelt? Ich hab mich schon gewundert, dass ein blindes Huhn wie du so einen kapitalen Sponsor an Land zieht ...« Er brach ab und grinste Sam anzüglich an.

»Sie ist 'ne Granate im Bett, nicht wahr? Aber an Ihrer Stelle wär ich lieber vorsichtig. Plötzlich ist sie schwanger, und schon zahlen Sie jahrelang. Sie sollten sich lieber ein harmloseres Betthäschen suchen, glauben Sie mir. Ich weiß, wovon ich rede.«

Sam sah ihn einen Moment lang an. Dann holte er aus und schlug Michael noch einmal auf die Nase, zur Sicherheit ein wenig fester als vorher.

Wimmernd lag der Typ auf dem Boden.

»Wenn Sie meine ... meine ...« Sam stolperte über seine eigenen Worte.

Cara, dachte er. *Meine Cara.* Dieser Gedanke fühlte sich auf eine elementare Weise richtig an, die ihn erstaunte.

»Wenn Sie meine Cara noch einmal belästigen, dann verliert Ihr Museum jegliche Chance auf Sponsoring, hab ich mich klar genug ausgedrückt?«

Michael stöhnte.

»Und Sie können sie nicht rauswerfen, weil sie selbst kündigt«, presste Sam zwischen zusammengebissenen Zähnen hervor.

»Spinnst du?« Cara stieß ihn unsanft in die Seite. »Was

bildest du dir eigentlich ein? Seit wann triffst du solche Entscheidungen für mich?«

Sam rieb sich mit der Hand über den Nacken.

»Sorry«, murmelte er. »Aber …«

»Spar dir die Mühe«, sagte sie. Dann drehte sie sich zu Devenhurst.

»Aber er hat recht. Du brauchst mich nicht rauszuwerfen. Ich kündige. Das hätte ich schon längst tun sollen, denn du verdienst einen gewaltigen Tritt in deinen alten, faltigen, pickeligen Arsch. Und wag es ja nicht, mir noch einmal in die Quere zu kommen. Ich bin sicher, deine Frau würde ein Telefonat mit mir sehr erhellend finden.«

Devenhurst rappelte sich hoch, sein Blick mörderisch. Er öffnete und schloss den Mund, als wollte er noch etwas sagen. Doch dann drehte er sich um und stapfte an ihnen vorbei. Nur ein paar Blutstropfen auf dem Boden erinnerten noch an ihn.

Als Sam sich wieder zu Cara umdrehte, zitterte sie vor Wut. »Kannst du mir verraten, warum du dich hier einmischen musstest? Ich hab gerade meinen Job verloren, Sam. Ich weiß, dass du dir das vielleicht nicht vorstellen kannst, aber ich bin auf das Gehalt angewiesen. Verrätst du mir, wie ich jetzt die Kreditraten bezahlen soll? Die Einkäufe? Die neuen Klamotten für Max, wenn er wieder mal aus seinen alten rausgewachsen ist, und Leiras Zahnspange?«

Sam antwortete nicht, denn eine wilde Mischung an Gefühlen raste durch sein Blut. Konnte sie nicht sehen, dass er ihr nur helfen wollte?

»Warum hast du mir nicht erzählt, wer er ist?«, schoss er zurück. »Wieso hast du mich angelogen?«

»Weil es dich nichts angeht, Sam. Das hier ist nicht dein Leben, nicht deine Familie. Du hast dich gegen uns entschieden, nicht wahr?« Mit einem Mal standen Tränen in ihren Augen und gleichzeitig waren ihre Wangen hitzig vor Zorn. Sie stieß ihre Hände gegen seine Brust. »Warum tust du das, Sam?«, schrie sie ihn an. »Warum mischst du dich in unsere Angelegenheiten ein, wenn du doch gar keine Familie willst?«

»Diese schon«, murmelte er leise und kam sich vor wie ein Schaf.

Sie erstarrte. »Was hast du gesagt?«

»Diese schon«, wiederholte er.

Cara trat einen Schritt näher.

»Kannst du's noch einmal sagen?«, wisperte sie, so vorsichtig, als hätte sie Angst, ihn zu erschrecken.

»Ich will dich, Cara. Deinen Witz, deine Intelligenz, dein Chaos, deinen Humor. Ich kann ohne dich nicht leben.« Er strich mit seiner Hand über ihre Wange. »Du bist für mich durchs Feuer gegangen«, murmelte er, und seine Lippen fanden ihre wie von allein. »So mutig, so stark. Ich war ein Idiot zu glauben, dass ich von dir loskommen könnte. Sperr mich nicht aus, Cara. Lass mich versuchen, der Mann zu sein, den du brauchst.«

»Bist du sicher?«, flüsterte sie an seinen Lippen.

Er nickte.

»Und wer sagt, dass ich dich noch will?«

Sam griff nach der Pfeilspitze, die unter seinem Hemd warm auf seiner Haut lag. Er zog sie heraus.

»Du hast sie mir als Glücksbringer geschenkt, weißt du noch? Damit ich meinen Weg finde. Das, was mich glücklich macht.«

Cara nickte mit schimmernden Augen.

Er zog ihre Hände zu sich, drehte die Handfläche nach oben und küsste das Muster der Narben, das dort auf ihrer Haut leuchtete.

Dann legte er die Pfeilspitze hinein und schloss seine Hände um ihre.

»Ich hab es gefunden«, sagte er heiser. »Das, was mich glücklich macht.«

Sie presste die Lippen zusammen.

»Cara«, fragte er, seine Kehle plötzlich trocken und rau. »Ich kann ohne dich nicht sein. Willst du meine Frau werden?«

Sie wurde plötzlich weiß um die Nase.

»Warum?«, fragte sie. »Warum jetzt?«

Er seufzte. »Dich nicht in meiner Nähe zu haben, war mehr, als ich ertragen konnte. Ich dachte, dass ich auch allein klarkomme. Aber das war vor dir, Cara. Bevor du mir gezeigt hast, dass ich ohne dich nicht leben kann.«

Cara verzog ihren Mund und er lachte leise auf.

»Was denkst du?«, fragte er.

»Dass ich nicht verstehe, was passiert ist. Vor kurzer Zeit warst du noch überzeugt davon, dass du niemals eine Familie haben wirst. Haben kannst. Was ist geschehen? Willst du das hier wirklich?«

Er seufzte. »Olivia und Brandon haben mir erklärt, dass ich ein Idiot bin«, sagte er. »Sie hatten recht.«

Cara grinste ein wenig schief.

»Und bis gerade vorhin hab ich nicht verstanden, wie recht sie haben. Als ich da draußen vor der Tür gehört hab, wie Devenhurst dich behandelt hat ... da wurde mir klar, dass es immer Menschen geben wird, die dich verletzten. Vielleicht trage ich wirklich das Erbe meines Vaters in mir. Aber ich denke, ich kann es kontrollieren. Was ich nicht kann, ist, dich zu beschützen, wenn ich nicht bei dir bin. Und ich will nicht, dass jemals wieder jemand so mit dir spricht.«

Cara grinste. »Kommst du dann auch wieder zur Tür hereingestürmt und schlägst demjenigen eine blutige Nase?«

Sam zuckte mit den Schultern. »Der Typ hatte es verdient.«

Cara sah ihn mit gerunzelter Stirn an. »Okay«, sagte sie dann. »Aber wir müssen nicht gleich heiraten. Wir können einfach ganz romantisch in wilder Ehe zusammenleben, du und ich. Uns überlegen, ob das hier wirklich das Richtige ist. Falls du denkst, dass ich gleich eine Hochzeit erwarte …«

»Kannst du bitte aufhören, dir meinen Kopf zu zerbrechen? Ich weiß, was ich will. Ich war mir noch nie so sicher. Ich gebe zu, ich hab ein wenig lange dafür gebraucht. Aber das ändert nichts an meiner Entscheidung. Also würdest du jetzt einfach meine Frage beantworten, verdammt noch mal?«, fluchte er. »Bitte.«

»Ja«, sagte Cara.

»Ja, du wirst mich heiraten, oder ja, du wirst meine Frage gleich beantworten?«

»Ja und ja. Und ich denke, du solltest die Braut jetzt küssen.«

***

Cara hatte von Sam geträumt, das wusste sie noch, als sie erwachte. Der Traum war unglaublich real gewesen, und selbst jetzt noch schien der Geruch seines Aftershaves in der Luft zu liegen, seine Wärme auf ihrer Haut … Sie schlug die Lider auf und blickte in ein Paar strahlend blauer Augen.

»Morgen«, murmelte er. »Gut geschlafen?«

»Nicht besonders viel, wenn das doch kein Traum war«, sagte sie, als die Erinnerungen an den Vorabend zurückkamen. Sie sah ihn vorsichtig an.

»Ist es … Bist du …?«

»Ob ich meine Meinung geändert habe?«, fragte Sam grinsend, während er sich vorbeugte. Er knabberte an ihrem Hals, seine Lippen ein Versprechen. Dann küsste er sich seinen Weg abwärts, folgte der Linie ihres Schlüsselbeins mit quälender Langsamkeit.

»Nein«, murmelte er zwischen den federleicht Berührungen seiner Lippen. »Ich habe nicht vor, jemals wieder hiermit aufzuhören.« Sein Mund fand eine Brustwarze. Sie stöhnte leise und vergrub ihre Hände in seinem Haar, während er saugte und leckte und knabberte und seine Zunge immer neue, verführerische Muster fand.

»Oder hiermit«, sagte er und strich mit seinen Händen über ihren Körper, als wolle er sich jede einzelne Kurve einprägen. Sie zog seinen Kopf zu sich und er rollte sich auf sie.

Als sie ihn küsste, presste sich ihr Körper wie von selbst an ihn, gierig nach seinem Gewicht.

Sein Kuss wurde intensiver und fordernder und Cara war bereit. Sie wollte ihn in sich spüren, wollte ihn auf sich und um sich und überall, bis jedes bisschen Realität in ihrer Liebe ertrank.

Über ihren Kopf hinweg griff er nach dem kleinen Karton, der auf dem Nachttisch stand. Er fischte ein Kondom heraus, und sie nahm es ihm aus der Hand.

»Lass mich«, flüsterte sie. »Hab ich dir schon mal erzählt, dass ich da einen speziellen Trick beherrsche? Ich kann es mit meinen Lippen …«

Er schnappte ihr die kleine glitzernde Verpackung aus der Hand. »Heute nicht«, sagte er heiser. »Auch wenn das Angebot verführerisch klingt.« Er zog es selbst über und lehnte sich dann über sie.

»Du machst mich wahnsinnig, Cara«, sagte er. »Als wäre ich wieder sechzehn und hätte mich nicht unter Kontrolle. Allein die Vorstellung, dass du …« Er schloss die Augen. Ein Schauer lief über seinen Körper und er spannte seine Muskeln an. Als er seine Augen wieder öffnete, versengte der Ausdruck darin Caras Haut.

Dann küsste er sie, als hätte er alle Zeit der Welt.

»Sam«, drängte sie.

Aber er lachte nur leise. »Jetzt weißt du, wie es mir geht«, murmelte er. »Wenn ich dich sehe, dich berührte, dich küsse. Du bringst mich um den Verstand, und ich werde dir zeigen, wie sehr …«

Die kreisenden Bewegungen seiner Hand wurden langsamer, während sein Mund ihre Brustwarze fand.

Frustriert drängte sie sich gegen ihn, aber er lachte nur wieder.

»Ich denke, ich hab eine ganz gute Vorstellung davon, wie es dir geht«, sagte sie heiser.

Er drückte sich hart gegen sie, seine Arme rechts und links neben ihr abgestützt. Für einen Moment sah er in Caras Augen, dann drang er in sie ein.

Sie seufzte und ließ ihren Kopf zurücksinken, ohne den Blick von ihm anzuwenden. Da war sie, diese summende Verbindung, so klar wie niemals zuvor.

»Ich liebe dich«, murmelte sie, und Tränen stiegen in ihre Augen.

»Ich liebe dich auch«, sagte er. »So sehr.« Er vergrub sein Gesicht in ihrem Haar und bewegte sich langsam in ihr. Sie öffnete sich weiter und zog ihn an sich, begegnete jeder seiner Bewegungen mit einer der ihren und nahm ihn immer tiefer in sich auf.

Niemals wird es genug sein, dachte sie fieberig, als er sie küsste und sie mit ihren Fingern über seinen Rücken fuhr, ihre Nägel in seine Haut grub. Seine Stöße wurden härter und immer härter, und sie stöhnte seinen Namen, biss in die schweißnasse Haut seiner Schulter, schlang ihre Beine immer fester um ihn.

Die Welt reduzierte sich auf den Rhythmus ihrer Körper, und diese Welle, die sich immer höher in ihr aufbaute.

»Mehr«, stöhnte sie heiser, und er gab ihr, was sie brauchte. Sie wand sich unter ihm, fordernd, bis sie meinte, es nicht mehr ertragen zu können.

Als sie kam, schrie sie seinen Namen, und er folgte ihr.

Schwer atmend rollte er sich auf den Rücken. Cara kuschelte sich an ihn, den Kopf auf der Hand aufgestützt.

»Ich liebe dich«, murmelte er schläfrig.

»Ich dich auch, Kleiner«, sagte sie und küsste seine Nasenspitze. Er lachte. Eine Weile lagen sie nur da, und Cara konnte ihren Blick nicht von ihm wenden. Seine Wimpern wie dunkle Halbmonde, die vollen Lippen, das energisch geschwungene Kinn.

Glück floss wie Honig durch ihre Adern.

Sie würden eine richtige Familie sein.

Familie.

Oh-oh.

Cara richtete sich auf.

»Wie spät ist es denn?«, fragte sie. Sam murmelte etwas und deutete auf sein Handy. Cara kletterte über ihn und griff danach.

»Mist«, murmelte sie, während seine Hände ihre Hüften fanden.

»Ich finde das eigentlich ganz gut so«, sagte er und ließ seinen Blick über Cara gleiten. »Nach einer kleinen Pause.«

Sie lachte und fuhr mit ihrer Hand spielerisch über seine Brust.

»Das müssen wir auf später verschieben. Wir haben Reenie doch gesagt, dass wir uns um neun mit ihr im Diner treffen! Sie bringt Max dorthin und dann frühstücken wir alle gemeinsam. Brandon kommt auch und du hast gestern Abend noch Olivia eingeladen …«

Sam sah düster drein. »Kann Max nicht noch eine Nacht bei Reenie und den Jungs schlafen?«, maulte er und zog Cara an sich.

Sie seufzte, dann küsste sie ihn liebevoll.

»Wir haben alle Zeit der Welt. Jede Nacht von nun an.«

»Und jede andere Gelegenheit, die sich bietet.« Er wackelte frech mit den Augenbrauen.

Sie lachte auf.

»Ich muss dir noch schnell etwas erzählen«, sagte er und griff nach ihrer Hand.

»Kann das nicht warten?«

Er schüttelte den Kopf. »Eigentlich wollte ich es dir gestern Abend schon erzählen, aber du musstest ja dieses Kleid tragen.« Er kreiste mit dem Zeigefinger vor seiner Stirn. »Und ich konnte nicht mehr klar denken.«

Sie schüttelte lächelnd den Kopf. »Du bist ein armer Mann, wirklich. Also, schieß los.«

»Letzte Woche hatte ich eine sehr interessante Besprechung.«

»Für ein weiteres Sponsoring-Projekt? Werdet ihr es betreuen?«

Sam nickte. »Ich denke schon. Es handelt sich um eine neue Ausgrabung hier in der Nähe. Ein Team von Archäologen hat auf Satellitenbildern geologische Unregelmäßigkeiten festgestellt, die auf sehr alte Baustrukturen hinweisen könnten.«

Cara setzte sich auf und starrte ihn an.

»Hier in der Nähe?«, fragte sie wie elektrisiert.

Er nickte. »Und sie suchen noch Mitglieder für ihr Team. Die offizielle Ausschreibung beginnt erst, nachdem die Finanzierung durch *StarkSupport* steht … aber sie nehmen Bewerbungen auch vorher schon an. Hab extra nachgefragt.«

Cara sprang auf ihre Füße und boxte in die Luft.

»Eine Ausgrabung!«, rief sie. »Hier in der Nähe …«

Dann wurde ihre Miene plötzlich nachdenklich. Sie ließ sich neben Sam auf ihre Knie sinken.

»Sam«, sagte sie, »du hast aber nicht deine Beziehungen spielen lassen? Ich will den Job nur, wenn ich ihn aufgrund meiner Qualifikationen bekomme.«

Sam lachte. »So etwas hab ich mir schon gedacht. Nein, keine Sorge. Ich hab mit keinem Sterbenswörtchen erwähnt, dass ich die umwerfendste Archäologin dieses Raum-Zeit-Kontinuums kenne. Du musst sie ganz allein von deinen Qualitäten überzeugen.« Er grinste. »Wobei es mir sehr recht wäre, wenn du dich auf deine archäologischen Qualitäten beschränkst und die anderen für mich aufhebst ...« Seine Hand glitt über ihre Hüfte nach oben und folgte dann der Linie ihrer Brust.

Sie schlug lachend seine Hand weg.

»Ich liebe dich, Samuel Stark.«

»Und ich dich. Und jetzt raus hier, bevor ich mich nicht mehr benehmen kann.«

Nur mit einer klitzekleinen Verspätung von fünfzehn Minuten trafen sie im Diner ein.

Reenie sah auf den ersten Blick, was los war, und fiel Cara um den Hals, den kugelrunden Bauch zwischen ihnen eingeklemmt.

»Du strahlst ja richtig«, sagte sie. »Ich freu mich so für dich.«

Max und Reenies Jungs schaufelten bereits Pancakes in sich hinein und waren mit sich selbst beschäftigt. Brandon saß neben Olivia, Brandons Miene so düster wie ihre. Doch Cara hatte viel zu gute Laune, um sie sich verderben zu lassen. Wenn die beiden nicht miteinander konnten, dann war das ihr Problem. Die zwei waren immerhin erwachsen.

Lou und Jake saßen gegenüber und plauderten gerade mit Giulia, der Kellnerin. Reenie winkte den beiden. Alle plapperten wild durcheinander.

Als Cara gerade Kaffee bestellte, ging die Tür auf, und Leira trat ein. Hinter ihr folgte eine junge Frau, vermutlich ein oder zwei Jahre älter als ihre Tochter.

Cara stand auf und ging zu den beiden hinüber.

»Mum, das ist Steph«, sagte Leira mit zitternder Stimme. »Meine Freundin«, fügte sie dann noch hinzu und legte ihren Arm um die Taille des Mädchens.

»Hi.« Cara streckte der jungen Frau ihre Hand hin. »Ich bin Cara, Leiras Mum. Schön, dass wir dich kennenlernen dürfen. Ich hoffe, ihr habt Hunger?«

Leira atmete hörbar erleichtert aus und umarmte Cara.

»Danke, Mum«, flüsterte sie in ihr Ohr. Die beiden gingen zum Tisch hinüber, wo sie mit großem Hallo empfangen wurden.

Eine richtige Familie, dachte Cara, als ihr Blick über die Gesichter der Menschen wanderte, die sie liebte.

Sie ging zum Tisch zurück und rutschte neben Sam in die Bank. Wie selbstverständlich legte er den Arm um sie, während er mit Brandon über irgendetwas lachte.

Als Sam schließlich den Kopf zu ihr drehte, neigte sie sich vor.

»Wir sind ein komisches Paar. Bist du sicher, dass wir es ihnen heute sagen wollen?«, flüsterte sie in sein Ohr.

»Warum?«

»Ich habe manchmal Angst vor der Zukunft, du hast Angst vor der Vergangenheit. Ich hab Probleme damit, Kontrolle abzugeben. Du arbeitest daran, dir selbst zu vertrauen. Und trotzdem sind wir wahnsinnig genug, es miteinander zu versuchen?«

»Minus und Minus ergibt Plus«, murmelte er. »Zumindest in der Mathematik.«

»Nerd«, schnaubte sie mit einem kleinen Lächeln.

»Selber.«

Cara lachte auf und streckte ihm die Zunge heraus. Dann blickte sie für einen langen Moment forschend in seine Augen.

»Küss mich«, murmelte er, und es gab nichts, was sie lieber getan hätte.

– ENDE –

Danke!

Dieses Buch ist auf eine vielleicht etwas schräge Art eine Liebeserklärung an meinen Mann – er ist ein ziemlich cooler Nerd, genauso wie Sam, und ich habe mir ein paar seiner Eigenschaften „geborgt". Was soll ich sagen? Nerds sind die besseren Männer, eindeutig!

Deswegen gilt mein erster Dank natürlich wie immer ihm – er ist nicht nur die Inspiration für all meine tollen Romanhelden, sondern hält mir in intensiven Schreibphasen auch den Rücken frei, und hat erstaunlicherweise meistens Verständnis für meine verrückten und weniger verrückten Einfälle. Auch mein Sohn hat wichtigen Anteil an diesem Buch … denn seine Begeisterung dafür, dass sich seine Mama „so richtig lange" Geschichten ausdenken kann, macht mich stolz und motiviert, wenn es mal nicht so toll läuft. Auch wenn er denkt, dass in meinen Büchern zu wenig Explosionen und Raumschiffe vorkommen. Vielleicht beim nächsten dann!

Wie immer geht ein dickes Bussi auch an meine beste Freundin Elisabeth, die sich geduldig ungefähr siebenundzwanzig Versionen dieser Geschichte angehört hat. Und bei der ich im Sommer ein paar Mal Schreibasyl bekommen habe. Mit Kaffeelieferungen und Cheerleading, wenn die Figuren mal nicht so wollten wie die Autorin. Wie großartig ist das? Du bist die beste beste Freundin, die man sich nur wünschen kann!

Eva, Gudrun, M, Suni, Alex, Martina und Andrea sind meine wunderbaren Testleserinnen – ohne eure Anregungen wäre dieses Buch nicht so, wie es heute ist. Von selbstwandernden Bikinioberteilen bis hin zu temporaler Pfeilspitzenproblematik ist nichts zu kompliziert für diese klugen Frauen.

Besonders Eva hat dieses Buch wahrscheinlich ebenso oft wie ich gelesen (und das ist wirklich oft) – und jedesmal wieder neue, tolle Vorschläge gemacht. Viiiiielen Dank, ihr Lieben!

Meine beiden Lektorinnen Andrea Weil und Susanne Pavlovic (www.textehexe.de) haben den Text danach wie immer mit Röntgenaugen und Machete zu dem gemacht, was er heute ist. Schließlich hat dann Nicole (in ihrem Urlaub!) Korrektur gelesen und mit ihrem Rotstift die biestigen Fehler gejagt, die sich fies kichernd zwischen den Buchstaben versteckt hatten. Alle drei Lektorinnen haben sich mit meiner traumwandlerischen Sicherheit, Fehler an den unmöglichsten Stellen zu verstecken, arrangiert … und halten es mir noch nicht mal vor. Danke! Ich bin hingerissen, was ihr aus meinem Text rausgeholt habt. (Das war jetzt ein doppelbödiger Wortwitz, gell?)

Für das Cover zeichnet Elena verantwortlich – und ich muss sagen, ich bin wirklich verliebt. Vielen Dank für diese tolle Arbeit! Das malerische Porträt von mir, das ich voller Stolz verwende, stammt von der zauberhaften Andrea Kollar und der Buchsatz (des Taschenbuchs) von Stefan Stern.

Fachlich hat mich diesmal der Archäologe Jan unterstützt, indem er eine Unmenge Fragen supernett, detailliert und sehr geduldig beantwortet hat. Für den Brand in Sams Haus durfte ich Roland Löcher in den Bauch fragen, und er hat mir als Feuerwehrmann tolle Tipps gegeben, wie ich diese Szene realistisch beschreiben kann. Vielen, vielen Dank!

Wie immer muss ich ganz zum Schluss noch unseren Kater Basti erwähnen – ihr wisst schon, mein Co-Autor. Während ich schreibe, liegt er üblicherweise neben mir und denkt über das Buch nach. Sehr intensiv. Mit geschlossenen Augen.

Danke euch allen! Ohne euch wäre das Buch nicht einmal annähernd so, wie es heute ist. Ich habe großes Glück, dass ihr mir eure Zeit, Geduld und Unterstützung schenkt. Ihr seid die Besten!

Mehr von Charlotte Cole

Küss mich im Sommerregen
(Finley Meadows 1)

Reenie mit ihrem schrägen Humor und ihren wilden Locken lebt ein Leben, von dem viele träumen: Sie ist Teil der glitzernden High Society von Paris. Als ihr Mann sie plötzlich vor die Tür setzt, flieht sie geschockt und zutiefst verletzt mit ihren beiden Kindern zu ihrer besten Freundin Jill. Sie findet ein neues Zuhause in dem kleinen Städtchen Finley Meadows. Langsam beginnt sie, sich ein neues Leben aufzubauen – bis eine Tragödie beinahe alles zerstört, und sie eine unmögliche Entscheidung treffen muss...

Eine gefühlvolle Geschichte über beste Freundinnen, kleine Astronauten, einen Kater, der nicht schnurren kann ... und die Frage, wo das Herz zu Hause ist.

Küss mich einfach immer weiter (Sammelband Finley Meadows 2+3)

Adeles Leben verläuft in geordneten Bahnen, bis eines Tages ihre große Liebe Rouven vor ihr steht. So sehr sie sich auch dagegen wehrt, flammen die alten Gefühle wieder auf ...

Doch manche Fehler aus der Vergangenheit sind zu groß, um sie verzeihen zu können, und manche Geheimnisse haben die Kraft, ganze Familien zu zerstören.

„Küss mich einfach immer weiter“ erzählt, wie es mit Adele, Reenie, ihren Kindern und den anderen Familienmitgliedern weitergeht. Eine nicht geplante Schwangerschaft, ein unverhoffter Besuch und die verrückte Idee des Bürgermeisters sorgen für jede Menge Aufregung in Finley Meadows – nicht nur in Herzensangelegenheiten.

Printed in Poland
by Amazon Fulfillment
Poland Sp. z o.o., Wrocław

90518724R00163